HEYNE <

EIN SCHÄREN KRIMI

CHRISTOFFER HOLST

MÖRDERISCHER NORDWIND

Ein
Schären
Krimi

Aus dem Schwedischen
von Kerstin Schöps

WILHELM HEYNE VERLAG
MÜNCHEN

Die Originalausgabe *Blå, Blå Höstvågor* erschien erstmals 2019
bei Lovereads, Bokförlaget Forum, Stockholm.

MIX
Papier aus verantwortungsvollen Quellen
FSC® C014496
FSC
www.fsc.org

Penguin Random House Verlagsgruppe FSC® N001967

Deutsche Erstausgabe 08/2021

Redaktion: Janine Malz
Printed in Germany
Umschlaggestaltung: ZERO Werbeagentur, Münc
unter Verwendung von FinePic®, München
Satz: Uhl + Massopust, Aalen
Druck und Bindung: GGP Media GmbH, Pöß
ISBN: 978-3-453-42517-0

www.heyne.de

PROLOG

Stockholm, Oktober 1988

Die Kungsgatan leuchtet in Rot und Grün. Die kräftigen Farben der Ampeln spiegeln sich im dunklen Regen, der über die Kreuzung mit dem Sveavägen in Richtung Stureplan fließt, wo das Nachtleben der Stadt in vollem Gange ist. Es ist gegen neun Uhr abends, die herbstliche Kühle kriecht den Stockholmern unter ihre Jacken und lässt sie schaudern.

Seit einer Woche regnet es ununterbrochen. Die meisten warten nur darauf, dass der Winter den nassen Herbst verjagt und der Schnee endlich die Straßen der Stadt bedeckt. Aber das dauert noch. Die Feuchtigkeit ist allgegenwärtig, wie ein nicht enden wollender Atemzug.

Die U-Bahn-Treppe, die zum Hötorget hochführt, ist rutschig. Deshalb geht Laila Damm die Stufen besonders vorsichtig hoch, um nicht hinzufallen. Aber zu Hause zu bleiben war keine Option. Nur weil sie hochschwanger war, hatte sie nicht vor, sich zu Tode zu langweilen. Das war nicht ihr Stil. Ganz und gar nicht. Langweilig war sie noch nie gewesen, und sie hatte auch nicht vor, jetzt damit anzufangen.

Auf dem Platz biegt sie links ab Richtung Stureplan, öffnet ihren Regenschirm mit dem Leopardenmuster und summt einen Song von Laura Branigan, während sie an den Schaufenstern vorbeiläuft.

Ihre Schwester hat sie für verrückt erklärt, dass sie auch jetzt noch, im neunten Monat, auf High Heels durch die Gegend stöckelt. Aber so ist Laila nun einmal.

I live among the creatures of the night. I haven't got the will to try and fight.

Die Kungsgatan ist eine der berühmtesten Straßen des Landes. Dort feierten die Schweden 1945 das Kriegsende mit Konfetti und Jubelrufen. Dort eröffnete auch die erste McDonald's-Filiale Schwedens. Und John Lennon hat sich in einem der Geschäfte einen Mantel gekauft. Laila spürt den Flügelschlag der Geschichte mit jedem Schritt.

You take my self, you take my self control. You take my self, you take my self control.

Ein Blick auf ihre Armbanduhr verrät ihr, dass sie sich verspätet hat. Aber das wird schon nicht so schlimm sein. Ihre Freundinnen wissen, dass sie immer zu spät kommt. Ursprünglich wollte sie mit der roten U-Bahn-Linie bis zum Östermalmstorg fahren. Dann wäre die Strecke zum *Riche* am kürzesten gewesen. Aber sie kann ein bisschen frische Luft und einen kleinen Spaziergang gut gebrauchen. Genau genommen, will sie den bevorstehenden Abend noch ein wenig hinauszögern und einen Augenblick zum Nachdenken haben.

In letzter Zeit ist einiges passiert. Konflikte, harte Worte, diese Kälte.

Aber Schwamm drüber. Vergessen sind all das Geschrei und all der Schmerz. Heute Abend will sie das Leben feiern. Zeit mit ihren besten Freundinnen verbringen. Lachen, tratschen, albern sein und vielleicht auch an einem Glas Champagner nippen. Dummerweise hat sie nicht damit gerechnet, dass es *so stark* regnen würde.

Der Himmel hat sich entleert, die Straßen überflutet. Die tiefen Wolken haben sich wie ein grauer Flickenteppich über die Stadt gelegt. Und der kalte Nordwind fegt durch die Stadt.

Die Ampel Ecke Norrlandsgatan, kurz vorm Stureplan, schaltet auf Rot, und Laila hält an, wartet, unter ihren Regenschirm gekauert, auf Grün. Wenn sie nach oben sieht, kann sie durch das Leopardenmuster hindurch die Wolken sehen.

Später wurde auch dieser Teil der Kungsgatan berühmt.

Damals wusste das noch keiner. Allen voran Laila.

Natürlich nicht.

Aber an der Kreuzung Kungsgatan Ecke Norrlandsgatan wurde sie zum letzten Mal lebend gesehen.

Zum allerletzten Mal.

1

Stockholm, Oktober 2018

»Zacke! Aretha Franklin hat auf meine Notizen gekotzt!«

Ich weiß genau, wie bekloppt das klingt, und verdrehe die Augen. Dieses kleine zottelige Ding von Hund sitzt vor mir auf dem Teppich im Wohnzimmer und sieht mich aus riesigen Augen an. Die sind noch größer und runder als sonst. Zacke steckt seinen Kopf durch die Küchentür.

»Das klingt wie eine Ausrede«, prustet er.

»Wie bitte?«

»Um nicht arbeiten zu müssen. *Frau Lehrerin, der Hund hat meine Hausaufgaben gefressen!*«

»Aber das hat sie auch *wirklich* getan! Na ja, okay, nicht direkt gefressen, aber draufgekotzt.«

»Verzeih. Du weißt doch, wie empfindlich Arethas Magen ist.«

Ich runzele die Stirn und starre in Aretha Franklins schuldbewusste Augen. Ich habe auch manchmal Magenprobleme, aber ich spucke dann nicht anderer Leute Sachen voll. Schon gar nicht, ohne mich danach zu entschuldigen. Genau genommen, sieht sie fast stolz aus. Stolz auf den funkelnden Klumpen auf dem Papierstapel vor ihr. Ihr Blick scheint sagen zu wollen: *Sorry, aber so bin ich halt. Ich kotze, wohin ich will, so einfach ist das. Am besten du gewöhnst dich daran.*

Außerdem überrascht es mich überhaupt nicht, dass sie Magenprobleme hat, wenn sie Weinkorken und Steine frisst. Ganz offensichtlich gehört sie zu den Kandidaten, bei denen die immense Bedeutung einer gesunden Darmflora noch immer nicht angekommen ist, obwohl in letzter Zeit so viele Bücher dazu erschienen sind.

»Dein Hund hat nicht gerade eine steile Lernkurve«, murmele ich.

»Wer hat die schon?«, kontert Zacke.

Er wirft mir eine Rolle Haushaltspapier hin, die ich elegant in der Luft fange. Dann verschwindet er wieder in der Küche. Ich reiße zwei Blätter ab und versuche, den Klumpen Hundekotze von meinen Aufzeichnungen wegzuwischen. (Tatsächlich handelt es sich um einen *Klumpen* – man stelle sich Crème brûlée vor, nur ohne die Karamellkruste.) Mein Porträt über Elizabeth Short hat sich dank der Feuchtigkeit aufgelöst. *Verdammt.*

Ich kraule den nervtötenden, aber unfassbar niedlichen Hund hinter den Ohren und gehe zu Zacke in die Küche, um mich an ihm vorbeizuschieben und das ekelige Papier mit der Hundekotze im Mülleimer zu entsorgen. Während ich mir die Hände wasche, seufze ich vernehmlich, vielleicht ein bisschen zu vernehmlich.

»Hilf, Herrgott«, sagt er. »Da ist aber heute jemand mit dem falschen Fuß aufgestanden, was?«

»Ich weiß. Sorry.«

»Hast du schlecht geschlafen?«

»Nein, gar nicht. Ich bin nur gestresst, weil ich heute

Abend die endgültige Fassung meines Textes noch abschicken muss.«

»Ah, verstehe. Kann ich dir dabei helfen?«

»Nein, das kann *Aretha* übernehmen. Schließlich ist sie auch einfach über meine Sachen getrampelt.«

»Das würde sie bestimmt gerne tun, aber sie ist leider so doof, dass sie nichts beitragen kann. Außer Liebe.«

»Wie der Herr, so sein Gescherr.«

»Pass bloß auf, du.«

Zacke steht am Herd, rührt in seinen Töpfen herum und lacht. Und steckt mich damit an. Ich drücke ihn und werfe einen Blick in einen der Töpfe, in dem ein exotischer Sonnenuntergang blubbert.

»Was wird das hier?«

»Indisch! Paneer Korma.«

»Himmel. Womit habe ich das nur verdient?«

»Keine Ahnung. Vielleicht hat das was mit deinem früheren Leben zu tun?«

Ich hebe eine Augenbraue.

»Und das wäre?«

»Vielleicht bist du eine Hexe gewesen?«, sagt Zacke neckend.

»Das würde auf jeden Fall meine mangelhaften Schwimmkünste erklären. Wann gibt es Essen?«

»Das dauert bestimmt noch eine Stunde. Du hast also noch genug Zeit für deinen Artikel. Hopp, hopp, raus hier!«

Ich verlasse den Ort aromatischer Düfte und gehe ins Wohnzimmer zurück. Ich liebe die Wohnung von Zacke und Jonathan, vor allem dieses Wohnzimmer. Vielleicht liegt es daran, dass der Raum kreisrund und riesengroß ist.

Das Zentrum der Wohnung. Der Fußboden ist mit persischen Teppichen bedeckt, und an den sonnengelben Wänden hängen Fotografien und farbenfrohe Kunst. Die großen Fenster zeigen auf den Mariatorget, wo die Laubbäume langsam nackt werden und ihre gelborangen Blätter verlieren. Es ist kurz vor acht. Das weiß ich, weil der Fernseher leise läuft und sich die Kochshow *Um halb acht bei mir* ihrem Ende zuneigt. Ich muss bei dem Anblick einer Frau lachen, die vollkommen verrückt gekleidet ist und Kartoffelpuffer mit Nasen aus Parmaschinken und Augen aus Oliven serviert. Himmel. Was für ein Geschenk und Glück, dass wir Menschen so verschieden sind. Wie traurig diese Welt sonst wäre.

Wie auch immer, zurück an die Arbeit.

Ich setze mich an den Esstisch, klappe meinen Laptop auf und starre eine gefühlte Ewigkeit meinen Text an. Der ist eigentlich so weit fertig, aber es fehlt noch das gewisse Etwas. Er ist wie ein frisch gebackener Apfelkuchen ohne Schlagsahne oder Vanilleeis. Nur halb fertig eben. Aber was genau fehlt ihm?

Die Verfasserzeile. Ich grinse ironisch. Heutzutage hat diese Zeile nicht mehr dieselbe Funktion wie früher, man benutzt sie fast kaum noch. Zumindest nicht in meinem jetzigen Job. Niemand soll erfahren, wer sich diese Geschichte ausgedacht und zusammengestümpert hat. Und eigentlich stört mich das auch nicht. Aber ich schreibe trotzdem meinen Namen unter den Artikel. Schon aus Prinzip.

Cilla Storm, Kriminalreporterin.

Ganz genau. Vor einem halben Jahr noch hätte ich mich als Klatschreporterin bezeichnet. Damals habe ich bei der

Zeitschrift *Chance* gearbeitet – einem Blatt, das sich hauptsächlich dafür interessiert, wie viele Zigaretten Prinzessin Madeleine bei einer Party geraucht hat, was für einen Stuss die Sängerin Kikki Danielsson wieder auf Twitter verzapft hat und warum es auf dem Dachboden der Fernsehmoderatorin Agneta Sjödin spukt. Der letzte Themenbereich wird übrigens vom schnauzbärtigen Jörgen abgedeckt, unserem hauseigenen Medium.

Mir hat die Zeit in der Redaktion gut gefallen, obwohl ich mich immer nach etwas anderem gesehnt habe. Und dann, als Danne, mein Ex, mich verlassen hat, passierte dieses Etwas.

Um es kurz zu machen: Ich habe mir einen Schrebergarten in den Stockholmer Schären gekauft, und zwar auf der kleinen, bei Touristen sehr beliebten Insel Bullholmen. Dort habe ich diesen Sommer verbracht, um neu anzufangen. Ich wollte über die Trennung von Danne hinwegkommen, das Gärtnern lernen und den Sinn des Lebens finden. Vor allem wollte ich beweisen, dass ich allein zurechtkomme. Allerdings war ich nicht darauf vorbereitet gewesen, mitten in einen rätselhaften Mordfall zu schlittern, genau genommen eine Mordserie, die meine Sommerpläne über den Haufen warf.

Das alles kommt mir unendlich lange her vor, obwohl seitdem nur ein paar Monate vergangen sind. Der Sommer verabschiedete sich Ende August, und dann war es auch für mich Zeit, aufs Festland zurückzukehren.

In den Alltag zurückzufinden hatte Vor- und Nachteile.

Klarer Nachteil: In meiner kleinen Wohnung in der Bastugatan hatte es einen Wasserrohrbruch gegeben, woraufhin sich meine Küche in einen gigantischen Indoorpool im *Dallas*-Stil verwandelte. Ich musste also meine Koffer wieder packen und bei Zacke und Jonathan unterkommen, deren Wohnung zum Glück gleich um die Ecke ist.

Zwei Monate ist das jetzt her, und die Bauarbeiter und Handwerker sind immer noch damit beschäftigt, meine Wohnung wiederherzustellen. Und die unter mir übrigens auch.

Klarer Vorteil: Mit meiner Rückkehr in die Stadt hatte ich einen neuen Job angefangen.

Ja, ich kann es selbst noch nicht so recht glauben. Nach den ersten, ziemlich blutigen Wochen auf Bullholmen im Sommer wurde etwas in mir zum Leben erweckt. Ich würde mich eher als ängstliche Person beschreiben, die praktisch vor allem Schiss hat. Zwar mit einer großen Portion Neugier, aber meistens verstecke ich mich lieber hinter der nächsten Häuserecke. Die Sommermorde auf der Insel haben mich verändert. Zum ersten Mal in meinem Leben war ich gezwungen gewesen, zu handeln, statt wegzurennen und mich zu verstecken. Und aus diesem Grund beschloss ich auch, bei *Chance* zu kündigen und mir einen neuen Job zu suchen.

Ich wollte auch weiterhin meine angeborene Neugier beruflich einsetzen, aber es war einfach an der Zeit, die Geister und Gewichtsprobleme der C-Promis hinter mir zu lassen.

Mein Ziel war es, Kriminaljournalistin zu werden. Also bewarb ich mich bei den Redaktionen der Zeitungsbeilagen, wurde aber abgewiesen. Dann versuchte ich mein Glück bei Fernseh- und Radiosendern sowie Lokalredaktionen, aber auch dort wurde ich nicht genommen. Was nicht weiter überrascht, wenn man bedenkt, wie schwer es heutzutage ist, im Journalismus einen Fuß in die Tür zu bekommen. Diese Branche ist ein echter Dschungel.

Wenn ich ehrlich bin, hat mich Rosie (meine neue Freundin und Schrebergartennachbarin auf Bullholmen) auf den Podcast *Blutspur* aufmerksam gemacht, nach dem sie süchtig ist. Darin geht es um gelöste und ungelöste schwedische und internationale Mordfälle. Ergreifende Berichte über das Böse in dieser Welt.

Ich wäre nie im Leben auf die Idee gekommen, mich bei einer Podcastredaktion zu bewerben. Außerdem hatte ich mir nicht vorstellen können, dass man mit so einem Job auch wirklich Geld verdienen kann. Aber das kann man. *Blutspur* hat dreihunderttausend Hörer in der Woche. Und jemand muss für die Sendung die Skripte schreiben. Als ich auf einer Facebookseite für Journalisten einen Post von den Macherinnen des Podcasts las, dass sie jemanden suchen, habe ich mich beworben und den Job bekommen!

Also, Verfasserzeile hin oder her: Ich bin jetzt Kriminalreporterin. Ich lasse mich auf das Sofa fallen und sehe, dass Aretha vor mir auf einem der Perserteppiche sitzt und mich ansieht. So munter wie leer gekotzt. Ich zwinkere ihr zu.

Das Leben nimmt manchmal unerwartete Wendungen, stimmt's?

*

Einige Stunden später stehen auf dem Couchtisch die Teller mit den Resten des köstlichen Paneer Korma.

Zacke ist auf dem Sofa eingeschlafen, seine Hände liegen auf seinem runden Bäuchlein. Ich habe es tatsächlich geschafft, die endgültige Fassung meines Skripts für die nächste Sendung abzuschicken, und es fühlt sich gut an. Der Titel wird lauten: *Die schwarze Dahlie – der Fall der Elizabeth Short.* Sofie und Jenny – die Producerinnen des Podcasts – haben jetzt das Wochenende über Zeit, um sich alles durchzulesen, bevor es am Montag eingesprochen wird.

Der Fall der Elizabeth Short gehört zu den unheimlichsten Mordfällen, über die ich bisher geschrieben habe. Es ist auch ein ziemlich berühmter Fall. Und ein bis heute ungelöster.

Short war eine Kellnerin und Schauspielerin in Hollywood mit schwarzem welligem Haar und großen Träumen. Dann eines Tages, Ende der Vierzigerjahre, wurde sie am helllichten Tag von einer jungen Frau gefunden, die mit ihrer Tochter spazieren war. Ermordet. Nackt. Short lag auf einem Rasenstück, und da ihre Haut sehr blass war, hatte die junge Frau zuerst gedacht, es handelte sich um eine Schaufensterpuppe. Ihr Körper war in der Mitte durchtrennt und ihr Gesicht mit dem sogenannten Glasgow-Smile entstellt worden. Ihre Mundwinkel waren bis zu den Wangenknochen aufgeschlitzt worden, ihr blutiges Lächeln nahm fast das gesamte Gesicht ein.

Zugegebenermaßen reichen diese Informationen schon aus, um einem Albträume zu bescheren. Was ich aber noch viel unheimlicher finde, ist, dass der Mörder bis heute nicht gefasst wurde. Es sind fast achtzig Jahre vergangen, und niemand weiß, wer die arme Elizabeth umgebracht hat.

In den vergangenen Monaten habe ich mir viele Gedanken darüber gemacht, welche Auswirkungen ein ungelöster Fall auf die Angehörigen hat. Mord ist immer schrecklich und eine Tragödie. Aber was, wenn dem Opfer keine

Gerechtigkeit widerfährt? Wenn der Schuldige niemals zur Rechenschaft gezogen wird? Können die Hinterbliebenen jemals ihre Trauer verarbeiten?

*

»Schläfst du?«

Ich zucke zusammen und reiße die Augen auf. Neben mir sitzt Jonathan und hat Aretha Franklin auf dem Schoß.

»Was? Nein. Ich habe nur ein bisschen gedöst.«

»Und dann besetzen wir auch noch dein Bett«, sagt Jonathan und klopft auf das Sofakissen.

»Nein, nein, ich finde das total gemütlich.«

»Bist du sicher? Ich kann den da ins Schlafzimmer tragen.«

Er zeigt auf Zacke, der leise vor sich hin schnarcht.

»Ja, ganz sicher. Ich fühle mich pudelwohl hier und bin so dankbar, dass ich bei euch wohnen darf.«

»Du kannst uns jederzeit verscheuchen, wenn du deine Ruhe haben willst. Ich bin ja sowieso der Einzige, der das hier sehen will.«

Er nickt zum Fernseher, auf dem gerade *Eine Nacht im Schloss* läuft – ein Format, bei dem vier Promis eine Nacht in einem Spukschloss verbringen und mit flackernden Kerzen durchs Dunkle irren müssen. Ich kichere.

In diesem Moment plingt mein Handy und meldet eine neue Nachricht. Als ich das Telefon wieder sinken lasse, bemerke ich, dass Jonathan mich angrinst. Ich lache.

»Was denn?«

»Neue Nachricht von ihm?«

»Von wem?«

»Du weißt ganz genau, wen ich meine.«

»Jassir Arafat? Nein, der meldet sich nicht mehr so oft bei mir.«

Jonathan streckt mir die Zunge raus.

»Ich meine deinen Traumpolizisten. Zumindest nennt Zacke ihn so.«

»Und wie kommst du darauf, dass die SMS von ihm ist?«

»Weil du strahlst wie nach einem Unfall im Kernkraftwerk.«

Ich lächle und streichle dem Hund über den verzottelten Kopf. Aretha dreht ihren Kopf zu mir und sieht mich aus ihren zuckersüßen Augen an. Telepathisch gebe ich ihr zu verstehen, dass ich ihr ihren Fehltritt von vorhin vergebe.

»Vielleicht …«

»Wann seht ihr euch denn wieder?«

»Wir sind für morgen verabredet. Wir gehen ins Kino und einen Happen essen.«

»Ist das ein Scherz?«

Ich schüttle den Kopf.

»Wow. Reden wir also von einem *richtigen Date* mit dem Herrn Wachtmeister? Gut gemacht, Cilla!«

»Manchmal, da …«

Jonathan kichert und schenkt mir Tee in meine winzige, mit Rosen verzierte Tasse ein. Wir sitzen noch eine Weile zusammen auf dem Sofa, dann dreht er eine letzte Runde mit Aretha Franklin und trägt danach den schnarchenden Zacke ins Schlafzimmer.

Nachdem ich mein provisorisches Bett gemacht und alle kleinen Lampen ausgeknipst habe, wird das Wohnzimmer in das gedämpfte Licht der Straßenlaternen auf der Hornsgatan getaucht. Der Herbst erstrahlt in voller Pracht, ich kann die knalligen Farben der Blätter sehen. Und die Regentropfen, die an den Fensterscheiben herunterlaufen. Urgemütlich.

Ich ziehe mir die flauschige Decke bis zum Kinn (natürlich haben Zacke und Jonathan diese Decken, die es nur in Hotels gibt und hinter denen ich schon seit Ewigkeiten her bin, die so groß sind wie eine Plane, aber trotzdem nur fünf Gramm wiegen und quasi über dem Körper schweben).

Kurz bevor ich in den Schlaf sinke, spüre ich eine große Erleichterung, dass ich Elizabeth Shorts blutiges Schicksal hinter mir gelassen habe und mich jetzt auf etwas anderes konzentrieren kann. Auf die SMS zum Beispiel, die ich bekommen habe. Auf *ihn.*

Auf Adam Ångström.

2

Portrush, Nordirland, eine Woche später

An der nordirischen Küste liegt eine kleine Stadt namens Portrush. Wie die meisten britischen Küstenstädte besteht sie aus ein paar Tausend Einwohnern, ein oder zwei Restaurants, einer Handvoll Pubs und einem Hafen mit einem Pier. Und einem heruntergekommenen Vergnügungspark, der ursprünglich für die Touristen gebaut wurde. Beziehungsweise für deren nach Süßigkeiten süchtige Kinder. Ein paar Spielautomaten, eine klapprige Achterbahn und eine Popcornbude. Der Strand grenzt direkt unterhalb des Vergnügungsparks an und flankiert die gesamte Ortschaft. Vorbei an Fish-and-Chips-Ständen und Fischrestaurants.

Ella legt ihre Stirn gegen die kalte Fensterscheibe.

Der Regen trommelt auf das Autodach. Typisch Oktober. Vielleicht sogar typisch Nordirland. Allerdings ist Ella zum ersten Mal hier. Weiter als bis nach London ist sie bisher nicht gekommen. Nordirland war unbekanntes Terrain. Bis jetzt.

Sie dreht den Kopf zu Patrick, der hinter dem Steuer sitzt. Er sieht zu ihr.

»Und wie fühlt es sich an?«, fragt er.

»Hier zu sein?«

»Hm.«

»Ein bisschen … komisch, ehrlich gesagt. Und wie ist es für dich? Das Fahren klappt ganz gut, oder?«

Patrick nickt. Zu Hause in Schweden fährt Ella grundsätzlich gerne Auto. Manchmal wünschte sie sogar, sie würde nicht im Zentrum von Stockholm wohnen, dann käme sie jeden Tag in den Genuss. Aber auf diesen kurvigen Küstenstraßen zu fahren – noch dazu auf der *falschen* Seite – reizt sie nicht sonderlich. Schon gar nicht in ihrem jetzigen Zustand. Vor lauter Müdigkeit traut sie sich selbst kaum über den Weg. Was, wenn sie einfach hinterm Steuer einschlafen würde?

»Laut GPS sind wir gleich da«, sagt Patrick.

»Okay. Hilfe!«

Das dunkle Meer verschwindet hinter ein paar grauen Backsteinhäusern, als sie auf die »Hauptstraße« von Portrush abbiegen, die ihrem Namen keine Ehre macht. Sie fahren vorbei am The Daggers Inn und The Horse und The Gentlemen, und Ella vermutet, dass es die Pubs mit den absurden Namen schon seit Ewigkeiten gibt.

Kurz darauf müssen sie erneut abbiegen, und wenig später hält Patrick an.

Ella hat Schmetterlinge im Bauch. Obwohl, nein, es sind keine Schmetterlinge, es sind Insekten. Maden, Larven, Würmer und Grashüpfer. Am liebsten würde sie sich übergeben. *Es kann nicht hier sein. Das ist unmöglich.*

»Sind … wir … sind …«

Patrick nickt.

»Ja, mein Schatz. Wir sind da.«

*

Vor zwei Wochen ist Ellas Mutter Karin in einem Krankenhaus außerhalb von Stockholm für immer eingeschlafen.

Sie hatte ihre letzten Lebensjahre in ihrer Heimat Schweden verbringen wollen, aber nie den Grund dafür genannt. Ella vermutete – und hoffte –, dass es die Nähe zu ihren Kindern und die Einsamkeit gewesen waren, die ihre Mutter angesichts ihrer fortschreitenden Krebserkrankung zurück nach Hause getrieben hatte.

Obwohl Ella von Anfang an wusste, dass ihrer Mutter nicht mehr viel Zeit blieb, war es ein Schock für sie, als sie Ende September starb. Als der Anruf kam, fuhr Ella sofort ins Krankenhaus, weil sie ihre Mutter noch einmal sehen wollte. Sie hatte sich neben ihr Bett gesetzt, die kalte Hand ihrer toten Mutter gestreichelt und ihr auf die Wange geküsst. Sie hatte sich in aller Stille von ihr verabschiedet.

Jetzt liegt sie tief unter der Erde neben Ellas Vater Roger, der vor ein paar Jahren starb. Jetzt sind sie wieder vereint, so wie sie es zu Lebzeiten immer gewesen sind.

Und Ella ist jetzt hier in Nordirland und steht vor der Haustür in Portrush. Dorthin waren ihre Eltern vor zehn Jahren gezogen, als ihre Mutter sich auf die Suche nach ihren irischen Wurzeln gemacht hatte.

Das Haus an der Küste ist aprikosenfarben und hat zwei Stockwerke. Als sie die knarrende Eingangstür aufschließen, werden sie von einem vor langer Zeit verlassenen Haus empfangen. Ein dunkelroter Teppich windet sich die Treppenstufen hoch in den ersten Stock. Als sie die Lampe in der Diele einschalten, sehen sie die Staubkörner durch die stickige Luft tanzen. Es riecht nach alten Menschen, findet Ella. Und es ist voller Krimskrams. *Überall.*

»Ach, du liebe Zeit!«, stöhnt Patrick leise.

»Ja, meine kleine Mama.«

»Putzen und aufräumen waren nicht ihr Hobby, was?«

Ella schüttelt den Kopf.

»Nein.«

»Dann habt ihr ja wenigstens etwas gemeinsam.«

Ella verdreht die Augen. Patrick lacht und umarmt seine Frau von hinten, bohrt seine Nase in ihre langen Haare und küsst sie in den Nacken.

»Das wird Ewigkeiten dauern, bis wir hier alles sauber gemacht haben«, sagt Ella.

»Wie gut, dass du mich mitgenommen hast.«

*

Trotz der kühlen Temperaturen sind die Fenster im Schlafzimmer über Nacht geöffnet. Das Haus muss gelüftet werden. Alte Luft raus, frische Luft rein.

Patrick schläft tief und fest neben Ella. Sie sieht, wie sich sein Brustkorb gleichmäßig hebt und senkt. Aber sie kann nicht einschlafen.

Weit sind sie heute nicht gekommen. Sie haben nur eine gründliche Hausbesichtigung gemacht und sich alle Zimmer angesehen, jede Schublade aufgezogen, die Gemälde betrachtet und überprüft, ob auch nichts im Kühlschrank lag und vor sich hingammelte. (Zum Glück hatten dort nur Konservendosen und hochprozentiger Alkohol gestanden.) Dann haben sie die Betten abgezogen, die alte Bettwäsche in einen Müllsack gestopft und alles neu bezogen. Patrick hatte die Straße runter kaltes Bier und zwei Pappkartons mit chinesischem Essen besorgt. Sie aßen die gebratenen Nudeln, das Wokgemüse und die frittierten Frühlingsrollen im Bett und rundeten den Tag mit ein paar Folgen von *Mad Men* auf Patricks Laptop ab.

Aber das war schon Stunden her.

Mittlerweile ist es kurz vor eins. Ab und zu hört Ella, wenn ein Wagen vorbeifährt oder eine Gruppe von Jugendlichen lachend am Haus vorbeigeht und der herrliche irische Singsang durch die Fenster dringt. In einem anderen Leben würde sie diesen Ort besser kennen. In einem anderen Leben hätte sie Portrush jedes Jahr besucht, um die Stadt zu erkunden. Aber vor allem, um eines zu tun: ihre Eltern besser kennenzulernen.

Auch wenn ihre Mutter immer etwas speziell und vorsichtig ausgedrückt vollkommen unberechenbar gewesen war … sie war immer noch ihre *Mutter*. Ellas Mutter. Aber Ella hatte eine vielversprechende Schauspielkarriere, und ihre Eltern führten dieses zurückgezogene, klaustrophobische Leben in Nordirland, und deshalb … deshalb hatte sich ihr Kontakt in den letzten Jahren auf ein paar Telefonate beschränkt.

Ella setzt sich im Bett auf und reibt sich das Gesicht, fährt sich mit den Händen durch die dicken blonden Haare. *Kann ich jetzt bitte einfach schlafen?*

Sie schlüpft aus dem Bett, stellt sich ans Fenster, zieht die Gardine auf und sieht hinaus auf die stille, leere Straße. Nasser Asphalt, Regentropfen fallen auf das Fensterblech.

Das Haus gegenüber ist dunkel, bis auf ein paar Fenster im Erdgeschoss. Dort hat jemand den Fernseher noch eingeschaltet. Ella steht reglos da, die Arme vor der Brust gekreuzt, und genießt die Luft, die ihren Körper kühlt.

Dann aber erregt etwas ihre Aufmerksamkeit. Es dauert einen Augenblick, bis sie realisiert, was sie sieht.

Sie kneift die Augen zusammen.

Unter einer Straßenlaterne ein Stück die Straße hinauf steht jemand.

In einer schwarzen Regenjacke. Ein Mann.

Und er sieht zu ihr hoch.

3

Stockholm

Wir sitzen fast in der letzten Reihe des Kinosaals. In weichen roten Samtsitzen.

Wir sind praktisch die einzigen Besucher, außer einem älteren Paar, das weiter vorne sitzt. Gezeigt wird die moderne Fortsetzung von *Blade Runner* mit Harrison Ford und Ryan Gosling in den Hauptrollen, zwei sehr gut aussehende Typen. Aber ehrlich gesagt, würde ich den Mann neben mir gegen keinen von den beiden tauschen.

Auf meinem Schoß liegt die Tüte mit den Süßigkeiten, auf seinem die mit dem Popcorn. Es fühlt sich zwar ein bisschen distanzlos an, immer in seinen Schritt zu greifen, aber er grinst nur. Ich trinke Cola Light und schiebe mich unauffällig noch zwei Millimeter näher an ihn heran.

Wir sind beide sehr zurückhaltend. Ich kann mich gut daran erinnern, wie es damals war – vor hundert Jahren –, als das mit meinem Ex-Freund Danne anfing. Wir sind ins Kino gegangen und haben die ganze Zeit geknutscht. Das habe ich wahrscheinlich schon immer bei meinen Dates gemacht. Dieses Kinogeknutsche ist etwas Herrliches, es ist gemütlich und fühlt sich nach Teenagerzeiten an.

Aber hier wird nicht geknutscht. So was von gar nicht.

Wenn man das hier überhaupt als ein Date bezeichnen kann. Obwohl, eigentlich ist es eins.

Die Beziehung von Adam und mir lässt sich schwer definieren. Wir kennen uns ja auch noch nicht so lange, erst seit ein paar Monaten. Und wenn man bedenkt, dass unsere erste Unterhaltung ein Verhör war, an dem ich als Zeugin und er als ermittelnder Beamter beteiligt war, ist es vielleicht nicht mehr so überraschend, dass nicht ganz klar ist, was da genau zwischen uns läuft.

Aber wir hatten diese eine Nacht diesen Sommer … Wir hatten den Abend in der besten Kneipe von Bullholmen verbracht, beide viel zu viel getrunken und waren dann in meiner kleinen Laube gelandet. Obwohl ich ziemlich betrunken war, kann ich mich sehr genau an den Sex mit ihm auf meinem Sofa erinnern. Ich sehe seinen nackten, braun gebrannten und muskulösen Körper vor mir und wie das Mondlicht auf seinen Rücken fiel, als er auf mir lag. Diese Erinnerung aktiviere ich immer, wenn es … ähm notwendig ist.

Adam Ångström ist Kommissar bei der Polizei von Nacka. Er hat bei den Morden auf Bullholmen vergangenen Sommer zusammen mit seiner Kollegin Tilly ermittelt. Vielleicht hatte ich gedacht und gehofft, dass aus uns etwas wird, nachdem der Fall gelöst war. Aber ein Polizist hat offensichtlich niemals frei. Umso mehr freue ich mich, dass er heute Abend Zeit für mich hat.

»Für wen würdest du dich entscheiden?«, flüstert er mir plötzlich ins Ohr.

»Was?«

»Wer von den beiden?«

Er zeigt auf die Leinwand, wo ein muskulöser Ryan Gosling gerade dem zwar älter gewordenen, aber nach wie vor muskulösen Harrison Ford gegenübersteht. Ich lächle Adam an, bin aber ehrlich gesagt etwas verwirrt. *Für wen ich mich entscheiden würde?* Was soll diese Frage? Auf einmal fühlt es sich an, als würde ich mit Zacke im Kino sitzen.

»Keine Ahnung. Harrison Ford ist ja doch ein bisschen in die Jahre gekommen.«

»Ja, verdammt. Wie die Zeit vergeht.«

»Obwohl, hat er nicht eigentlich immer schon ausgesehen wie ein Rentner?«

»Doch …«

Adam greift in die Tüte mit den Süßigkeiten und wirft sich ein Schokobonbon in den Mund. Seit ich wieder in Stockholm bin, haben wir uns dreimal getroffen. Wir sind halt beide sehr beschäftigt. Okay, das Letzte bitte wieder streichen. *Er* ist sehr beschäftigt. Ich habe zwar auch einen Job, aber als Freiberuflerin bin ich ziemlich flexibel, und trotz enger Auftragslage habe ich ausreichend Zeit, um mir die Linsenchips aus Zacke und Jonathans Vorratskammer reinzustopfen, die neuen Folgen von *Bauer sucht Frau* zu schauen und alles über den neuesten Klatsch und Tratsch in der Welt der Schönen und Reichen zu googeln. *Einmal Chance, immer Chance!*

Adam ist so richtig wirklich viel beschäftigt. Er muss Verbrechen aufklären.

Unsere Dates sind bisher immer nach demselben Muster abgelaufen. Wir treffen uns in der Stadt, wenn es schon dunkel ist, dann umarmen wir uns zur Begrüßung, gehen ins Kino und danach etwas Kleines essen und trinken.

Also … was genau ist man dann? Freunde? Oder läuft das schon unter Date? Oje, hoffentlich fühlt er sich nicht verpflichtet, mich zu bespaßen? So wie diese Nannys, die man buchen kann, wenn das Kind krank ist und man abends noch mal wegmuss.

Ich schiele zu Adam. Er trägt einen weißen Wollpullover und eine klassische dunkelblaue Stoffhose. Seine muskulösen Oberschenkel zeichnen sich unter dem Stoff ab. Kennengelernt habe ich ihn in adrettem Anzug, aber ich vermute, dass die Herbstfrische ihren Tribut fordert. Ein warmer Pullover ist in dieser Jahreszeit ein echtes Must-have.

Unsere Hände berühren sich zufällig, als wir beide gleichzeitig versuchen, die Reste aus der Popcorntüte zu klauben. Seine warme Haut berührt meine.

»Oh, sorry«, flüstere ich.

Er lächelt und zieht seine Hand aus der Tüte. Überlässt mir die knusprigen Überbleibsel. *Genau in dieser Sekunde hätte es passieren können.* Ich kann an nichts anderes mehr denken. Ich sehe es vor mir, wie in einem Film. Wir hätten uns angesehen, unsere Blicke wären ineinander verschmolzen, und unsere Lippen hätten sich berührt!

Aber Adam ist schon wieder in das Geschehen auf der Leinwand vertieft. Ich schiebe mir die Popcornreste in den Mund, zermahle die salzige Enttäuschung zwischen meinen Zähnen und starre auf Harrison und Ryan.

Ja, für wen würde ich mich entscheiden? Das hängt davon ab, wer überlebt. Eine schreckliche Vorstellung, in meinem Alter schon Witwe zu werden.

*

Kurz darauf sitzen wir im Foodcourten K 25 in der Kungsgatan vor unseren Tellern mit Dumplings. Es ist Mittwochabend und nicht besonders voll. Am Nachbartisch sitzen ein paar ältere Damen in blumigen Walla-walla-Kleidern und trinken Rotwein, weiter hinten genießen zwei Geschäftsleute ihre Hamburger, und irgendwo hinter mir lachen ein paar Teenager. Ich tunke meinen Dumpling in die würzige Yakinikusoße in dem kleinen Plastikbehälter. Die vergangene halbe Stunde haben wir damit zugebracht, darüber zu diskutieren, wie schlecht der Film war. Aber wir können immerhin festhalten, dass Adam und ich beide eine Vorliebe für schlechte Filme haben. Zugegebenermaßen haben sie etwas unglaublich Entspannendes.

»Wie läuft es bei *Blutspur*?«, fragt Adam und nimmt einen Schluck von seinem Bier.

»Joah, ich kann nicht klagen. Ich habe viel zu tun, aber es macht Spaß und ist spannend.«

»Und welchen Fall hast du gerade am Wickel?«

»Ich habe gerade den Mord an Elizabeth Short abgeschlossen. Erinnerst du dich an diesen Fall?«

»Oh ja. Die schwarze Dahlie. Wann war das? In den Vierzigern? Los Angeles, oder?«

»Ganz genau. 1947.«

»Das war gruselig. Vor allem mit diesem fiesen Grinsen, wie heißt das noch …«

»Glasgow-Smile«, beende ich den Satz.

Adam schüttelt sich, und auch ich muss das Bild mit einem Schluck Bier hinunterspülen.

»Ehrlich gesagt, sehe ich morgens nach dem Aufstehen auch so aus«, sage ich und schneide eine Grimasse.

Adam lacht laut auf. Ich hingegen bereue es sofort. Diese Art von Witzen kann ich mit Zacke machen, aber vielleicht sollte ich mich lieber etwas charmanter geben, wenn ich sein Interesse entfachen will? Und eben nicht ankündigen, dass ich morgens aussehe wie eine verstümmelte Leiche. Das ist wirklich nicht besonders attraktiv.

»Das ist in der Tat ein ganz abgefahrener Mordfall«, lenke ich ab. »Aber am makabersten ist doch, dass man den Mörder bis heute nicht gefasst hat.«

»Hm. Stimmt. Tragisch.«

Mein Fuß, den ich auf eine Metallstrebe gestellt habe, rutscht ab, und ich berühre Adams Bein. Er lächelt mich an, als würde er sich dafür entschuldigen wollen, dass ich gegen sein Bein getreten habe. Ich ziehe meinen Fuß zurück und stopfe mir einen Dumpling in den Mund. *Eigentlich müssten wir doch hier sitzen und unterm Tisch füßeln, oder? Warum tun wir das dann nicht?*

Oder ist füßeln kindisch? Ich sollte etwas machen, das richtig sexy ist. Denn ich will nichts lieber, als mit ihm nach Hause gehen und diese Sommernacht wiederholen. *Lieber Herr Gesangsverein, wie ich mich danach sehne.* Geht es ihm nicht auch so? Was kann ich bloß tun, was so richtig sexy ist? Ich könnte die Essstäbchen verführerisch ablecken. Nein, die sehen gefährlich aus. Am Ende habe ich noch einen Splitter in der Zunge. Ich sehe zu Adam hoch. Oh Mann, er ist so unfassbar sexy, ganz ohne was dafür zu tun. Einfach so, von Natur aus.

Ich rutsche ein wenig auf meinem Barhocker herum. Da Adam in sein Essen vertieft scheint, nutze ich die Gelegenheit und drücke meine Brüste mit den Oberarmen zusammen, sodass in meinem Dekolleté eine tiefe Spalte entsteht. So, mit den größten Brüsten vom K 25, werde ich jetzt hier sitzen bleiben und ihn mit meinem Schlafzimmerblick hypnotisieren. Das muss einfach funktionieren. Ich streiche mir meine blonden Haare hinters Ohr. Und in diesem Moment bleibt mir der Dumpling im Hals stecken, weil ich ihn nicht richtig gekaut und einen zweiten nachgeschoben habe. *Verdammt.*

Adam hebt den Kopf und starrt mich verwundert an.

»Cilla?«

Ich merke, wie meine Augen immer größer werden. Dieses blöde Ding sitzt in meiner Speiseröhre *fest.* Ich versuche, durch die Nase zu atmen, aber das kitzelt wie verrückt und löst einen hysterischen Hustenreiz aus.

»Alles in Ordnung?«, fragt er besorgt.

Ich nicke und verdrehe lächelnd die Augen.

»Keine Sorge«, sage ich mit einer Stimme wie Regan in *Der Exorzist.*

Ich huste weiter, aber der Dumpling bewegt sich nicht, keinen Zentimeter. Hilfe. *Ich werde an einem Dumpling mit Fleischfüllung ersticken.* Adam springt auf, um mir zu Hilfe zu eilen, aber ich drücke ihn zurück auf seinen Barhocker.

»Ich … schaffe … das …«

Regan ist ungeheuer selbstständig für ihr Alter. Adam ist sprachlos geworden. Aus dem Augenwinkel sehe ich, dass eine der Rotwein-Walla-walla-Frauen aufgestanden ist und auf mich zukommt. Ihre Tunika flattert, als wäre sie der rettende Engel.

»Mein Schätzelchen, alles in Ordnung mit dir?«

Schätzelchen. Nichts ist weniger sexy als *Schätzelchen.*

»Mir … geht …«

Meine Stimme klingt jetzt nach Jenseits. Mir stehen die Tränen in den Augen, und ich bekomme kaum noch Luft. Dieser verdammte Dumpling. *Blöder, blöder Dumpling.* Die Tunikatante stellt sich hinter mich und umarmt mich mit ihren kräftigen Armen.

»So, jetzt holen wir das mal wieder raus. Eins, zwei, drei, Schätzelchen.«

Mir laufen die Tränen ungehemmt über die Wangen, und ich schwitze, als würde ich in einer Sauna sitzen. Während der Walla-Engel das Heimlich-Manöver anwendet, entweichen aus meinem Mund heisere, gurgelnde Geräusche, und es endet damit, dass sich der fleischige Teigklops löst und den Weg nach oben nimmt. Allerdings nicht in einem Stück. Genau genommen, erbreche ich ihn Häppchen für Häppchen auf den fettigen Pappteller.

Tja. Wenn Adam diese Vorführung nicht anmacht, dann weiß ich auch nicht mehr weiter.

*

Als wir etwas später das K 25 verlassen, regnet es. Ich fröstele und ziehe den Reißverschluss meiner weißen Jacke zu, in der ich im Winter aussehe wie ein wandelnder Schneeball. Ich schiebe die Hände in die Jackentasche und sehe Adam dabei zu, wie er seinen eleganten Mantel bis zum Hals zuknöpft.

Schweigend stehen wir auf der Kungsgatan. Adam weiß, dass ich zum Stureplan runtergehen muss, um von dort mit der roten U-Bahn-Linie zu Zackes und Jonathans Wohnung am Mariatorget zu fahren. Er muss in die andere Richtung, zum Hötorget, um von dort mit der grünen Linie zu sich nach Hause beim Fridhemsplan zu fahren.

»So …«, sagt Adam.

»So …«, entgegne ich.

»Das war schön, dich zu sehen. Wie immer.«

»Ebenso.«

»Versprich mir, dass du heute keine Dumplings mehr isst, ja? Damit ich mir keine Sorgen machen muss.«

Ich werde knallrot und schüttle hastig den Kopf. Er streichelt mir über die Schulter. Ich nicke und lächle ihn an. *Was machen wir hier eigentlich?*

»Versprochen.«

»Bis bald, ja?«

»Absolut.«

Er nimmt mich in den Arm, unsere Wangen berühren sich für eine Zehntelsekunde, dann schiebt er mich wieder von sich.

»Grüß Zacke und Jonathan von mir«, sagt er und wendet sich dabei zum Gehen.

»Ja, klar, also …«

Ich beende den Satz nicht, er wird ihn wahrscheinlich sowieso nicht mehr hören. Er scheint es auf einmal besonders eilig zu haben.

Auch ich mache mich auf den Weg zum Stureplan. Mir kommen Menschen entgegen, viele von ihnen gehen Hand in Hand. Liebespaare auf dem Weg zu einem späten Dinner. Oder auf dem Weg nach Hause, wo sie ein paar Kerzen anzünden und sich Tee kochen, um sich wieder aufzuwärmen.

Ich ziehe die Schultern hoch.

Es wird langsam richtig kalt.

4

Portrush, Nordirland

Als Ella die Augen aufschlägt, scheint die Sonne.

Die nächtlichen Albträume bringen sich wieder in Erinnerung. Sie hat die ganze Nacht wach gelegen und sich unruhig im Bett hin und her gewälzt, der Schlaf streifte sie nur sanft, wie die Berührung einer Feder. Aber sie kam nicht zur Ruhe. Was sie am Ende nicht wirklich überraschte. Schließlich war das die erste Nacht im Haus ihrer verstorbenen Eltern. In einem knarrenden, feuchten und fremden Haus.

Außerdem war da dieser Mann.

Kaum hatte Ella die Augen aufgeschlagen und ins gleißende Sonnenlicht geblinzelt, sah sie ihn wieder vor sich. Er hatte dort unten mit seinem Regenschirm auf der Straße gestanden, in einer schwarzen Regenjacke. Und Ella könnte schwören, dass er zu ihr hochgesehen hat.

Die Frage blieb, warum? Weshalb würde jemand draußen vor dem Haus stehen und es beobachten? Ein Einbrecher?

Ella war sofort zu Patrick gerannt und hatte ihn aufgeweckt. Wie immer hatte er tief und fest geschlafen, wie eine Kegelrobbe (allerdings eine sehr attraktive), und sie musste lange rütteln, bis er aufwachte. *Da draußen ist jemand!*, hatte sie geflüstert. Aber Patrick hatte nur schlaftrunken gebrummelt und sich wieder umgedreht. Als Ella kurz darauf wieder aus dem Fenster sah, war der Mann verschwunden. Vom Winde verweht, wie das braune Herbstlaub. Dann fand auch Ella den Weg zurück ins Bett, aber es dauerte sehr lange, bis sie endlich in einen unruhigen Schlaf fiel.

»Guten Morgen.«

Patrick steht lächelnd in der Tür. Ella setzt sich im Bett auf.

»Guten Morgen. Ich sehe, dass du die Dusche gefunden hast.«

»Ja. Aber das war ein Kampf.«

»Warum?«

»Also, ich meine zwischen mir und der Dusche. Wusstest du, dass warmes Wasser nur kommt, wenn man den Stromkasten unter dem Wasserhahn anstellt? Ich bin bis heute immer davon ausgegangen, dass Wasser und Elektrizität keine so gute Kombination sind, aber da sind sie hier ganz offensichtlich anderer Ansicht.«

Ella kichert.

»Willkommen in Großbritannien.«

Patrick fährt sich mit der Hand durch die Haare, was die Muskeln in seinem Oberarm betont. Ella betrachtet ihren frisch angetrauten Ehemann, der sich das dünne weiße Handtuch um seine kräftige Taille gewickelt hat. Was für ein sonderbarer Zufall das gewesen ist, dass sie ausgerechnet Patrick kennengelernt und geheiratet hat. All ihre Partner vor ihm waren im Vergleich kleine Jungs gewesen. Magere, blasse, modelmäßige Jungs mit modischen Frisuren und Klamotten. Großstadtkids eben.

Wenn man ihren Namen googelt, stößt man auf viele Fotos aus ihrer fast zwölfjährigen Schauspielkarriere, die sie auf dem roten Teppich zeigen. Die Männer – oder eher Jungs – an ihrer Seite wechselten immer mal wieder, sahen im Grunde aber alle gleich aus.

Und heute ist sie mit einem Grizzlybären aus Västerås, der schwedischen Provinz, verheiratet, der höchstens als Model für Motorsägen und Kautabak durchgehen könnte. Und trotzdem raubt er ihr den Atem. Das Licht der einfallenden Sonne spielt mit dem goldenen Kreuz, das ihm an einer Kette um den Hals hängt und auf seiner haarigen Brust liegt. Es funkelt. Patrick fährt sich durch den schwarzen Bart und kommt zu ihr ans Bett.

»Hast du gut geschlafen?«

»Ach, geht so.«

Das ist gelogen, und er sieht es ihr an. Allerdings weiß er auch, dass Ella noch nie wirklich gut geschlafen hat.

»Magst du schon aufstehen und frühstücken? Oder willst du, dass ich dir im Bett Gesellschaft leiste?«

Dabei hebt er vielsagend eine Augenbraue, was Ella zum Lachen bringt. Für den Bruchteil einer Sekunde kommt ihr der Gedanke, dass es sich vielleicht komisch anfühlen wird, im Bett ihrer Eltern Sex zu haben. Verboten gewissermaßen. Aber genau genommen ist es nur ein ganz normales Bett, zu dem sie ansonsten keine weitere Beziehung hat. Und zwar ein großes Bett in einem fremden Land, das im Sonnenschein badet. Es ist praktisch unmöglich, Patrick zu widerstehen. Frisch geduscht. Frisch verheiratet. Das werden sie nicht für immer sein.

»Hast du schon Kaffee gemacht?«

Er schüttelt den Kopf.

»Dann können wir mit dem Frühstück doch ein bisschen warten, finde ich …«

Er lächelt, löst das Handtuch und lässt es zu Boden fallen.

*

Schreiend schweben die Möwen über den feuchten Sand.

Ella und Patrick schlendern, jeder mit einer Wasserflasche in der Hand, die Strandpromenade hinunter. Es ist Oktober und unter der Woche, deshalb sind nicht so viele Touristen unterwegs. Überhaupt ist Portrush relativ menschenleer. Aber die Sonne scheint und wärmt. Das ist schön.

»Wollen wir heute Abend das Fischrestaurant ausprobieren?«, schlägt Patrick vor. »Da hinten am Ende des Strandes?«

»Eine sehr gute Idee. Glaubst du, dass wir einen Tisch reservieren müssen?«

»Nein, das kann ich mir nicht vorstellen. Ich glaube, wir können einfach vorbeigehen. Die Stadt wirkt ziemlich leer.«

»Allerdings.«

Arm in Arm setzen sie ihren Spaziergang fort, bis die Wolken sich eine halbe Stunde später vor die Sonne schieben und der Regen wieder auf das Dach trommelt.

*

Den Nachmittag verbringen sie im Haus. Sie haben beschlossen, das Haus von oben nach unten systematisch aufzuräumen und zu putzen. Den Anfang machen sie, bewaffnet mit Taschenlampe und Kerzen, oben in dem klaustrophobischen Dachboden, in dem sich Kisten und Koffer aus zwei Leben stapeln. Patrick hat frischen Kaffee gemacht, und im Hintergrund läuft seine Jazz-Playlist auf Spotify. Den Spinnweben und der staubigen Luft zum Trotz ist es gemütlich dort oben.

Ella öffnet eine Kiste und begegnet ihrem alten Ich. Eine gerahmte Aufnahme vom Schulfotografen. Sie müssen beide herzlich lachen, als sie das siebenjährige Mädchen mit geflochtenen Zöpfen, rosa Wangen und zwei Zahnlücken sehen. Weiter unten im Karton stößt sie auf noch mehr Fotos und sogar Fotoalben und beschließt, den Karton vorerst beiseitezustellen und sich die Fotos zu einem späteren Zeitpunkt anzusehen. In Nostalgie zu schwelgen liegt Ella überhaupt nicht. Schon gar nicht jetzt. Sie konnte nicht abschätzen, welche Gefühle dabei hochkommen könnten und wie sie damit umgehen würde.

Gegen sieben beenden sie ihre erste Runde. Es ist dunkel geworden. Bevor sie das Haus verlassen, ziehen sie beide einen zusätzlichen Pulli unter ihre Jacken, denn hier in Portrush wird es abends empfindlich kalt. Zum Glück ist die Strecke zum Restaurant nicht weit.

Ella ist wie ein Schwamm und nimmt jedes noch so winzige Detail auf. *Sieh mal dort, der alte Postkasten. Ob meine Mutter von hier ihre Briefe abgeschickt hat? Und dort, der kleine Gemüsehändler. Ob mein Vater dort eingekauft hat?*

Portrush ist eine sonderbare Stadt. Obwohl, *Ort* scheint passender zu sein. Er ist nicht besonders schön, hat aber Charme. Er ist weder besonders lebendig noch tot und ausgestorben. In Ferienorten findet man diese Atmosphäre manchmal. Als wären sie temporäre Einrichtungen, Kulissen für Durchfahrende. Was geschieht mit dem Ort, wenn die Touristen alle wieder abgereist sind? Stürzen dann die Kulissen ein? Ihre Eltern hätten ihr das beantworten können, denn sie haben hier alle Jahreszeiten erlebt.

Der Tisch im Restaurant steht direkt an einem der hohen Fenster. Der Raum ist gleichzeitig gemütlich und ein bisschen verschlissen eingerichtet. Sie können von dort das dunkelblaue Meer sehen, das sich draußen wie ein kaltes Ölgemälde erstreckt. Die Kellnerin zündet die Kerze auf dem Tisch an, und sie bestellen sich jeder die Spezialität des Hauses, den Teller mit Meeresfrüchten. Patrick nimmt ein Bier dazu, Ella entscheidet sich für ein Glas Chablis. Ob es sich wirklich um Chablis handelt, kann sie nicht sagen. Das hier ist gewiss kein Sternerestaurant. Sie kennt diese Art von Restaurants von der amerikanischen Küste, die mit Champagner für vier Dollar das Glas Werbung machen. Ella nippt am Wein, er ist kalt und köstlich. Mehr braucht sie nicht.

Seit ihrer Ankunft in Portrush hat sich Patrick über die eher spartanische Atmosphäre lustig gemacht. *Alles okay bei dir, Ella? Sag Bescheid, falls du Schnappatmung bekommst.* Ella hatte ihn angestupst und laut gelacht. Zu Hause in Stockholm führten sie nämlich ein ganz anderes Leben. Luxuriös und angenehm. Was sie hauptsächlich Ellas Vermögen zu verdanken haben. Nicht, dass Patrick als Tischler keine Einnahmen hätte. Aber den gehobenen Lebensstil finanzierten Ellas Honorare als Schauspielerin – die großzügige Vierzimmerwohnung in der Banérgatan in Östermalm, die Wochenendtrips, die Abende im *Riche* und ihren erlesenen Weingeschmack. Aber Ella hat für ihren Reichtum hart gearbeitet. Sie hat Kollegen, die zwei Rollen im Jahr übernehmen und mit diesen Einkünften gut über die Runden kommen. Ihr Alltag sieht anders aus, an den Wochenenden tritt sie in Musicals auf, und unter der Woche dreht sie Krimis. Dazu kommen der eine oder andere Werbespot, Moderationen für diverse Firmen und haufenweise Aufträge als Synchronsprecherin. Dabei ist es nie das Geld, das sie antreibt. Sie liebt es, zu arbeiten. Sie liebt es, immer etwas zu tun zu haben. Sie liebt es, sich immer etwas getrieben zu fühlen. Bloß kein Stillstand. Vielleicht stresst sie deshalb das stille, dunkle und unendliche Meer.

»Also, Meeresfrüchte können sie«, sagt Patrick lächelnd, als die Teller gebracht werden.

»Das stimmt.« Es schmeckt köstlich.

»Und … wie isses so?«, fragt er.

Ella saugt gerade die Schere eines Kaisergranats aus.

»Ich bräuchte Salz.«

Patrick grinst.

»Ich meine, wie es dir damit geht, hier zu sein? In Portrush. Den Hausstand deiner Eltern auflösen und so. Fühlt sich das komisch an?«

Ella zuckt mit den Schultern.

»Ganz ehrlich? Ich weiß nicht, wie es mir damit geht und wie es sich anfühlt …«

Wahrscheinlich ist es immer komisch, den Haushalt seiner verstorbenen Eltern aufzulösen. Wenn das Haus *nur* ihrem Vater gehört hätte, der vor fast fünf Jahren gestorben ist, wäre das etwas vollkommen anderes. Ella hatte nie einen besonders engen Kontakt zu ihm gehabt. Sie hatte ihrer Mutter viel näher gestanden.

Ihre Mutter kam Anfang der Fünfziger in Nordirland, hier in Portrush, zur Welt. Ihre Mutter war Irin, ihr Vater

Schwede. Ihre Großeltern hat Ella nie getroffen, sie kennt sie nur aus Erzählungen. Die beiden sind bei einem Frontalaufprall auf einer regennassen Landstraße ganz in der Nähe ums Leben gekommen. Da war Ellas Mutter gerade mal achtzehn. Mit neunzehn verließ sie ihr Heimatland und zog nach Schweden, mit einem jungen Schweden, den sie in einer Kneipe kennengelernt hatte. Aber dieser Mann sollte nicht Ellas Vater werden. Der kam erst acht Jahre später ins Spiel, als ihre Mutter sich endlich in Stockholm akklimatisiert und einen Ausbildungsplatz zur Krankenschwester bekommen hatte. Nachdem der erste Freund sie wegen eines Mädchens aus Schonen verlassen hatte, war für sie nämlich eine Welt zusammengebrochen. Und es half ihr auch nicht besonders, dass alle ihre Freunde zu ihm hielten.

Aber dann trat Roger in ihr Leben. Und es wurde die große Liebe – das Mädchen aus Nordirland und der Junge aus Stockholm. Vierzig Jahre waren sie verheiratet, und die letzten zehn davon verbrachten sie in Portrush. Aber da war Ella schon längst ausgezogen.

Ihr war nie bewusst gewesen, wie sehr ihre Mutter ihre Heimat vermisst hatte. Ella hatte sich nur gewundert, als sie damals ohne Vorwarnung dorthin gezogen waren. Aber ihre Eltern *waren* auch eigenartig. Aus diesem Grund hat sie gemischte Gefühle, dieses Haus leer zu räumen. Denn es ist die Möglichkeit, bei aller Trauer um den Verlust, eine lebenslange, schmerzhafte Beziehung zu beenden, die nun für immer der Vergangenheit angehören und niemals geklärt werden wird.

Ella versucht, diese bedrückende Erkenntnis mit einem großen Schluck Chablis hinunterzuspülen.

Patrick sieht sie auffordernd an.

»Das war keine so gute Frage, oder?«

Ella sieht hoch.

»'tschuldige?«

Sie hat seine Frage schon wieder vergessen.

»Wie es dir damit geht, hier zu sein. Ganz einfach ist es nicht, das glaube ich sofort.«

Er legt seine Hand auf ihre und streichelt ihren Handrücken. Ihre Blicke treffen sich, und Ella spürt diese tiefe Dankbarkeit, dass er sie begleitet hat und bei dieser Sache unterstützt.

Ein Schwarm Möwen segelt kreischend über den Strand. Es wird dunkel. Und plötzlich taucht dieser Mann wieder in Ellas Gedanken auf. Der Mann in der Regenjacke, der gestern Nacht im gelben Schein der Straßenlaterne gestanden und zu ihr hochgesehen hat.

Ella holt tief Luft.

»Ich freue mich so sehr darauf, wenn das hier überstanden ist.«

5

Stockholm

Zackes Weinbar heißt *Mon Dieu!* und liegt nur einen Steinwurf von ihrer Wohnung am Mariatorget entfernt. Es ist ein wahnsinnig gemütliches, winziges Lokal mit vier kleinen Tischen und einem Bartresen. Die Wände sind mit Weinflaschen, Korken und alten Etiketten verziert.

Vor einigen Jahren hatte Zacke eine regelrechte Lebenskrise. Ich behaupte zwar immer wieder, dass er die quasi alle zwei Wochen hat – *Lieber Gott, verleihe Jonathan die Kraft, das durchzustehen* –, aber vor ein paar Jahren war sie nicht mehr wegzudiskutieren. Nach unzähligen Jahren als Art Director bei diversen Zeitschriften, darunter auch der *Chance*, wollte er etwas Neues wagen. Zacke haben zwei Dinge immer besonders interessiert: Essen und Wein. Von einem Tag auf den anderen kündigte er seinen Posten und begann eine Ausbildung zum Sommelier.

Ich war bis zu diesem Zeitpunkt davon ausgegangen, dass *Sommelier* ein französisches Wort für Alkoholiker ist, aber für Zacke eröffnete sich ein ganzes Universum. Eichenfasslagerung, Bodenqualität, geografisch bedingte Niederschlagsmengen … lieber Gott, Wein ist wirklich eine eigene

Welt! Und natürlich haben weder Jonathan noch ich uns jemals beschwert, denn schließlich waren wir die Nutznießer, wenn er auf Auktionen Schnäppchen machte und Kleinode in den versteckten Regalen im staatlichen Monopolgeschäft Systembolaget entdeckte. Nach vielen Stunden des Lernens und Weinausspuckens hielt er am Ende sein Diplom in den Händen, und vor etwa einem Jahr hat er sein *Mon Dieu!* eröffnet. Den eigentlichen Kickstart aber bekam der Laden erst, nachdem im Gastro-Guide der angesehenen Tageszeitung *Dagens Nyheter* eine hymnische Rezension erschien.

»Was darf ich euch bringen?«, fragt Zacke mit einem bezaubernden Lächeln.

Er steht hinter der Bar und reibt ein Glas trocken. Ich habe meine Ellenbogen auf dem Marmortresen abgestützt, meine Haare hängen mir im Gesicht, und ich sehe bestimmt aus wie das gruselige japanische Brunnenmädchen aus *The Ring*.

»Irgendwas, Zacke.«

»Du weißt genau, dass ich diese Antwort gar nicht leiden kann. Wir haben gerade einen sensationellen Entre-deux-mers, der …«

»Ich will nichts trinken, was ich nicht aussprechen kann.«

»Du bist wie ein Kind.«

»Gib mir was Starkes. Am besten gleich in einem Goldfischglas, mit Strohhalm.«

»Dann solltest du vielleicht doch lieber ins *Crazy Horse* gehen.«

»Okay, meinetwegen, dann nehme ich einen Chardonnay. Aus der neuen Welt. Aber er muss vor allem cremig sein.«

Zacke schnaubt.

»Schon klar. Warum auch etwas Neues ausprobieren?«

Er holt eine Flasche aus dem Kühlregal, die eigentlich auch *Cilla* heißen könnte. Zacke erzählt was von der Herkunft des Tropfens aus dem Napa Valley in den USA und noch einen Haufen anderer Details, die er nicht mehr erwähnen müsste, weil ich den Wein schon tausendmal getrunken habe. Genau genommen immer, wenn ich zu ihm komme. Er schenkt mir trotzdem nur einen Probierschluck ein und reicht mir das Glas.

Wow. Als würden sich die Himmelspforten öffnen. Die Engel singen. Channing Tatum begrüßt mich – nackt –, und es regnet doppelfrittierte Pommes. Das hier ist das Beste, was es gibt.

»Ist er dir cremig genug?«, fragt Zacke. »Oder soll ich dir noch eine Packung Butter schmelzen, um den Effekt zu verstärken?«

Ich lächle ihn an.

»Er ist magisch. Eine unverwechselbare Cremigkeit.«

»Und … wie lief dein Date?«

Ich schüttle den Kopf.

»Kein Wort darüber bitte.«

»Also nicht so gut?«

»Wir waren im Kino, und danach sind wir Dumplings essen gegangen. Mir ist einer im Hals stecken geblieben, den ich dann würgend auf den Tisch gekotzt habe.«

»Wir alle haben irgendeine Form von Essstörung. Dafür musst du dich doch nicht schämen.«

»Echt jetzt, Zacke? Das war so … *erniedrigend.*«

»Dir ist etwas im Hals stecken geblieben. Wenn er es nicht verkraftet, dass seine Liebste ab und zu asiatisches Essen ausspuckt, dann ist das sowieso keine funktionierende Beziehung.«

»Aber, das ist es ja gerade. *Beziehung*. Wir haben keine Beziehung, wir haben ab und zu Dates. Wir machen … nichts.«

Ich nehme noch einen Schluck Wein und seufze. Sofort ist es mir unsäglich peinlich. So verzweifelt zu sein ist wirklich nicht witzig. Und vor allem überhaupt nicht attraktiv. Außerdem geht es mir auch nicht darum, einen Typen zu bekommen, nur um einen zu haben. Ich bin prima ohne Mann zurechtgekommen, seit mein Ex aus meinem Leben verschwand. Ich kann kochen, nachts gut schlafen und habe viel Spaß mit Zacke und Jonathan.

Es geht also nicht um irgendeinen Typen. Es geht um Adam. In den wenigen Stunden, die ich im Laufe der letzten drei Monate mit ihm verbracht habe, hat er mein Leben schöner und besser gemacht. In wenigen Sekunden gelingt ihm das. Es reicht, wenn ich sein schiefes Lächeln sehe oder die Art, wie er sich bewegt. Er muss nur aus einem Glas trinken. (Er sieht die Flüssigkeit an, bevor er sie hinunterschluckt.) Wenn ich ihn sehe, kribbelt es in meinem Bauch, er bringt mich zum Lachen.

»Hör auf, dich so zu stressen, Cilla«, sagt Zacke. »Eins nach dem anderen.«

»Wir sind seit drei Monaten zugange. Wären wir im 19. Jahrhundert, würde ich jetzt schon mein fünftes Kind bekommen.«

»Du willst fünf Kinder haben?«

»Nein, darum geht es doch jetzt gar nicht.«

Ich kratze mich am Kopf und stelle fest, dass mein Glas leer ist.

»Hast du noch was von dem Chardonnay, Zacke?«

Er schüttelt den Kopf. Ich erstarre.

»Was? Echt?«

»Kleines Späßchen. Ich habe Unmengen davon. Aber du hättest deinen Blick sehen sollen. Gold wert!«

*

Gegen neun verlasse ich Zackes Weinbar und bleibe einen Augenblick unschlüssig auf dem Mariatorget stehen. Die Bar macht in einer Stunde zu, und Zacke wird nicht so schnell nach Hause kommen. Auch Jonathan ist heute Abend beruflich unterwegs. So schön und gemütlich ihre Wohnung auch ist, aber ich habe keine Lust, allein dort zu sein.

Der Nordwind fegt über den Platz. Das Laub fliegt raschelnd über das frostbedeckte Kopfsteinpflaster. Ich wickle meine Jacke enger um den Körper und setze mich auf eine der Bänke. Mein Ziel ist es, ordentlich Kälte zu tanken, damit die Wohnung anschließend wie eine willkommene Rettung erscheint. Jonathan hat Aretha Franklin mit zu seiner Afterwork-Party genommen, sonst hätte ich mit ihr wenigstens eine kleine Runde gehen können.

Mein Hintern wird kalt. Kann ich von hier aus in fremde Wohnungen sehen? Etwas von dem Alltag der anderen erfahren? Eltern, die ihren Kindern Pfannkuchen und Fleischklößchen braten. Alte Ehepaare, die gemeinsam auf dem Sofa sitzen, Krimis schauen und dabei Tee trinken. Teenager, die sich darüber beschweren, dass sie am Wochenende nicht auf die Party gehen dürfen. Vielleicht leben dort auch Singles, die sich gerade eine Pizza in den Ofen schieben, ein Bier aufgemacht haben und eine Serie auf HBO sehen.

Plötzlich klingelt mein Handy in der Jackentasche. Es ist schon eiskalt, obwohl ich erst seit wenigen Minuten vor der Tür bin. Für den Bruchteil einer Sekunde flammt Hoffnung in mir auf, aber dann sehe ich, von wem die Nachricht ist.

Hej, Cilla! Alles okay bei dir? Was machst du am Wochenende? Komm doch Sussi und mich hier in Älvsjö besuchen! Wir könnten uns ein Filet mignon black and white machen. Das hast du als Kind so gerne gegessen. Wenn man im Moment überhaupt Schweinefleisch essen sollte. Ich habe von so einer Fleischgeschichte in Deutschland gelesen. Irgendwas mit Bakterien. Es sind schon zwei Frauen daran gestorben. Isst du viel Fleisch? Tu es nicht, Liebes. Komm uns doch besuchen! Küsschen Papa.

Ich muss grinsen. Mein süßer Papa. Mein besorgter Papa. Vielleicht wäre so ein Abend in Älvsjö eine gute Idee. Ich habe die beiden schon so lange nicht mehr gesehen. Mein Vater und Sussi haben sich ein paar Jahre nach dem Tod meiner Mutter kennengelernt und sind glücklich zusammen. Sie unternehmen lange Spaziergänge durch die Natur, verbringen die Wintermonate in der Sonne, kochen gerne, lösen Sudokus und legen eine Platte von Julio Iglesias auf, wenn man zu Besuch kommt.

Genau das will ich auch haben. Ich brauche keine große Romantik, keine dramatischen Gesten. Nur ein schönes Leben mit jemandem an meiner Seite. Mit dem ich kochen und lachen kann. Und der mit mir Julio Iglesias hört.

Als ich endlich genug habe, breche ich auf und stapfe in den vierten Stock. Ich reinige mein Gesicht (weil Zacke nicht müde wird, zu erklären, dass ich sonst am nächsten Morgen um zehn Jahre gealtert aussehe), dann klappe ich das Schlafsofa aus und mache mein Bett.

Kurz darauf schlafe ich ein. Im Hintergrund läuft eine Wiederholung von der Kochshow *Um halb acht bei mir*.

Das ist Geborgenheit.

6

»Cilla! Liebes!«

Um ein Haar verschlucke ich mich an meinem Kaffee, als Antonia Fiorelli durch die Tür des *Urban Delis* fegt und auf mich zustürmt. Ihr Auftreten führt mir auch dieses Mal vor, wie schlecht meine Körperhaltung ist, und ich strecke augenblicklich den Rücken durch. Um ihren Hals wickelt sich ein ganzer Fuchs (oder ist es ein Nerz?), und ihre Lippen sind so rot wie eine Ampel.

Antonia Fiorelli ist – juristisch gesehen – meine neue Chefin. Sie ist die Geschäftsführerin des Podcasts *Blutspur*, außerdem gehört ihr das ganze Unternehmen: Lovely Media. Antonia hat es zusammen mit ihrer Schwester Paula vor ein paar Jahren gegründet, und der Weg nach oben war steil und kerzengerade. Die beiden Frauen sind mittlerweile zu Lifestylegurus geworden und können selbst entscheiden, welche Podcasts sie produzieren wollen. Einer der bekanntesten ist ihr eigener: *Paula & Antonia – ehrlich bis auf die Haut*. Für den Nachzügler *Blutspur* mussten sie gar nicht so viel Reklame machen. Ihm gelang es von allein, die Zuschauer in seinen Bann zu ziehen. Das Interesse der Menschen an True Crime scheint unermüdlich zu sein.

Antonias Umarmung ist nicht mehr als eine Andeutung, und auch ihr Wangenkuss berührt kaum meine Haut. Sie lässt sich auf die Bank fallen und stellt ihre Louis-Vuitton-Tasche auf den Schoß.

»Wie schön, dich zu sehen, Cilla! Unsere neue Lieblingsautorin.«

»Ach, komm. Schön, dich zu sehen.«

Antonia ist supernett, aber sie hat auch Züge an sich, die mir Angst machen. Sie ist umwerfend schön, aber obwohl sie immer total professionell ist, und nett und entgegenkommend, habe ich panische Angst, dass sie hinter meinem Rücken schlecht über mich redet, sobald sich unsere Wege wieder trennen. Sie ist der Typ dafür.

»Und, wie läuft's? Elizabeth Smart? Alles im Kasten?«

»Short! Jepp. Ich habe den Text gestern der Programmleiterin geschickt. So ein gruseliger Fall.«

»Furchtbar.«

Antonia schüttelt sich, aber das vergnügte Lächeln verschwindet dadurch nicht. Sie und ihre Schwester sind die größten True-Crime-Fans überhaupt, was sie wahrscheinlich auf den Gedanken gebracht hat, einen Podcast über ungelöste Fälle zu starten. Außerdem habe ich vor Kurzem irgendwo gelesen, dass die Schwestern einen Buchvertrag für eine Krimitrilogie in Höhe von mehreren Millionen abgeschlossen haben sollen.

»Hast du einen neuen Auftrag für mich?«, frage ich.

»Darauf kannst du wetten, Cilla! Zuerst hatte ich an die kleine Schönheitskönigin JonBenét Ramsey gedacht!«

Sie spreizt dabei ihre manikürten Finger zu einer showreifen Geste auf.

»Um diesen Fall ranken sich unendlich viele Mythen in den USA. Wer hat die kleine JonBenét ermordet? War es die Mutter, der Vater, der Bruder oder ein Irrer, der durchs Kellerfenster ins Haus eingedrungen ist? Das ist wirklich ein großes Rätsel. Aber …«

»Aber?«

»Aber dann habe ich mitbekommen, dass sich Simon und Simona den Fall schon geschnappt haben. Diese Idioten …«

Ich nicke enttäuscht. Simon und Simona sind ein YouTube-Paar, das sich im vergangenen Jahr landesweit einen Namen gemacht hat. Neben dem YouTube-Kanal betreiben die beiden einen sehr gut besuchten Blog sowie einen Podcast, in dem sie über Mysterien und übernatürliche Phänomene reden. Meistens handelt es sich um schwedische Herrenhäuser, in denen es spuken soll, aber ab und zu taucht auch ein ungelöster Mordfall in ihrem Programm auf.

Antonia schüttelt wütend den Kopf. Die Rivalität zwischen den Schwestern Fiorelli und Simon und Simona ist groß. Immerhin konkurrieren sie um dasselbe Publikum.

»Aber ich habe einen anderen Fall gefunden«, sagt Antonia. »Einen viel besseren sogar. Bist du dabei?«

Ich grinse übers ganze Gesicht.

»Ob ich dabei bin? Machst du Witze? Die ungelösten Mordfälle bezahlen meine Miete.«

Sie öffnet lächelnd ihre Louis-Vuitton-Tasche (die übrigens so groß ist, dass dort problemlos ein irischer Wolfshund Platz hätte und bei Bedarf auch das Herrchen). Mit Schwung landet ein roter Ordner mit dem Logo von *Blutspur* auf dem Tisch, aus dem sie ein Blatt Papier zieht und es auf meine Seite des Tisches schiebt. Mir sieht eine junge Frau mit Korkenzieherlocken entgegen. Die Aufnahme ist verschwommen und scheint in einem privaten Umfeld aufgenommen worden zu sein. Im Hintergrund kann ich Bücherregale mit haufenweise LPs entdecken. Dieses Foto stammt eindeutig nicht aus den 2000er-Jahren.

»Wer ist das?«, frage ich.

»Laila Damm. Klingelt es bei dir?«

Ich schüttle den Kopf.

»Leider nicht …«

»Laila Damm ist auf diesem Foto siebenundzwanzig Jahre alt. Sie war eine geheimnisvolle, sagenumwobene Frau, die im Stockholmer Nachtleben Ende der Achtziger sehr aktiv war. Eine … wie soll ich sagen … Salonlöwin.«

»War sie ein Promi?«

»Nicht offiziell, aber in ihren Kreisen schon. Sie war Schauspielerin, hatte aber noch nicht die richtig großen Rollen bekommen. Du weißt schon, hier und da mal Statistin in ein paar Filmen, kleinere Rollen in Fernsehserien, so was. Ihre Bekanntheit hatte auch weniger mit ihrer Karriere zu tun, sondern mit ihrer Art. Laila war mit jedem gut Freund. Alle, die in den Achtzigern in Stockholm was zu melden hatten, kannten sie. Das heißt, bis 1988. In jenem Jahr verschwand sie nämlich spurlos.«

»Oh.«

»Hm. Es gab keinerlei Hinweise, nichts. Vollkommen spurlos verschwunden. Sie wurde das letzte Mal auf der Kungsgatan gesehen, an einem Abend im Herbst 1988.«

»Geht man davon aus, dass sie ermordet wurde?«

»Nein. Es gibt selbstredend eine ganze Reihe von Theorien, aber es handelt sich hier genau genommen nicht um einen ungelösten *Mord.* Es ist ein ungelöstes Rätsel. Seit jenem Abend gab es keinen Anhaltspunkt mehr über ihr Verbleiben, niemand hat sie jemals wiedergesehen. Weder tot noch lebendig.«

*

Etwas später stehe ich auf dem Sveavägen, inmitten des Chaos.

Es ist kurz vor zwölf, und ganz Stockholm ist unterwegs, auf dem Weg in die Mittagspause. Die Leute stürmen ins *Urban Deli* und kommen wieder raus mit Papiertüten, in denen sie ihre sündhaft teuren Salate zurück ins Büro tragen, zurück vor ihre Computer.

Ein großer Vorteil an meiner Freiberuflichkeit ist, dass ich viel flexibler bin, was besonders heute von Bedeutung ist. Denn ich werde die nächsten zwei Stunden mit einer Freundin das Käsefestival besuchen, das auf der Terrasse der Oper stattfindet. Sie hatte die Ankündigung in der Zeitung gelesen, und da wir beide immer knapp bei Kasse sind, habe ich uns mit meinem Presseausweis zwei Eintrittskarten besorgt. Dass ich noch nie in meinem Leben auch nur eine Zeile über Käse geschrieben habe, ist eine andere Geschichte …

»Huhu, Cilla!«

Ich schiebe mich durch die Menschenmasse vor dem *Urban Deli* und entdecke sie auf der anderen Straßenseite. Meine neue beste Freundin und Schrebergartennachbarin auf Bullholmen. Sie trägt enge, ausgewaschene Jeans, Stiefel in Leopardenmuster und einen mit Blumen gemusterten

Mantel. Offensichtlich hat sie gerade ein Autofahrer nass gespritzt, denn sie hat dunkle Flecken auf der Hose, an denen sie verbissen reibt.

»Rosie. Hallo!«

Ich weiche den hupenden Autos aus und überquere die viel befahrene Straße. Wir umarmen uns zur Begrüßung und machen uns sofort auf den Weg zur nächsten U-Bahn-Haltestelle am Hötorget.

»Was für ein Mistwetter!«, stöhnt Rosie, als wir die Treppen runterlaufen. »Zum Glück gibt es gleich lecker Parmesan zum Mittag.«

*

Eine halbe Stunde später haben Rosie und ich uns am Eingang der Terrasse angemeldet, unsere Mäntel in der Garderobe der Oper abgegeben und uns, mit Block und Stift ausgestattet, auf den Weg gemacht. Man kann durch die großen Fenster die Lebensader Stockholms, den Strömmen sehen, der draußen vorbeifließt. Das Festival findet zum dritten Mal statt und wendet sich nicht nur an die Besitzer und Einkäufer von Restaurants und Delikatessenläden, sondern auch an interessierte Journalisten.

Man kann in der Tat mit allen Sinnen erfahren, worum es in den Räumen geht. *Empfindliche Nasen sind unerwünscht!* steht auf einer Tafel an der Wand. Ich muss lachen, als ich sehe, wie Rosie die Augen verdreht.

»Ich habe absolut *keine* empfindliche Nase. Käse ist das wahre Gold des Lebens! Was bin ich für ein Glückspilz, dass ich dich kennengelernt habe, Cilla. Du bist mein ganz persönlicher VIP-Service.«

»Das läuft mir runter wie Butter. Ich gehe ja praktisch nie auf solche Events. Aber jetzt habe ich jemanden, der mich begleitet. Herrlich.«

Die Wahrheit ist, dass ich immer wieder mal Einladungen zu solchen Veranstaltungen bekomme, vermutlich stehe ich seit meiner Zeit bei *Chance* nach wie vor auf irgendwelchen Listen der Presseabteilungen. Die meisten wissen nicht, dass ich mittlerweile als Kriminaljournalistin arbeite. Sonst würde die Zahl an Einladungen zu solchen Events wahrscheinlich sehr schnell sehr stark schrumpfen. Außer vielleicht zu Clas Ohlsons Frühlingsshow, auf der die neuesten Plastiksäcke präsentiert werden.

»Ich verspreche dir, dass ich mich dafür revanchieren werde.«

»Nein, das musst du nicht.«

»Doch, das will ich aber. Ich habe auch schon was geplant. Eine Überraschung …«

Sie hebt theatralisch eine Augenbraue. Es ist zum Brüllen, wie eine Frau in ihrem Alter so ungezogen und frech aussehen kann.

»Oha«, sage ich. »Das klingt aber spannend.«

»Oder? Aber dazu später mehr. Jetzt lass uns reinhauen.«

Allen Besuchern wird ein Vorrat an Zahnstochern ausgehändigt. Damit bewaffnet, wandern wir von Stand zu Stand und probieren alles, was uns anspricht. An einem Stand bietet ein Aussteller Ziegenkäse aus dem Loiretal an, und Rosie und ich bleiben geschlagene zwanzig Minuten bei ihm stehen und probieren uns durch sein Sortiment. Zacke würde durchdrehen vor Neid, wenn er wüsste, dass ich hier bin. Das Einzige, was er noch mehr liebt als Wein aus dem Loiretal ist Käse aus dem Loiretal. Am besten, ich verschweige es ihm. Schließlich soll er sich auf keinen Fall von meiner neuen Freundin bedroht fühlen.

Zwei Stunden später haben wir mit unseren Zahnstochern sämtliche Aussteller abgeklappert. Wir hatten Brie aus Eskilstuna, Blauschimmelkäse aus Deutschland und so viel Brillat-Savarin, dass wir kurz davor waren, laut zu blöken. Es ist bald drei Uhr, und am schwindenden Licht erkennt man die Jahreszeit. Es ist Herbst, und Tageslicht wird für die Bewohner der Großstadt immer mehr zu einem flüchtigen Begleiter.

Die meisten Besucher des Festivals sind schon gegangen und haben ihre Goodie-Bag mitgenommen. Rosie und ich sind praktisch die Letzten.

»Und, wie geht es dir? Käse satt?«, frage ich sie.

»Das wird niemals passieren. Eigentlich bräuchte ich eine eigene Käserei zu Hause. Aber man muss ja irgendwann Schluss machen.«

»Ganz deiner Meinung.«

»Aber, durstig macht das Vergnügen schon ...«

Ich lächle sie an.

»Was schlägst du vor?«

»Keine Ahnung. Hast du gerade viel zu tun?«

»Ich habe gerade einen neuen Fall bekommen und wollte nach dem Käseevent damit anfangen.«

»Aha, verstehe. So ist das als berufstätige Frau. Manchmal vergesse ich, dass nicht alle Rentner sind, so wie ich.«

»Andererseits ... ich arbeite ja freiberuflich. Und heute ist Freitag.«

Rosie strahlt übers ganze Gesicht.

»Kein Wort mehr. Ich hole unsere Jacken.«

7

Wir entscheiden uns für das feudale *Berns Asiatiska*.

Da der Abend noch so jung ist, dass man ihn noch nicht wirklich als Abend bezeichnen kann, ist der Laden noch ziemlich leer. In der Bar tummeln sich nur Rosie, ich und ein paar Barkeeper, während sich draußen das schimmernde Licht der Straßenlaternen in den Pfützen im Berzelli Park spiegelt.

Rosie hat sich für den roten Hauswein entschieden, ich mich für einen cremigen Chardonnay aus Argentinien.

Wir stoßen an und genießen unseren ersten Schluck des Tages.

»Hmm«, schwärmt Rosie. »Das hätten wir zu dem wunderbaren Käse haben sollen.«

»Ganz deiner Meinung. Wein und Käse sind das Sahnehäubchen des Lebens.«

»Ja, leider. Die Gefahr ist nur, sich als Rentner langsam, aber sicher in eine Burrata zu verwandeln. Ich muss unbedingt meine Walkingstöcke wieder rausholen. Aber lass uns jetzt bitte nicht über Sport und Verzicht sprechen. Das ist das Langweiligste, was es gibt. Erzähl mir lieber von deinem Job. Wie läuft es bei *Blutspur*?«

Ich lache.

»Das läuft ganz gut. Obwohl einige Fälle, über die ich schreibe, ziemlich makaber sind, finde ich den Job superspannend.«

»Verstehe. Aber daran wirst du dich gewöhnen. Das hat bei mir auch gedauert.«

»Ja, aber der große Unterschied ist, dass ich nur über die Fälle schreibe. Du hingegen bist *Polizistin* gewesen, Rosie. Himmel, wenn ich nur darüber nachdenke. Du hattest mit solchen Dingen in echt zu tun.«

»Ja, stimmt schon. Aber meistens ging es um Einbrüche und so einen Quatsch. Ich hatte gar nicht so oft mit Mordfällen zu tun.«

»Aber ab und zu schon?«

Ich hebe eine Augenbraue, um meine Neugier zu signalisieren, und Rosie nickt und nimmt einen Schluck Wein.

»Doch, ab und zu schon.«

Rosie sieht aus dem Fenster, und ich merke sofort, dass sie das Thema wechseln will. Wenn wir auf ihre Zeit als Polizeibeamtin zu sprechen kommen, macht sie manchmal ganz plötzlich zu. Und dann frage ich mich, ob sie etwas erlebt hat, das sie vielleicht bis heute verfolgt.

»Von *Blutspur* zur Liebe, Cilla«, sagt sie grinsend und kichert heiser. »Wie sieht es denn an der Front aus?«

»Du meinst, wie es zwischen mir und deinem Sohn läuft?«

»Ganz genau.«

Ich nicke, überlege angestrengt, wie ich es am besten ausdrücken könnte. Dass meine neue beste Freundin ausgerechnet die Mutter von Adam ist, macht das Ganze nicht weniger kompliziert. Aber zum Glück nicht so unangenehm, wie es sein könnte. Nichts ist wirklich unangenehm mit Rosie. Im Gegenteil. Mit ihr fühlt sich alles viel leichter und einfacher an. Die Welt ist heller. Lustiger. Außerdem hätte ich ohne Rosie auch Adam niemals kennengelernt. Sie hat uns beide miteinander bekannt gemacht, an jenem heißen Sommermorgen vor ein paar Monaten.

Mit Betonung auf *ein paar*.

Es sind nämlich schon mehrere Monate vergangen.

Der Sommer hat sich verabschiedet, die Kälte und Dunkelheit haben Einzug gehalten, und ich und Adam … Adam und ich …

»Ehrlich gesagt, weiß ich nicht so richtig, wie es aussieht.«

Rosie neigt ihren Kopf zur Seite und betrachtet mich schweigend.

»Warum? Hat er dir was gesagt?«

»Adam? Über dich? Oh nein, in diesen Sachen ist er superdiskret. Und ich würde ihn niemals danach fragen.«

Ich sehe sie skeptisch an.

»Schon gut. Aber, selbst *wenn* ich ihn gefragt hätte, wäre die Ausbeute sehr mager gewesen.«

Ich lächle sie an. Es beruhigt mich, dass Adam zumindest seiner Mutter gegenüber nichts gesagt hat.

»Aber ihr trefft euch doch noch, oder?«, fragt Rosie.

»Ich … glaube schon.«

»Du *glaubst*? Hast du dir das nicht schriftlich geben lassen? Oder wenigstens per digitaler Unterschrift? Das solltest du immer als Erstes einfordern.«

Ich lache.

»Es ist halt alles ein bisschen unverbindlich. Aber … sag mal, findest du es komisch, wenn wir darüber sprechen?«

Rosie wedelt meine Bedenken fort.

»Kein bisschen! Wenn ich mich nicht mit Leuten verabreden würde, die Adam daten, hätte ich überhaupt keine sozialen Kontakte.«

»Na, vielen Dank. Sehr aufmunternd.«

Rosie grinst. Ich weiß, dass sie recht hat. Adam hat es in seinem Leben nicht an weiblichen Verehrerinnen gemangelt. Noch nie.

»Hast du etwa Angst, dass er andere Frauen trifft?«

»Nein. Nein, überhaupt nicht. Oder … sagen wir so, ich glaube nicht, dass ich Angst habe. Aber ich glaube, dass …«

Ich verstumme. Was glaube ich eigentlich? Ich weiß, dass ich den Großteil des Tages damit verbringe, an ihn zu denken. Ich weiß, dass mein ganzer Körper kribbelt, wenn ich eine SMS von ihm bekomme. Ich weiß, dass er mich zum Lachen bringt. Und ich weiß, dass die eine Nacht, die wir miteinander verbracht haben, einfach fantastisch war.

Ich räuspere mich.

»Die Wahrheit ist, dass ich keine Ahnung habe, wie groß Adams Interesse an mir ist.«

Sie runzelt die Stirn.

»Nicht? Ich finde, er wirkt ziemlich verknallt.«

»Ach, wirklich?«

»Das finde ich schon. Cilla, ich bin schon eine Weile auf der Welt. Gefühlt hundert Jahre. Ich kann doch sehen, ob jemand verschossen ist oder nicht. Vor allem, wenn es sich um meinen eigenen Sohn handelt.«

»Warum treffen wir uns dann nicht häufiger? Warum lädt er mich nicht zu sich nach Hause ein? Warum …«

»Warum ihr nicht den nächsten Schritt geht?«

»Ganz genau!«

Ich muss lauter gesprochen haben, denn einer der Barkeeper sieht zu uns rüber. Verlegen trinke ich einen Schluck Wein und seufze.

»Das ist frustrierend, das kann ich sehr gut verstehen«, sagt Rosie. »Adam kann manchmal ganz schön schwierig sein, obwohl er so charmant ist. Sein Job ist sein Leben. Er ist da sehr engagiert. Aber ich weiß, dass er dich sehr gerne hat. Also …«

»Ja?«

»Halte durch!«

Ich lache.

»Ich soll durchhalten? Das klingt, als wäre er eine … Steuerrückzahlung.«

»Hm. Ja. Da ist was dran. Los, trink mehr Wein. Hör auf, dir so viele Gedanken zu machen. Es ist außerdem Zeit für meine kleine Überraschung.«

»Rosie, du sollst doch nicht …«

»Ruhe jetzt! Mir macht das Freude. Außerdem bist du es allemal wert.«

Sie holt etwas aus ihrer Tasche und legt es auf den Bartresen. Es ist eine Hochglanzbroschüre.

Sie schiebt sie zu mir, und ich starre auf die Vorderseite. Dann sehe ich hoch zu Rosie.

»Was ist das?«

»Das ist meine Überraschung!«

Zu sehen ist ein schneeweißes Gebäude vor einem dunkelblauen Meer im Hintergrund. Goldene Buchstaben glitzern über dem Foto. *EINWEIHUNG: Bullholmens neues Luxus-Spa – Villa Meeresperle!*

Ich blättere durch die Broschüre. Es wird ein neues Wellness- und Konferenzcenter auf Bullholmen eröffnet. Auf Bullholmen, meiner kleinen Oase in den Stockholmer Schären, auf der Rosie und ich unsere Schrebergärten haben.

»Ich fasse es nicht, die eröffnen ein Spa auf Bullholmen?«

»Unglaublich, oder? Das Gebäude war, lange bevor ich auf die Insel kam, eine heruntergekommene Pension. Dann wurde die geschlossen, und seit den Achtzigern stand es leer und verfiel. Bis vor zwei Jahren, da hat ein Investor den Grund und Boden gekauft. Und jetzt ist es ein Hotel.«

»Das sieht fantastisch aus. Aber wo auf Bullholmen ist das?«

»Man nimmt den Weg zur Kirche und dann noch ein Stückchen weiter.«

»Ich glaube, so weit bin ich nie gekommen.«

»Nein, aber jetzt ist es so weit. Genauer gesagt, nächstes Wochenende.«

Ich starre Rosie an, bin sprachlos. Sie grinst mich an und nimmt einen Schluck Rotwein. Nach einer Weile beginnt sie, mit den Fingern auf dem Tresen zu trommeln.

»Verdammt, wir hätten uns ein paar Nüsschen zum Wein bestellen sollen. Man bekommt vom Trinken immer so einen Hunger.«

»Aber Rosie … was hat das zu bedeuten?«

»Na, ganz einfach: du und ich in der Villa Meeresperle! Ein verlängertes Wochenende, drei Übernachtungen, alle Mahlzeiten inklusive und freier Eintritt in alle Spa-Bereiche. Donnerstag bis Sonntag.«

»Aber … aber … ich kann nicht …«

»Natürlich kannst du! Du musst nichts anderes tun, als lieb zu lächeln und Danke zu sagen.«

»Aber kannst du dir das überhaupt leisten?«

»Haha. Machst du Witze? Ich bin eine pensionierte Polizistin. Ich kann mir noch nicht einmal das McMenü Plus bei McDonald's leisten. Ich habe bei einem Preisausschreiben gewonnen.«

»Was?«

»Ja! Mir gefiel deren Facebookseite, die hatten da ein Preisausschreiben, bei dem man was dichten sollte oder so. Ich hatte ein, zwei Bier intus und habe einfach irgendetwas zusammengestümpert. Und am nächsten Tag habe ich eine Mail bekommen.«

»Okay. Also war das keine Mail von wegen ›Glückwunsch, Sie wurden exklusiv für unseren Hauptgewinn ausgewählt! Schnell hier klicken und Preis sichern!‹?«

Rosie zieht eine Schnute.

»Vergiss nicht, dass ich mal Polizistin war.«

Ich lache lauthals.

»Okay, sorry.«

»Also, nächste Woche. Donnerstag bis Sonntag! Was sagst du?«

»Aber … bist du dir sicher, dass du *mich* mitnehmen willst?«

»Wen sollte ich denn bitte sonst mitnehmen? Eine meiner alten Schachteln? Die beschweren sich doch nur die ganze Zeit. Weil es überall nass ist, und dann rutschen sie auf den Fliesen im Spa aus, brechen sich den Oberschenkelhals und wollen hinterher den Laden verklagen. Ich will *dich* dabeihaben! Und sonst niemanden. Also hör auf, dir einen Kopf zu machen, und sag einfach Ja.«

In meinem Kopf überschlagen sich die Gedanken. Meine Deadline für den Laila-Damm-Fall ist der Montag nach dem besagten Wochenende. Und wer weiß, ob im Laufe der Woche noch ein weiterer Fall dazukommt. Auf der anderen Seite: hallo, ein verlängertes Wochenende in einem Luxus-Spa? Warme Bäder, Ruhe, gutes Essen, Plauderalarm mit Rosie. Kann man so ein Angebot überhaupt ablehnen? Vielleicht kommt das gerade wie gerufen. Und vielleicht ist es auch nicht schlecht, wenn ich ein paar Tage an etwas anderes denke als an den Job. Und an Adam.

Ich kann merken, dass mein ganzes Gesicht lächelt.

»Okay!«, sage ich. »Ja, ich komme mit.«

»Hurra! Oh, das macht mich so froh. Prost! Komm, wir bestellen noch was. Ich habe noch keinen sitzen.«

8

Portrush, Nordirland

Ella sitzt in der Küche.

Es ist kurz vor Mitternacht, und Patrick ist schon ins Bett gegangen, nur sie spürt keine Müdigkeit, trotz der drei Gläser Chablis. Normalerweise reicht ihr schon ein halbes Glas Sekt, um schläfrig zu werden, aber hier oben in Nordirland scheint nichts so zu sein, wie es sein soll.

Der Regen trommelt leise auf das Fensterblech.

Die Straße ist leer, der blasse Schein der Straßenlaternen fällt auf den nassen Asphalt.

Sie hat sich einen Tee gemacht und trinkt die heiße Flüssigkeit in winzig kleinen Schlückchen. Ella mag Tee nicht besonders, mochte ihn noch nie. Warum hat sie sich dann bitte einen Tee gekocht? Vielleicht weil sie in Nordirland ist und man hier Tee trinken *muss*? Das ist für die Einheimischen hier so normal wie … Coca-Cola in den USA. Oder in Italien ein Glas Wein zum Mittagessen.

Wein. Vielleicht wäre *das* die Lösung. Mehr Alkohol?

Sie steht auf und durchsucht die Küchenschränke. Patrick und Ella haben selbst keinen Wein oder Ähnliches gekauft, aber ihre Mutter müsste Alkohol zu Hause haben. Wenn jemand immer was zum Trinken im Haus hatte, dann Ellas Mutter. Aber vielleicht sind die Schränke gerade deshalb leer, weil sie alles ausgetrunken hat, bevor die Krankheit so richtig zugeschlagen hat?

Hinter einer Packung Kekse entdeckt Ella eine Flasche Hochprozentigen. Rum? Etwas in der Art. Auf dem Etikett kann sie nur noch dreißig Prozent Alkoholgehalt ausmachen, der Rest hat sich bereits aufgelöst. Sie schenkt sich ein Glas zur Hälfte ein und füllt den Rest mit der Cola aus dem Kühlschrank auf, die Patrick am Flughafen gekauft hat. Nach dem ersten Schluck verzieht sie das Gesicht. Es schmeckt stark und süß, aber ist genau das, was Ella jetzt braucht. Der Geschmack ist nebensächlich. Sie will sich betrinken.

Einmal ist keinmal. Zweimal ist eine Gewohnheit.

Ella betrinkt sich nie richtig. Ein paar Gläser Wein zum Essen ab und zu, aber nie mehr als das. Sie trauert zwar um ihre Mutter, aber sie will auf keinen Fall so werden wie sie. Niemals.

Ella hat nie verstanden, warum ihre Mutter getrunken hat. Stets und ständig … Solange Ella zurückdenken kann, hatte ihre Mutter abends immer einen Drink in der Hand. Sie wurde nie aggressiv, man hörte kein Wort der Klage aus ihrem Mund, sie wurde nie ausfallend und gemein. Aber sie hat immer getrunken. Immer. Vielleicht wollte sie damit etwas besänftigen, vor etwas fliehen oder etwas verdrängen? Waren das nicht die häufigsten Gründe, wenn jemand trank?

Ella setzt sich wieder an den Tisch und nimmt ein paar Schlucke. Dann schaltet sie ihr Handy ein und checkt ihre Mails. Hunderte ungelesene Mails, um die sie sich bald kümmern sollte. Seit dem Tod ihrer Mutter vor einem Monat hat sie keine mehr beantwortet. Wenn ihr Agent sie anruft, geht sie ran und telefoniert mit ihm, damit er weiß, dass sie lebt und es ihr gut geht. Aber ansonsten meidet sie das Telefon. Diese Pause war wichtig, sie brauchte die Wochen, um zur Ruhe zu kommen.

Trotzdem lösen die Betreffzeilen Stress in ihr aus.

Interview für den Angst-Podcast?

Dein größter Fan!! BITTE ANTWORTE MIR!!

Plauderabend mit Coachin Mia Törnblom?

Titel für die Sonntagsausgabe Expressen – EILT!!!!

Ella kann ein Kichern nicht unterdrücken. Ihre Mutter ist kaum unter der Erde, und schon will die Sonntagsausgabe vom *Expressen* sie auf ihrer Titelseite haben. Lächelnd. Diese schreckliche Art von Lächeln, das man bei allen Promis auf Titelseiten sieht. Vollkommen unnatürlich. Und dazu eine packende Überschrift: »Knochenkrebs: mit Blaubeeren und Meditation im Kampf gegen meine Krankheit.«

Die einzige Person, die sich seit Ellas Abreise nicht bei ihr gemeldet hat, ist gleichzeitig die, von der sie sich am meisten ein Lebenszeichen wünscht: ihre Schwester. Wenn die an ihrer Seite gewesen wäre, hätte sie das hier nicht alles allein stemmen müssen. Sich um alles kümmern müssen. Das Chaos aufräumen, das ihre Mutter hinterlassen hat. Sie hätten es gemeinsam erledigen können, dann wäre alles so viel leichter gewesen. Aber so ist Ellas Schwester nun einmal nicht. Obwohl sie gleich alt sind, hat sich ihre Schwester immer wie die Jüngere von beiden verhalten. Diejenige mit dem hauchdünnen Nervenkostüm, als würden die Gefühle wie krustige Wunden auf der Haut liegen. Diejenige, die immer die größte Unterstützung benötigte. *Ich kann das nicht,* hatte sie gejammert, als Ella sie darum bat, sie nach Portrush zu begleiten. *Es tut mir so leid. Ich übernehme gerne die Reisekosten, Ella. Ich bezahle alles! Aber ich kann nicht mitkommen.* Himmel. Als wären die Unkosten das Problem. Patrick musste sich freinehmen und einspringen. Wie immer.

Ella hat schon seit mehreren Wochen nicht mehr mit ihrer Schwester gesprochen. Stattdessen melden sich bei ihr nur ihr Agent und die Medien.

In solchen Momenten wird ihr bewusst, was für ein verrücktes Leben sie führt.

Wie schnell sich alles verändert hat.

Vor fünf Jahren erst hat sie ihre Ausbildung an der Akademie für Musik und Theater an der Universität Göteborg beendet und ist danach direkt zurück nach Stockholm gezogen. Für diesen Platz hatte sie hart gekämpft. Jahrelang hatte sie tagsüber im Supermarkt gejobbt und abends Schauspielkurse belegt, um sich darauf vorzubereiten. Sie verließ die Akademie in dem Glauben, dass sie wie für die Bühne gemacht ist.

Die beiden ersten Jahre danach aber waren ziemlich holprig. Am Anfang hielt sie sich mit Werbespots, als Komparsin in Kommissar-Beck-Verfilmungen und mit Nebenrollen in dubiosen Inszenierungen in winzigen Privattheatern über die Runden. Vor drei Jahren dann hatte sie ihren Durchbruch. Sie erinnert sich daran, als wäre es gestern gewesen. Ihr Agent hatte ihr erzählt, dass der Sender SVT eine große Nummer plante, eine Dramödie über eine Gruppe von Leuten, die alle in unterschiedlichen Abteilungen eines Kaufhauses arbeiten. Ella sollte vorsprechen für die Rolle der extrovertierten und fröhlichen Partymaus Sigrid, die in der Damenbekleidung angestellt ist. Ihr gefiel das Drehbuch sehr, und auch das Casting lief großartig. Aber dass *Die Galerie* ein solcher Publikumsliebling werden würde, damit hatte sie nicht gerechnet. Über Nacht kannte sie jeder, sie konnte sich nicht einmal mehr einen Cappuccino kaufen, ohne dass sie jemand anstarrte oder ansprach.

Danach kam die Hauptrolle in der erfolgreichen Weihnachtskomödie *Zu Hause ist es am schönsten,* und seitdem jagt ein Engagement das nächste. Ella schlug im Showbiz ein wie eine Bombe. Es mangelt ihr weder an Geld noch an Kreativität.

Und dennoch … es erstaunt sie, wie schnell sich der Fokus verändert hatte. Ihr Agent bekam inzwischen genauso viele Rollenangebote wie Werbeaufträge für sie rein. Und nicht nur Werbespots, sondern auch ganz andere Sachen, die nicht unbedingt etwas mit ihrer Schauspielerei zu tun haben. Die Zeitschrift *Amelia* hat anfragen lassen, ob sie auf ihrer Homepage eine Kolumne schreiben würde. Der Fernsehsender TV3 will eine Realityshow über ihren Alltag mit Patrick drehen. Fast täglich bekommt sie fünf Anfragen, um bei den verschiedensten Podcasts mitzuwirken, und die Zeitschrift *Vego* will sie zur offiziellen Botschafterin ernennen, weil sie in einem *einzigen* Interview mal gesagt hatte, dass sie Avocado liebt.

Manchmal hat Ella das Gefühl, dass ihr ganzes Leben ein einziger Job ist. Nicht nur ihre Rollen als Schauspielerin.

Aber sie mag sich selbst nicht auf Titelseiten sehen, und Podcastbeiträge stehlen ihr nur die Zeit, die sie für andere Projekte verwenden könnte. Was sie tatsächlich niemals aushalten würde, wäre ein Fernsehteam zu Hause bei sich zu haben. Und trotz ihrer Liebe zur Avocado ernährt sie sich alles andere als vegan.

Ella legt ihr Handy zurück auf den Küchentisch und gönnt sich einen Schluck des starken Drinks. Auf dem Tisch türmen sich beschriftete Kartons. *Kleidung. Gardinen. Fotos.* Es ist die Schrift ihrer Mutter.

Sie entscheidet sich für den Karton mit den Fotos und öffnet ihn. Darin liegt alles kreuz und quer. Dicke rote Fotoalben und Klarsichthüllen mit unsortierten Fotos.

In der ersten Hülle, nach der sie greift, liegen Fotos aus ihrer Kindheit. Sie muss lächeln, als die Erinnerungen hochkommen, ihre Kindheit ist ganz in Ordnung gewesen. Eine *unaufgeregte* Kindheit. Zwar war sie nicht besonders idyllisch, kein Schaukeln unterm Apfelbaum, keine aufregenden Sommerferien und keine ausgelassenen Familienfeiern, aber sie könnte auch nicht sagen, was ihre Eltern großartig falsch gemacht haben.

Auf einem Foto sieht man Ella in ihrem Elternhaus in Schweden in der knallgrünen Badewanne sitzen. Ein gigantisches Schaumbad und mittendrin ein kicherndes Mädchen. Auf einem anderen Foto ist ihre Mutter in einem braun gemusterten Kleid zu sehen. Lockiges Haar, in der Hand ein Glas Rotwein.

Ella spürt, wie ihr die Tränen in die Augen steigen. Sie beschließt, die Durchsicht der Fotos zu vertagen. Dafür ist sie noch nicht stark genug.

Sie ist im Begriff, den Karton zu schließen, als ihr ein kleiner beiger Umschlag ins Auge fällt.

Dem Gewicht nach zu urteilen, sind nicht besonders viele

Fotos darin. Ella öffnet ihn und schüttelt den Inhalt auf den Tisch. Fotografien und … Zeitungsausschnitte. Sie sind schwarz-weiß und stammen aus einer Tageszeitung.

Was sie erwartet hatte, kann sie gar nicht sagen. Vermutlich weitere Aufnahmen von ihr als Kind oder Heranwachsender.

Vor ihr liegen drei Fotos. Von drei verschiedenen Frauen. Sie sind alt, den Frisuren nach zu urteilen eher aus den Achtzigern. Ella spürt einen Schauer, der ihr über den Rücken läuft.

Irgendetwas stimmt hier nicht.

Ella nimmt einen großen Schluck. Eine der Frauen kommt ihr sehr bekannt vor. Geradezu unheimlich ist das. Aber woher sollte sie diese Frau kennen? Nachdem sie sich die Fotos genauer angesehen hat, begreift sie, dass es sich hier keineswegs um drei verschiedene Frauen handelt. Es ist ein und dieselbe Person, die Aufnahmen wurden nur bei unterschiedlichen Anlässen gemacht.

Plötzlich gefriert Ella das Blut in den Adern.

Sie hebt den Kopf und sieht nach draußen auf die regennasse Straße.

Dort, direkt auf der anderen Seite des Fensters, steht ein Mann.

9

Die Luft ist ungewöhnlich erfrischend, als ich das *Berns* verlasse und über das Kopfsteinpflaster von Östermalm schlendere und mich auf den Heimweg mache. Es wurden noch zwei weitere Gläser mit Rosie, und jetzt merke ich, dass ich bald etwas essen muss. Wenn alles gut läuft, steht Zacke zu Hause schon am Herd und zaubert etwas Feines.

Ein ganzes Wochenende in den Schären. Mit Rosie. Umsonst. Gibt es etwas Besseres? Wellness im Spa. Ich bin seit Danne nicht mehr in einem Spa gewesen. Bisher war das so eine Paaraktivität. Man trägt weiße Bademäntel, stößt mit Champagner an, lässt sich in einen blubbernden Jacuzzi sinken und küsst sich unterm Sternenhimmel.

All das erscheint mir mindestens genau so verlockend mit Rosie. Bis auf das mit dem Küssen, natürlich.

Ich habe den Östermalmstorg noch nicht erreicht, als es in meiner Jacke brummt, und bin schlagartig nüchtern, als ich Antonia Fiorellis Nummer auf dem Display sehe.

Hilfe.

»Cilla Storm.«

»Hej, Liebes, Cilla. Alles gut?«

»Alles …«

»Prima, du, *darling*, ich habe da eine Sache, über die ich dich kurz unterrichten muss.«

»Super. Gibt es einen neuen Fall?«

»Jupp. Ich habe mich ein bisschen mit den Girls von *Blutspur* unterhalten, und die *liiiiieben* verschwundene Frauen, das weißt du ja, aber sie finden, dass Laila Damm ein klitzekleines bisschen … hm, wie soll ich das sagen? … Ein bisschen *out* ist.«

»Out?«

»Ja, out.«

Meiner Meinung nach wäre es ein klitzekleines bisschen viel verlangt, hipp zu sein, wenn man bereits seit dreißig Jahren verschwunden ist, aber das behalte ich für mich.

»Das ist natürlich total tragisch. Sie ist damals einfach so verschwunden, niemand weiß wohin, die Familie konnte das nie abschließen und bla, bla, bla, aber ich finde keinen USP bei ihr.«

Wie ich vor Jahren gelernt habe, ist der USP ein äußerst wichtiges Instrument in der Welt des Journalismus, der *Unique Selling Point.* Das Alleinstellungsmerkmal. Dass Laila Damms Verschwinden ein ungelöstes Rätsel ist, genügt offenbar nicht. Wenn ich Antonia richtig verstanden habe, braucht dieser Fall noch das besondere i-Tüpfelchen. Wenn Laila eine investigative Reporterin gewesen wäre und womöglich eine Intrige oder eine Betrugsgeschichte aufgedeckt hätte – *das* wäre eindeutig der richtige USP gewesen. Und wenn Laila mit einem Promi verheiratet gewesen wäre, der außerdem als gewalttätig verschrien war, dann hätte dieser USP so gesessen, dass Antonia ihre Niere dafür verkauft hätte. Obwohl ich manchmal daran zweifle, dass sie überhaupt innere Organe besitzt.

»Dann … soll ich Laila ad acta legen?«, frage ich enttäuscht.

»Nicht ganz. Vielleicht heben wir uns die für eine der folgenden Sendungen auf. Man weiß ja nie, aber für nächste Woche will ich, dass du dir einen anderen Fall vorknöpfst: Jonas Wilkins!«

»Aha …«

Ich weiß genau, wer dieser Jonas Wilkins ist. König des organisierten Verbrechens. Das Mastermind hinter mehreren großen Banküberfällen sitzt zwar derzeit hinter Gittern, ist aber im Begriff, ein Buch zu schreiben. Die unbestreitbare Tatsache, dass er wahnsinnig gut aussieht, macht die Sache nicht weniger interessant. Die Leute sind verrückt nach ihm und wollen alles über ihn wissen. Ich gehöre da allerdings nicht dazu. Ich finde Rätsel viel besser. Und dieser Wilkins mag ja sehr gut aussehen und sehr clever sein, aber daran ist nichts Rätselhaftes. Genau genommen, ist er nur ein ganz banaler Wirtschaftskrimineller. Aber wie es aussieht, wird er für mein nächstes Honorar sorgen.

»Die Girls bei *Blutspur* lieben Jonas. Die sind richtig besessen von dem. Das sind wir doch alle, oder? Dann machen wir ihn nächste Woche, einverstanden?«

»Kein Problem. Ist schon so gut wie erledigt.«

Meine Schritte sind auf einmal tonnenschwer. Die Treppe zur U-Bahn-Station sind mit feuchten Blättern bedeckt, und ich muss mich festhalten, um nicht auszurutschen. Meine Chardonnaylaune ist verflogen. Verdammt. Ich hatte mich so darauf gefreut, mir alles über Laila Damm anzulesen, mich in ihre Geschichte zu vertiefen. Jetzt muss ich mich auf ein ganz neues Thema einstellen.

Ich habe keine andere Wahl, als Rosie abzusagen, auch wenn ich das ultimativ doof finde.

Auf einmal rückt das Wellnesswochenende mit ihr in weite Ferne.

*

Die Enttäuschung hält bis zum nächsten Morgen an. So wie auch die Kopfschmerzen, die sich zwischen den Schläfen eingerichtet haben, um für immer dortzubleiben. Dieser Samstag im Oktober ist grau und verregnet, und über dem Sveavägen hängt ein ungemütlicher Nebel, als ich Richtung Stadtbibliothek schlurfe.

Einen Pappbecher mit Cappuccino in der Hand, bitte ich eine der Bibliothekarinnen, mir die Abteilung für Geschichte zu zeigen. Ich bin auf der Suche nach John Carléns Standardwerk über *Große Banküberfälle* – ein Buch aus den späten Neunzigern, in dem es um bekannte Bankraube in der Geschichte Stockholms geht. Die Redakteurinnen von *Blutspur* wollen am liebsten immer am Anfang ein paar ähnliche Fälle erwähnen, bevor sie Details über die eigentliche Geschichte preisgeben. Als ich bei meiner Recherche auf dieses Buch stieß, war ich mir sicher, dass ich darin etwas Spannendes und Passendes finden würde.

Zacke bezeichnet mich gerne als altmodisch, weil ich in die Bibliothek gehe, um ein abgenutztes und verfärbtes Relikt von Buch auszuleihen, obwohl ich alles genauso gut googeln könnte. Für mich ist das zu einer Routine geworden, der Auftakt für einen neuen Auftrag. Außerdem gibt es

Dinge, die man sich nicht ergoogeln kann. Das Internet ist ein Wirrwarr aus Informationen und enthält sowohl Wahres als auch Falsches. Und es geht nichts über eine abgeklärte, nachdenkliche Stimme, die ihr gesammeltes Wissen zwischen zwei Buchdeckel gepackt hat.

Ich nehme einen Schluck von meinem Cappuccino und schlendere an den Reihen der Geschichtsbücher vorbei und werde schnell fündig. Das Buch ist dick, sehr dick. John Carlén hat offensichtlich viel über berühmte Banküberfälle zu sagen. Ich klemme mir das Buch unter den Arm und höre in diesem Moment das Handy in meiner Umhängtasche plingen.

Mein Herz macht einen Satz, in erster Linie wegen des Ortes. Schließlich befinde ich mich gerade in der Welt der Stille. Eine der Bibliothekarinnen dreht sich auch prompt zu mir um und sieht mich belehrend an. Ich lächle entschuldigend. Schnell schalte ich das Gerät auf lautlos und stelle dann mit großer Verwunderung fest, dass die Nachricht von Adam ist.

Hallöchen. Ich habe gehört, dass dich meine Mutter nächstes Wochenende entführt. Ich hatte keine Ahnung, dass auf Bullholmen eine Wellnessoase aufgemacht hat. Wann endlich kommt das Spaßbad? Hättest du Lust und Zeit, am Mittwoch zum Essen zu mir zu kommen?

Ich strahle übers ganze Gesicht, reiße mich aber sofort zusammen, als ich den Blick der Aufpasserin spüre, der nach wie vor auf mir ruht. Ich kann genau hören, was sie denkt. *Verdammte Handy-Generation.* Dabei gehöre ich als Ü-30erin definitiv nicht dazu, sie hingegen sieht aus, als wäre sie weit vor Christi Geburt zur Welt gekommen. Gehorsam schiebe ich das Telefon zurück in die Tasche, um weiteren bösen Blicken zu entgehen.

Plötzlich passiert es einfach. So ist das bei Rubbellosen, und so verhält es sich bei Adam Ångström.

Als wir uns im Sommer kennengelernt haben, war ich frisch getrennt. Verlassen und verloren. Da trat dieser elegante Mann in mein Leben. Gut aussehend, humorvoll und viel zu charmant, um wahr zu sein. Der Abend in Pauls Kneipe unten am Hafen auf Bullholmen, und vor allem die Nacht, die wir in meiner kleinen Laube verbracht haben, sind in mein Gedächtnis eingebrannt. Es vergeht kaum ein Tag, an dem ich nicht daran denke. An ihn und an das Gefühl, das ich mit ihm hatte. Natürlich waren es merkwürdige Umstände in diesen Wochen, die vielen Morde und sich überstürzenden Ereignisse auf der Insel, aber da war etwas Besonderes zwischen uns. Etwas, das ich noch nie erlebt habe. Etwas völlig Neues.

Abendessen bei ihm zu Hause klingt wie ein Schritt in die richtige Richtung. Hoffentlich. Ich kann einen kleinen Freudensprung nicht unterdrücken. Umgeben von stummen Büchern.

Wie wohl seine Wohnung aussieht? Ist sie wie er? Aufgeräumt und stilvoll? Oder ganz anders? Es kribbelt mir im Bauch bei dem Gedanken daran.

Endlich. High Five an mich selbst!

Trotz Freudenrausch fällt mein Blick auf eine Reihe von dunkelblauen Buchrücken, die mich schlagartig in die Räume der Stadtbibliothek zurückholen. *Schwedische Kriminal-*

chroniken. Chronologisch aufgereiht. Hängen geblieben bin ich bei einem bestimmten Band. Der vom Jahr *1988.*

Das Jahr, in dem Laila Damm verschwand.

*

Kurz darauf sitze ich in einem kleinen Café in einer Parallelstraße zum Sveavägen. Ich habe mir einen grünen Tee bestellt, um nicht vor lauter Koffein zu zittern anzufangen, und vor mir auf dem Tisch liegt ein blaues, gesprenkeltes Buch. Heute mussten es einfach zwei Ausleihen sein. Carléns *Große Banküberfälle* wartet geduldig in meiner Tasche.

Ich werde es mir bald vornehmen und darin blättern. Versprochen.

Mein Hauptinteresse aber gilt gerade der Ausgabe der *Schwedischen Kriminalchronik von 1988.* Ich gehe davon aus, dass der Fall von Laila Damm darin aufgenommen wurde, und damit liege ich richtig. Es gibt sogar ein Schwarz-Weiß-Foto von ihr. Ihre blonden Korkenzieherlocken fallen ihr auf die Schultern, und sie lächelt in die Kamera. Die Aufnahme ähnelt diesen Sedcards, mit denen sich Schauspieler für Rollen bewerben.

Der Text neben der Aufnahme ist scheinbar auf einer alten Schreibmaschine getippt worden.

*Laila Damm (*1962) war eine Schauspielerin, Persönlichkeit des öffentlichen Lebens und in Stockholmer Kreisen sehr bekannt. Sie war häufig bei Filmpremieren und Ausstellungen zu sehen, meist in Begleitung von bekannten Schauspielern. Ihre Karriere be-*

gann sie nicht mit einer Ausbildung in einer Schauspielschule, sondern als Quereinsteigerin durch Jobs bei kleineren Filmproduktionen und als Model.

Im Oktober 1988 verschwand Laila Damm spurlos. Ihre Schwester Ingrid meldete sie bei der Polizei am 15. Oktober als vermisst. Außerdem gab es Hinweise darauf, dass sie zum Zeitpunkt ihres Verschwindens schwanger gewesen sein soll. Ein Zeuge soll sie am Abend des 14. Oktobers in der Kungsgatan gesehen haben, danach verliert sich jede Spur.

Damms männliche Bekannte sollen alle verhört worden sein, aber es wurde niemand verhaftet.

Die Polizei schickte auch einen Suchtrupp nach Bullholmen, eine Insel in den Stockholmer Schären, auf der Damms Familie ein Sommerhaus hatte. Aber ohne Erfolg.

Zum Zeitpunkt der Niederschrift wurde weder jemand gefasst noch ein Schuldiger angeklagt für das Verschwinden von Laila Damm, für das nach wie vor kein Hinweis auf Fremdverschulden vorliegt. Laila Damm kann auch aus freien Stücken verschwunden sein.

Draußen vor dem Fenster leert ein Müllwagen den Glascontainer. Ich zucke zusammen. Und nehme einen Schluck Tee.

Mein Blick klebt an einem einzigen Wort in dem Text: *Bullholmen.*

Das kann doch nicht wahr sein? Ich kichere und staune erneut, wie klein die Welt doch ist.

Vielleicht muss ich Rosie doch nicht absagen.

Ein Wellnesswochenende mit ein bisschen Recherchearbeit zwischendurch hört sich doch nach einer ziemlich guten Kombi an. Der John-Wilkins-Fall muss warten. Keine Sorge, ich bin schließlich Journalistin, und »Ich tippe den Text auch am Abend vor der Deadline runter« ist mein zweiter Vorname.

10

Adam lächelt mich an, als er die Tür öffnet. Mit verschmitztem Gesichtsausdruck strecke ich ihm eine Flasche Wein entgegen.

»Oh, sie hat Wein mitgebracht!«

»Klar. Heute ist Mittwoch. Das ist doch praktisch schon Samstag! Und was trinkst du?«

Er grinst und lässt mich eintreten. Zur Feier des Tages trägt er zerschlissene Jeans und ein weißes Polohemd, dessen Ärmel direkt an seinem Bizeps abschließen. *Lieber Gott, gib mir die nötige Kraft!*

Den ganzen Tag schon habe ich dieses Flattern im Bauch, und das hat sich leider auch nicht verflüchtigt, als ich vor ihm stehe. Er umarmt mich zur Begrüßung. Wie gut er riecht! Nach Zedernholz und … Adam. Als er mir meine nasse Jacke abnimmt, sehe ich mich neugierig um. Die Wohnung ist größer, als ich erwartet habe. Nachdem ich mir die Schuhe ausgezogen habe, gehen wir ins Wohnzimmer, dessen Fenster auf die Sankt Eriksgatan zeigen. Von dort aus hat man einen schönen Blick auf die Brücke, über die man zum Sankt Eriksplan kommt.

»Wow! Tolle Aussicht!«

»Ja, finde ich auch«, ruft Adam aus der Küche.

Kurz darauf ist er zurück, mit zwei monströs großen Weingläsern in der Hand. Aus der Hosentasche zieht er den Flaschenöffner und entkorkt den roten eleganten Bourgogne, den ich mitgebracht habe. Ich habe mich so sehr auf diesen Abend gefreut und will, dass alles perfekt ist. Ein bisschen Wein ist auch meine Belohnung für drei Tage Recherche zum John-Wilkins-Fall, die ich vorgezogen habe, damit ich mich auf Bullholmen ganz auf Laila Damm konzentrieren kann. Meine einzige Pause in den vergangenen Tagen war mein Ausflug mit Zacke in den staatlichen Systembolaget. Eine Stunde lang bin ich mit ihm am Ohr an den Regalen vorbeigelaufen, um den perfekten Wein für mein Date zu finden.

Wenn das hier überhaupt als Date gilt.

Aber tut es doch, oder? Doch, tut es.

Vor meinem inneren Auge spielt sich eine Filmszene ab.

Cilla: *Gott, sag mir, ist das ein Date?*

Gott (mit Morgan Freemans Stimme): *Ja, Cilla, das ist in der Tat ein Date. Wie schön, dass es dir endlich gelungen ist, eins zu bekommen – lobpreise mich. Amen.*

Ich schüttle mich und die Bilder ab und nehme das Glas, das Adam mir reicht. Ich meine, Adam hat mich zu sich nach Hause eingeladen. Wir werden zusammen zu Abend essen. In *seinem* Wohnzimmer. Natürlich ist das ein Date.

»Zum Wohl«, sagt Adam, und wir stoßen an.

Wir nehmen einen Schluck, und erst da nehme ich die Musik wahr, die leise im Hintergrund spielt. Leises Klaviergeklimper kommt aus den Lautsprechern neben dem Fernseher. Das ist doch Jazz. Jazz ist so was von Datemusik. Oder? Man hört doch keinen Jazz mit einem Kumpel? Man hört auch keinen Jazz mit seinen Eltern.

»Wie schön, dass du heute Abend Zeit hattest«, sagt Adam.

»Ich habe mich sehr über deine Einladung gefreut.«

»Es gibt frische Pasta mit Bolognese, ich hoffe, du magst das?«

Ob ich das *mag*? Er hätte mir auch Röstis aus der Tüte servieren können, im Toaster aufgetaut und mit ordentlich Curryketchup als Deko, dann wäre ich auch glücklich gewesen.

»Wunderbar! Das passt auch perfekt zum Wein.«

Diese Lachgrübchen, diese berüchtigten Lachgrübchen, auf die eigentlich mit Warnschildern hingewiesen werden müsste, tauchen auf, und ich muss tief einatmen, um mich nicht auf ihn zu stürzen. Das Essen wird herrlich schmecken, aber wie um Himmels willen soll ich an Bolognese denken können, wenn er vor mir steht und so aussieht, wie er nun einmal aussieht? Das eng anliegende Polohemd, die zerrissenen Jeans, das wellige dunkle Haar und diese Augen. Obwohl es schon Oktober ist und alle anderen Bewohner der Stadt aussehen wie Pizzateig im Gärprozess, hat seine Haut noch einen sommerlichen Teint. Braun gebrannt. Als wäre er, Adam Ångström, gerade eine Woche in den Tropen gewesen. Wie macht er das bloß?

»Magst du dir die Wohnung ansehen?«

Ich räuspere mich und nicke.

»Supergerne!«

Wenig später habe ich alles gesehen. Seine blaugraue, funktionale Küche und das kleine Schlafzimmer, das zwischen Küche und Wohnzimmer liegt. Er hat sogar das Bett gemacht (Zusatzpunkte!), leider kann ich nur daran denken, mich auf ihn zu stürzen, mich auf den Laken zu wälzen, das Bett unordentlich zu machen und mich zu einhundert Prozent an seinen umwerfenden Körper zu klammern.

Aber Adam führt mich, ganz Gentleman, zurück ins Wohnzimmer, weil wir dort an dem Esstisch am Fenster essen werden. Dann muss es wohl bis nach dem Dinner warten.

Seine Bolognese ist sensationell. Nicht irgendeine beliebige Fleischsoße, sondern voll im Geschmack, rund und gut gewürzt. Und zum Glück passt mein Wein hervorragend dazu.

»Deine Wohnung ist toll, so gemütlich.«

»Danke. Ich mag sie auch sehr. Es ist zwar ein ganzes Stück von hier zur Arbeit, aber ich mag die Gegend. Die gängige Meinung ist ja, dass dieses Viertel um den Fridhemsplan grau und trist ist. Aber ich finde, er hat gerade aufgrund des hohen Verkehrsaufkommens und der Menschenmengen seinen besonderen Charme. Man ist nie einsam.«

Ich lächle und schiebe mir eine volle Gabel in den Mund. *Du fühlst dich manchmal einsam?*, würde ich ihn am liebsten fragen. Aber ich lasse es sein. Das ist eine viel zu persönliche Frage für so ein Date.

»Außerdem kann ich unten im Rålambshovpark joggen gehen. Und das liebe ich.«

Ich konzentriere mich auf das Kauen, um ihn mir nicht joggend vorzustellen. *Oben ohne.*

»Das kann ich gut verstehen. Das klingt herrlich.«

Meine persönliche Joggingbilanz beläuft sich auf ein einziges Mal im letzten halben Jahr. Und zwar, als ich auf der Hornsgatan um Haaresbreite von einem Bus erwischt worden wäre. Mein Joggen war eher ein Sprint und dauerte circa fünf Sekunden, aber die Pumpe hat gearbeitet und ich habe gekeucht. Und zwar ordentlich. Ich sage mal, Kondition kann ich!

»Und morgen geht es für dich und meine Mutter also auf Abenteuerreise.«

»Ganz genau. Deine Mutter ist eine so großzügige Frau. Was für ein unfassbares Glück, dass ausgerechnet sie dieses Wellnesswochenende gewinnt. Und dann ausgerechnet *mich* mitnehmen will … ich fühle mich so geehrt!«

Er lacht laut auf, und ich verschlucke mich fast an der Hackfleischsoße. *Außer natürlich, du bestehst darauf, dass ich in der Stadt bleibe!* Das war nur so ein Gedanke, den ich ebenfalls nicht laut ausspreche. Trotzdem spüre ich, wie mir die Röte ins Gesicht schießt. Ich bin eigentlich nicht so eine, die ihre Freundin für einen Typen hängen lässt. Alle Freundschaften und Beziehungen sind gleich wichtig. Aber ich kann meine Sehnsucht nicht leugnen. Und ich hoffe inständig, dass Adam die enge Verbindung zwischen Rosie und mir nicht komisch und unattraktiv findet. *Rosie und ich.* Das ist eine Beziehung, die mitnichten hinkt und stolpert, sie läuft wie geschmiert. Seit dem Morgen letzten Sommer, als Rosie an meine Laubentür klopfte und einen festen Platz in meinem Leben bekam, sind wir wie Schwestern. Ich könnte sehr gut verstehen, wenn Adam das komisch findet. Vor allem, weil er mit der neuen Freundin seiner Mutter ins Bett gegangen ist. Einer wesentlich jüngeren Freundin. Ich bin nicht Ragnhild, 68. *Das* wäre wahrscheinlich viel peinlicher.

Als Adam kurz darauf aufsteht, um unsere leeren Teller in die Küche zu tragen, sehe ich aus dem Fenster. Auf der Sankt Eriksgatan sind Unmengen von Passanten unterwegs, die durch den sanften Herbstregen hetzen. Wahrscheinlich auf dem Weg nach Hause, zu ihren Partnern, ihren Freunden oder – davon wird es auch einige geben – in ihre leeren Wohnungen.

Vielleicht gehört auch Adam zu ihnen. Vielleicht will er am liebsten allein wohnen. Allein sein. Sich auf seine Fälle konzentrieren und sich auf der Rangleiter nach oben arbeiten, bis es nicht mehr weiter geht. Vielleicht gibt es keinen Platz für eine Frau in seinem Leben. Rosie beschwert sich auch immer, dass er sie viel zu selten besucht. Obwohl, das kann auch so ein Elternding sein – dass sie sich immer beschweren, auch wenn ihre Kinder sie tatsächlich oft besuchen kommen.

Ich höre Adam in der Küche mit dem Geschirr klappern und habe plötzlich eine Erleuchtung, eine Eingebung sozusagen.

Gestärkt mit einem großen Schluck Wein, stehe ich auf. Ich kann hier sitzen bleiben und über unser unentschiedenes Date grübeln oder ich kann etwas unternehmen. Den Stier bei den Hörnern packen. Ich bin eine erwachsene Frau und keine schmachtende Krankenschwester in einem Arztroman. Jetzt bin ich es, die sich das Stethoskop nimmt. Oder so etwas in der Art.

Entschlossen gehe ich zu Adam in die Küche. Er steht gebückt über der Spüle. Das Wasser läuft, obwohl die sauberen Teller schon im Abtropfgestell stehen, und er sieht verträumt aus dem Fenster. Woran denkt er gerade?

Eine Weile stehe ich in der Tür und beobachte ihn. Er sieht sexy aus, mit dem eng anliegenden Shirt und dem knackigen Po in der Jeans.

Plötzlich spüre ich meinen Herzschlag an meinen Handgelenken, mein Hals schnürt sich zu, er ist staubtrocken. Trotzdem bringe ich den Mut auf, zu ihm zu gehen und mich dicht hinter ihn zu stellen. So nah, dass er meinen Atem im Nacken spüren kann.

»Adam.«

Er dreht sich zu mir um.

Unsere Blicke treffen aufeinander, und in diesem Moment drücke ich meine Lippen auf seine. Zuerst zaghaft, dann immer fordernder.

Zum Glück erwidert er meinen Kuss.

Sogar mit seiner Zunge und presst seinen Körper gegen meinen. Ich schiebe meine Hand in den Bund seiner Jeans, was eine Explosion an Leidenschaft auslöst. Er reißt sich das Shirt vom Körper und zieht mir die Bluse so schnell aus, dass es ein Wunder ist, dass fast alle Knöpfe dranbleiben.

Er hebt mich hoch, geht ein paar Schritte, und plötzlich liege ich rittlings auf dem Küchentisch, der voller Zeitungen und Brotkrümel ist. Wir müssen beide lachen über die Wahl des Ortes.

Harte Cornflakes drücken sich in meine Haut, aber ich lächle und lächle.

Es ist endlich so weit.

Endlich ist es so weit!

*

Ein Fenster im Schlafzimmer steht auf Kipp. Die Nacht ist hereingebrochen, und man hört nur noch vereinzelt Taxis, die ihre Kunden mit der Hupe rufen. Ich friere, was daran liegt, dass ich im Schlaf die Decke weggestrampelt habe.

Ich blinzle in die Dunkelheit. Das matte Licht einer Straßenlaterne fällt auf den Holzfußboden. Als ich mich zur Seite drehe, sehe ich, was fehlt und warum mir so kalt ist.

Adam ist nicht da.

Mitten im Akt auf dem Küchentisch hat er mich ins Schlafzimmer getragen, wo wir mit Frühstücksresten und Stücken vom Politik-Quiz aus der *Dagens Nyheter* auf dem Rücken klebend weitermachten. Und es war fantastisch. Warm, ehrlich und dringend nötig.

Danach lagen wir eng aneinandergeschmiegt unter der Decke. Mein Kopf auf seiner warmen, weichen Brust, sein Atem streichelte meine Stirn. Und dabei bin ich eingeschlafen.

Aber als ich aufwache, ist alles anders. *Wie spät ist es denn?* Auf dem Nachttisch steht ein digitaler Wecker, der aussieht wie ein Modell aus den Neunzigern.

23:40.

Es ist noch nicht einmal Mitternacht. Spät am Abend, höchstens. Trotzdem ist die andere Betthälfte leer. Ich habe eine Gänsehaut und wickle mir die Decke um den Körper.

Vielleicht musste er auf die Toilette. Oder … ja, hoffentlich gibt es keine Alternative zu dieser Lösung. Ich schleiche auf Zehenspitzen aus dem Schlafzimmer, unterdrücke den Impuls, seinen Namen zu rufen. Das wäre wirklich übertrieben. Da höre ich Geräusche aus der Küche. Finger auf einer Tastatur.

In dem kleinen Flur vor der Küche bleibe ich stehen, ich kann ihn von hier aus sehen. Er sitzt am Küchentisch, vor seinem Laptop. Das blaue Licht flimmert über sein Gesicht.

Er arbeitet. Am liebsten würde ich etwas sagen, ihn zurück ins Bett locken. Aber dann wird mir klar, dass er in die Küche gegangen ist, um mich nicht zu stören. Weil er arbeiten *muss*.

So leise wie möglich schleiche ich zurück ins Schlafzimmer, mache das Fenster zu und lege mich wieder ins Bett. Starre an die Decke. Höre den Regentropfen zu, die gegen die Fensterscheibe fallen.

Das Bett ist kalt. Ich ziehe mir die Decke bis unters Kinn.

Vielleicht ist etwas passiert, sage ich mir. Schließlich ist und bleibt er Polizist. Natürlich ist man dann ständig in Bereitschaft und muss auch nachts arbeiten. Ganz unabhängig davon, wie kalt das Bett ohne ihn ist.

Ich versuche, wieder einzuschlafen. Schafe zählen hat bei mir noch nie funktioniert. Aber Zacke hat mir vor langer Zeit beigebracht, im Kopf etwas zu kochen. Zum Beispiel einen Kuchen zu backen. Man geht das Rezept Schritt für Schritt durch. Siebt das Mehl, knetet den Teig und sieht zu, wie die Hefe ihre Arbeit macht. Ungefähr zu diesem Zeitpunkt schläft man dann ein. Meistens hungrig. Aber das funktioniert auf jeden Fall besser, als Schafe zu zählen.

Wild entschlossen, mache ich mich ans Werk, komme aber nur bis zu dem Schritt, bei dem ich die Mehlpackung aus dem Vorratsschrank hole. Dann schlage ich die Augen wieder auf. Ich hatte vorhin etwas auf Adams Nachttisch gesehen, was sich jetzt wieder in meine Erinnerung drängt.

Ich robbe mich auf die andere Seite, um mir die illustre

Sammlung an Dingen näher anzusehen. Ein Stapel Bücher steht neben dem Wecker. Krimis von Lee Child (hat er nicht genug Verbrechen am Arbeitsplatz?) und ein Buch über Führungsqualitäten. Gekrönt wird der Bücherturm von …

Ich schiebe mich noch näher heran, um es besser sehen zu können.

Es ist eine Halskette. Eine silberne Halskette, die in der Dunkelheit wie winzige Discokugeln glitzert. Sie gehört definitiv nicht Adam. Die Kette hat einen Anhänger, es ist ein Name. In kursiv gesetzten Buchstaben steht dort *Sabina.*

Nachdem ich die Kette ausreichend lange angestarrt habe, drehe ich mich wieder auf meine Seite und starre erneut an die Decke. Ich spüre, wie sich mir der Hals zuschnürt. Mein Herz rast, so wie vor ein paar Stunden, als ich Adam in der Küche stehen sah. Aber jetzt rast es aus einem anderen Grund. Ich versuche, mein Rezept wieder aufzunehmen.

Der Teig geht auf. Der Teig geht auf.

Gleich wird gebacken.

Der Ofen ist vorgeheizt.

Morgen ist Donnerstag, und Rosie und ich werden um 14 Uhr vom Nybrokajen ablegen, um nach Bullholmen überzusetzen.

Und alles, woran ich denken kann, ist, dass ich das Schiff besteigen und nie mehr zurückkehren will.

11

Portrush, Nordirland

Ella schreckt aus ihrem Albtraum auf.

Sie setzt sich kerzengerade im Bett auf.

Im Zimmer ist es stockdunkel, sie kann die Konturen von Patricks Körper neben sich erahnen. Sie ist klitschnass geschwitzt, und ihr Herz rast.

Ich weiß, wer diese Frau auf den Fotos ist. Ich weiß, woher ich sie kenne.

Sie fühlt sich betrunken, vielleicht ist sie das auch noch. Oder das sind Auswirkungen ihrer Verwirrtheit. Sie sieht alles verschwommen, und ihre Haut ist ganz klebrig vor Schweiß.

Diese Frau ist verschwunden, das ist schon lange her. Es gibt unzählige Dokumentationen und Filme darüber. Ihr Foto taucht immer auf, wenn die Zeitungen alte Fälle, verschwundene Menschen und ungelöste Rätsel wiederaufleben lassen.

Ella hatte sofort das Gefühl gehabt, dass sie die Frau kannte, aber ihre Erinnerung hatte ihr einen Streich gespielt.

Sie hatte den Umschlag mit den Zeitungsausschnitten und Fotos der Frau in einem Karton auf dem Dachboden ihrer Eltern gefunden. Zunächst schien es ihr nicht weiter wichtig, *wer* diese Frau war.

Aber nun, da Ella im Bett sitzt und versucht, ihren Atem zu beruhigen, wird ihr klar, dass es alles andere als unwichtig ist. Denn sie erinnert sich wieder an den Namen.

Sie heißt Laila.

Laila Damm.

12

Heute scheint in Stockholm die Sonne. Und das tut sie vor allem für Rosie und mich. Wir stehen auf dem Vordeck, obwohl es schon Ende Oktober ist. Die *S/S Silberpfeil* schiebt sich durch das eiskalte Wasser und fährt uns durch die wunderschöne Schärenlandschaft von Stockholm.

Bewaffnet mit einem dampfenden Kaffee, rauschen wir vorbei an anmutigen Möwen, Laubbäumen in allen Farbschattierungen von Orange bis Rot und Familien auf ihren kleinen Motorbooten, die unbedingt noch ein paar letzte Tage in ihren Sommerhäusern genießen wollen, bevor der Winter das Land in seinen eisernen Griff nimmt.

»Du hast deinen Badeanzug mitgenommen, ja?«, fragt Rosie.

»Und ob ich das getan habe. Ich habe vor, das ganze Wochenende im Wasser zu verbringen.«

»Wunderbar. So geht es mir auch. Und wo das Wasser aufhört, fängt der Cava an.«

»Schönes Zitat. Von Kafka?«

»Haha. Das hätte er gern!«

Kurz darauf legt der *Silberpfeil* im Hafen von Bullholmen an. Als die Gangway rasselnd ausgefahren wird, spüre ich ein Kribbeln im Bauch. *Meine kleine Insel – wie habe ich dich vermisst.* Seit Ende August bin ich wieder in Stockholm und habe der Insel keinen Besuch mehr abgestattet. Zwei Monate vergehen wie im Flug, aber ich habe mein kleines Paradies sehr vermisst. Zwar gehört mir die Laube erst seit Sommeranfang, trotzdem fühlt es sich schon an wie mein kleines Baby. Wir haben vereinbart, dass wir in unseren Lauben nach dem Rechten sehen, bevor wir am Sonntag wieder abreisen. Sicherstellen, dass es keine Einbruchsspuren, keine eingeschlagenen Scheiben gibt.

Und vor allem wollen wir – bedenkt man, was im Sommer alles passiert ist – keine Leichen in den Beeten finden.

Als wir das Schiff verlassen, sehen wir eine Frau winkend auf dem Pier stehen. Sie trägt einen giftgrünen Blazer und sieht aus wie ein Waldmeistereis am Stiel. Ihr dunkles, lockiges Haar fällt ihr über die Schultern wie bei einer amerikanischen Schönheitskönigin.

»Rosie Ångström?«, ruft sie fragend.

Rosie sieht mich an.

»Wenn sie uns was verkaufen will, dann rennen wir weg, einverstanden?«

Ich kichere und winke der Frau.

»Ja, das sind wir«, rufe ich.

»Fantastisch! Kommen Sie, kommen Sie, wir haben Sie erwartet!«

*

Rosie hatte mir erzählt, dass jemand von der *Villa Meeresperle* uns am Hafen abholen würde. Aber dass die Marketingchefin höchstpersönlich auftaucht, überrascht uns sehr. Und jetzt sitzen wir in einem knallweißen Volvo, auf dessen Seitentür das Hotellogo prangt, und brausen über die Insel.

»Was für ein Luxus, von der Chefin persönlich abgeholt zu werden«, sagt Rosie.

Die Frau hinterm Steuer, die sich mit Erika vorgestellt hat, strahlt übers ganze Gesicht.

»Ach was, ich bin nicht die richtige Chefin. Das ist Carl von Blom. Er ist der Besitzer und Bauherr der Anlage. Ich bin die Managerin des Hotels.«

Sie drosselt das Tempo, fährt um eine Kurve und nimmt erst dann das Gespräch wieder auf.

»*Alsoooo*, und Sie sind das erste Mal auf Bullholmen?«

»Nein«, antwortet Rosie. »Wir besitzen beide eine kleine Laube in der Schrebergartenkolonie unten beim Hafen.«

»Ach so.«

Ich halte kurz die Luft an aus Sorge, dass Erika diese Information eventuell enttäuschen könnte. Vielleicht hätte sie es aufregender gefunden, die neue Wellnessoase Kandidaten zu zeigen, die noch nie zuvor auf Bullholmen gewesen sind, und nicht einer Einheimischen und einer bereits bekehrten Zugereisten.

Aber ihr Lächeln beruhigt mich augenblicklich.

»Wie schön, dann kennen Sie sich ja auf der Insel aus, und ich muss Sie nicht vor den steilen Klippen unterhalb der Gebäude warnen.«

»Also, ich bin noch nie auf dieser Seite der Insel gewesen,

wo das Hotel steht. Das ist ganz neues Terrain für mich«, sage ich.

»Wie aufregend! Dann hoffe ich, dass Ihre Erwartungen noch übertroffen werden. Wir haben gerade eröffnet und hatten einige Scherereien mit der Fährgesellschaft. Und dann kamen noch die Baugenehmigung hier und die Planungsdetails da dazu. Alles so typisch schwedisch. Dass es uns bisher nicht gelungen ist, einen Fähranleger beim Hotel durchzusetzen, hat uns einen Strich durch die Rechnung gemacht. Aber bis zum Sommer haben wir noch Zeit, das werden wir schaffen!«

»Wie herrlich! Haben Sie viele Gäste?«, fragt Rosie.

»Ähm, nein, noch nicht wirklich viele. Wir haben ja auch gerade erst eröffnet. Das dauert, bis die Leute davon Wind bekommen. Aber Sie können es sich ja vorstellen – ein Wellnesshotel am Meer vor den Toren von Stockholm. Die Leute werden uns die Türen einrennen, wenn sie die *Villa Meeresperle* erst einmal kennen. Dieses Wochenende zum Beispiel haben wir eine Hochzeitsgesellschaft hier sowie ein paar andere Veranstaltungen, und … Ihr Arrangement.«

Rosie und ich tauschen neugierige Blicke aus.

»Eine Hochzeitsgesellschaft«, wiederhole ich. »Wie aufregend …«

*

Etwa zwanzig Minuten später fährt der Wagen eine kleine Anhöhe hinauf. Oben angekommen, klappen Rosie und mir die Kinnladen herunter.

Das große Anwesen ist ein beeindruckender Anblick. Der Standort ist perfekt, man sieht auf das dunkelblaue Wasser der Ostsee, ein Stück weiter fallen die Klippen steil ins Meer. Die Landschaft ist äußerst dramatisch im Vergleich zu den Stockholmer Schären, die ich hauptsächlich mit Kieferwäldern und flachen Wiesen verbinde. Diese Inselseite hat in der Tat ein ganz anderes Gesicht als meine kleine Oase am Hafen.

Die weiße Villa, Erika bezeichnet sie als Haupthaus, hat eine Glasveranda, die sich fast um das gesamte Gebäude erstreckt. Wie eine Halskette. Das Haus selbst hat vier Stockwerke, auf dem Grundstück befinden sich allerdings zusätzlich noch mehrere Hütten und Bungalows sowie ein Parkplatz, auf den wir gerade rollen.

Als wir aussteigen und unser Gepäck aus dem Kofferraum holen, weht ein eiskalter Nordwind vom Meer.

Der Sommer ist eindeutig vorbei, denke ich. Bullholmen ist zu jeder Jahreszeit schön, aber es besteht kein Zweifel daran, dass der Herbst mein kleines Paradies mit seinen feuchtkalten, knorrigen Händen gepackt hat.

Unsere Rollkoffer rasseln und hopsen über die Steine, als wir den Parkplatz verlassen und auf das Hotel zugehen. Etwas abseits steht eine große schöne blonde Frau und gibt einem Mann mit Kamera in der Hand Instruktionen.

»Das ist die Braut«, klärt uns Erika auf.

»Die Braut?«

»Na ja, von der Hochzeitsgesellschaft. Madeleine. Sie heiratet morgen ihren Zukünftigen, David. Die beiden sind schon gestern gekommen, um letzte Fragen zu klären. Es wird eine mittelgroße Gesellschaft, etwa vierzig Gäste. Die ersten dürften bald eintreffen, die anderen werden vermutlich im Laufe des Abends eintreffen.

Es fällt mir schwer, meinen Blick von der Braut zu lösen,

sie ist eine bemerkenswert schöne Frau. Elegant. Die Herbstsonne bringt ihre Haare zum Leuchten. Sie kommt mir bekannt vor. Ist sie ein Promi? Vielleicht habe ich sie auf einem der Partyfotos gesehen, als ich noch bei *Chance* gearbeitet habe.

»Können Sie denn alle Gäste auf dem Anwesen unterbringen?«, fragt Rosie.

»Ja. Sie gastieren entweder im Haupthaus oder in einer der Hütten oder Bungalows. *Villa Meeresperle* ist so konzipiert, dass durchaus Hochzeiten und Konferenzen neben dem normalen Betrieb stattfinden können. Sie werden die Hochzeitsgesellschaft also kaum mitbekommen.«

»Ach, machen Sie sich um uns keine Sorgen«, beruhigt sie Rosie und sieht mich vielsagend an.

Sie muss nichts weiter sagen, wir sind beide von der Vorstellung begeistert, mit einem Glas Champagner in der Hand am Pool zu liegen und den schicken Hochzeitsgästen zuzusehen. Gibt es etwas Besseres?

»Wo befindet sich denn der Spa-Bereich?«, frage ich.

»Das gesamte Kellergeschoss beherbergt unseren Wellness-Bereich. Aber das Gebäude ist so entworfen worden, dass man von dort auch Blick aufs Meer hat.«

»Wow.«

»Ja, der Bauherr hat wirklich an alles gedacht.«

Wir gehen die Treppenstufen hoch, die zum Eingangsportal führen. Da dreht sich Erika ein letztes Mal zu uns um, bevor sie die Tür öffnet, und strahlt uns mit ihren blendend weißen Zähnen an.

»Meine Damen. Herzlich willkommen in der *Villa Meeresperle!*«

13

Madeleine

Die *Villa Meeresperle* verfügt über viele ausgewählt schöne Zimmer und Suiten. Aber die schönste Suite von allen liegt ganz oben unterm Dach. Sie heißt Maränenkaviar – alle Zimmer in der Meeresperle sind nach Meerestieren oder anderen Dingen aus dem Meer benannt. Die Suite ist siebzig Quadratmeter groß und verfügt über eine kleine Lounge-Ecke, in der Chesterfieldsessel vor einem offenen Kamin stehen, daneben ein Korb voller Holzscheite. Das Badezimmer ist mit einem großen Jacuzzi ausgestattet, die Suite ist perfekt für zwei. Sie hat außerdem einen großen, breiten Balkon. Natürlich ist es jetzt im Oktober etwas zu frisch, um draußen zu sitzen, aber er vergrößert das Zimmer optisch.

Madeleine hat sich barfuß auf den Balkon gestellt. Sie trägt einen weißen Bademantel, so flauschig wie die Wolken am Himmel, und friert. Aber das macht nichts, denn sie wird gleich wieder reingehen. Sie will die frische Meeresbrise genießen, die ihr ins Gesicht bläst und ihren Atem kühlt. Nur noch einen kleinen Augenblick. Aus dem Badezimmer hört sie das Rauschen des Wassers, das aus dem enormen Duschkopf strömt, der noch größer ist als der, den Madeleine und

David zu Hause in ihrer Wohnung in der Kommendörsgatan haben. Sie hatten vereinbart, dass Madeleine als Erste duschen sollte, damit ihre Haare trocknen, bevor die ersten Gäste eintreffen. Und jetzt steht David unter der Dusche.

Ehrlich gesagt, ist Madeleine dankbar für die zehn Minuten ganz für sich allein. Ohne ihn. Sie werden an diesem Wochenende keinen Augenblick ohne den anderen sein. Sie werden nebeneinander beim Essen sitzen und den Gästen zulächeln, sie werden zusammen fotografiert werden, Arm in Arm tanzen und sich an den Händen halten und den Gästen für ihr Kommen danken.

Sie werden heiraten. Wer hätte das gedacht, denkt Madeleine. *So fühlt sich das also an. So fühlt es sich an zu heiraten.* Sie haben achtzig Prozent der Anlage gebucht, denn ihre Gäste kommen von überallher. Aus dem In- und Ausland. Die meisten davon sind Davids Freunde und Bekannte, von ihrer Seite sind es viel weniger. Aber das macht nichts. Jetzt sind sie verheiratet. *Meins ist jetzt auch deins. Und deins ist jetzt auch meins.* Es gibt keine Unterscheidung mehr.

Madeleine holt tief Luft, inhaliert die besonderen Düfte und die Atmosphäre der Insel. Die salzige Gischt, die hauchdünne Frostschicht auf dem Balkongeländer, die großen, stolzen Kiefern und Tannen. *Das ist mein Wochenende. Ich werde heiraten. Den Mann meines Lebens.*

Aber es gelingt ihr nicht, dieses sonderbare Gefühl wegzuschieben, das in ihr rumort. Dem sie nicht entkommen kann.

Die ersten Gäste werden bald eintreffen, die Fähre hat soeben im Hafen von Bullholmen angelegt. Madeleine ist unsicher, ob *sie* kommen wird. Ob sie es wirklich wagt hierherzukommen. Natürlich ist sie eingeladen. Madeleine hatte darauf bestanden, dass sie kommt. Aber würde sie es auch tun? *Würde sie es wagen?*

Madeleine nimmt einen weiteren tiefen Atemzug. Versucht, sich einzureden, dass alles in Ordnung ist. *Sollte* sie kommen, würde sie sich benehmen. Schließlich ist sie Gast einer Hochzeitsgesellschaft. Und vor allem Psychologin. Sie weiß, wie man sich benimmt. Oder? Sie ist eine erwachsene Frau. Und sie sind Freunde. Sie würde Madeleines Vertrauen doch niemals enttäuschen? Madeleine versucht, sich einzureden, dass alles gut wird. Aber die Worte klingeln in ihren Ohren. Immer und immer wieder. Die Worte, die sie vor ein paar Wochen in einem Gespräch gesagt hatte. *Du musst damit zur Polizei gehen. Du musst das zur Anzeige bringen.* Das hatte ihr Agneta gesagt. Eindringlich, als ihre Psychologin. Aber Madeleine hatte nur den Kopf geschüttelt. *Nein. Dafür ist es zu spät. Es ist zu spät, die Wahrheit zu sagen.* Agneta hatte sie mit ihren großen dunklen Augen angestarrt. *Es ist niemals zu spät, die Wahrheit zu sagen.*

Madeleine ist sich sicher, dass Agneta versteht, warum sie damit nicht zur Polizei gehen kann. Sie muss wissen, was das für ihre Ehe mit David bedeuten würde. Was würden die Leute sagen? Was würden die Medien daraus machen? David ist kein Unbekannter und regelmäßig in den Zeitungen. Immerhin hat er eine der führenden Werbeagenturen des Landes gegründet. Und auch Madeleine ist eine öffentliche Person und ist hier und da in den Medien zu sehen. David hat sie in eine ihr davor unbekannte Welt eingeführt. Eine Welt, in der man sichtbar ist. Wenn das hier publik gemacht werden würde … Es würde keinen Weg zurück geben. Niemals. Alles würde in sich zusammenstürzen.

Deshalb hatte Madeleine nach diesem Gespräch mit Agneta vor ein paar Wochen mit der Sache abgeschlossen. Und auch in dieser Angelegenheit gab es keinen Weg zurück. So unwohl ihr dabei auch war.

Denn Madeleine hat einen Plan, und den will sie auch durchführen.

Sie wird den Mann heiraten, den sie liebt.

Gefasst reißt sie sich vom Anblick des dunkelblauen Meeres los, geht zurück in die Suite und schiebt die Balkontür hinter sich zu.

14

»Sieh dir diesen Hut an, Cilla!«

Ich kichere. Es ist kurz vor sieben, und es wird langsam dunkel, aber der Garten ist erhellt von unzähligen Lichterketten in den Bäumen und flackernden Fackeln.

»Und erst der Hut von ihrer Begleitung. Er trägt eine Melone! Was ist das denn hier? Heiratet etwa der König, oder was?«

Rosie steht am Fenster unseres Hotelzimmers und beobachtet das Geschehen durch einen kleinen Feldstecher.

»Hast du den immer dabei, Rosie?«

»Ja, eigentlich schon. Vor allem auf Reisen, so ein Feldstecher kann immer von Nutzen sein. Jetzt zum Beispiel, wie gut, dass ich ihn mitgenommen habe.«

»Stimmt, damit du die Hochzeitsgäste ausspionieren kannst?«

»Ganz genau!«

Wir haben den Sekt entkorkt, der von der Hotelleitung als Begrüßungsgeschenk im Kühler auf uns gewartet hat. (Man sollte häufiger bei solchen Preisausschreiben mitmachen und gewinnen.) Viel ist nicht mehr in der Flasche. Das

Zimmer ist sehr schön und harmonisch in den Farben Weiß, Beige und Hellblau eingerichtet. Die Betten sind unfassbar weich und gemütlich. Im Badezimmer steht eine riesige Badewanne mit Beinen in Form von Löwentatzen, und das Zimmer hat Meerblick und Blick auf den Garten im Eingangsbereich des Hotels.

Ich fühle mich wie im Himmel, der Cava ist wunderbar hefig-brotig mit einer sanften Perligkeit und der perfekten Temperatur.

Das Glas an den Lippen wird mir bewusst, dass erst wenige Stunden vergangen sind, dass ich in Adams Bett aufgewacht bin. Das Licht der Morgensonne weckte mich, aber die Bettseite neben mir war leer. Zum wiederholten Mal. Er war schon zur Arbeit gegangen.

Ich beschloss, seine Wohnung so schnell wie möglich zu verlassen. Nie im Leben würde ich mich in aller Ruhe in seine Küche setzen und allein und verlassen einen Toast essen. Auf keinen Fall, ich bin eine selbstständige Frau! Ich bin also mit einem Uber nach Hause gefahren, habe meine Tasche fürs Wochenende gepackt und mich dann ins *Wienercafé* in der Biblioteksgatan gesetzt, wo ich mir ein Luxusfrühstück gegönnt habe. Croissants, edler Kaffee und ein Apfelküchlein haben mir die Wartezeit versüßt, bis ich Rosie am Fähranleger treffen wollte.

Natürlich kann ich Adam nicht einfach aus meinen Gedanken verbannen. Aber man kann mit der Fähre auf eine Insel fahren und Selbstmedikation mit Cava betreiben. Die Gedanken loszuwerden ist allerdings weitaus schwieriger. Leider. Ich wünschte mir, dass es möglich wäre. Ich wünschte, ich könnte die Erinnerung an ihn einfach ruhen lassen. Die Erinnerung an seine schönen Haare, sein Lachen, seinen Körper. Und auch an die Halskette auf dem Nachttisch, mit Sabinas Namenszug. Wann hat sie zuletzt in seinem Bett übernachtet? Letzte Nacht habe ich bei ihm geschlafen. Hat sie am Tag zuvor dort übernachtet? Am selben Tag? Ich schüttle den Kopf, um die Gedanken daran zu verjagen.

Vielleicht wird mich eine der Anwendungen morgen im Spa-Bereich von dieser ewigen Grübelei befreien. Hoffentlich.

»Also, jetzt reicht es aber!«

Rosies Aufschrei bringt mich schlagartig in die Gegenwart zurück.

»Was ist los?«

»Gerade ist eine Frau mit Reifrock angekommen. Sie sieht aus wie eine Biskuitrolle!«

Ich lache laut auf und trinke den letzten Schluck aus meinem Glas.

»Was meinst du, wollen wir mal Richtung Restaurant? Da kannst du dir die Leute ohne Feldstecher ansehen.«

*

Wir ergattern einen Tisch am Fenster, mit Blick aufs Meer. Genau genommen, kann man von allen Sitzplätzen aus das Meer sehen. Nachdem wir uns ein Glas Viognier bestellt haben, kommt ein Gruß aus der Küche. Gebratener Spargel, Briochecroutons mit einem Klecks cremiger Sauce hollandaise. Nach dem ersten Bissen schwebe ich. Das Essen ist sensationell.

»Himmel, Rosie, du hast mich ins Paradies eingeladen.«

»Ja, da gebe ich dir recht. Bisher erweist sich die *Villa Meeresperle* als vom Feinsten!«

»Ich hoffe sehr, dass es gut laufen wird.«

»Das hängt wohl alles von diesem Fähranleger ab. Sonst ist es für die Gäste zu umständlich.«

Wir sitzen in dem Teil des Restaurants, der für alle Gäste vorgesehen ist, die nicht zur Hochzeitsgesellschaft gehören. Ein älteres Ehepaar, zwei junge Frauen Anfang zwanzig sowie eine Gruppe, die offenbar an einer Konferenz teilnimmt. Hinter einem weißen Vorhang, der einen Teil des Raumes abtrennt, halten sich die Gäste des Brautpaares auf. Ab und zu öffnet sich der Vorhang, und einer der Gäste verlässt die Veranstaltung, um auf die Toilette zu gehen oder eine zu rauchen. Dann verstummen wir mitten im Gespräch. Betrachtet man die extravagante Kleidung der Gesellschaft, handelt es sich eindeutig um eine eher wohlhabende Klientel. Die Frauen sind alle sehr schlank und in diverse Versionen von Seide gehüllt, die Männer tragen Fracks mit Schwalbenschwanz. Sie sehen aus, als hätten sich Hugo-Boss-Models mit den coolsten Girls vom Edel-Internat Lundsbergs zusammengetan.

»Was machen die beruflich, was meinst du?«, frage ich Rosie, als erneut eine der eleganten Frauen zur Damentoilette schleicht.

Sie hebt vielsagend eine Augenbraue.

»Du glaubst ernsthaft, dass diese Ladys *arbeiten*?«

»Du meinst, das sind alles Hausfrauen?«

»Ja, und nein … nicht einmal das. Diese Art von Frau kann Hausfrau sein, ohne Teig zu kneten und Windeln zu wechseln. Dafür haben sie Kindermädchen und Haushälterinnen.«

Ich lächle sie an.

»Wie du siehst, habe ich zum Glück keinerlei Vorurteile«, sagt sie grinsend.

»Das ist doch nur menschlich. Was machen die dann den ganzen Tag?«

»Keine Ahnung. Sie treffen sich zum Mittagessen, geben sich Küsschen auf die Wange und essen Salat. Und danach gehen sie shoppen. Und zur Kosmetikerin. Und trinken den ganzen Tag Champagner.«

»Das klingt ja exakt wie unser Wochenende.«

»Außer das mit dem Salat, natürlich. Aber wir sind ja auch hier, weil ich den Laden auf Facebook gestalkt habe und nicht weil mein Mann im Gazastreifen nach Öl bohrt.«

Ich muss lachen und nehme einen Schluck von meinem hervorragenden Wein.

Kurz darauf stehen unsere Hauptgerichte dampfend vor uns. Hühnchen in Baconmantel auf Kartoffelgratin. Ich muss an Jonathan denken, der es nicht mag, wenn Zacke kocht und zwei Sorten Fleisch auf dem Teller sind. *Das ist ja wie im Tierpark. Du könntest auch noch ein paar Federn drüberstreuen, wenn du schon dabei bist.* Ich vermisse die beiden. Meine süßen, zuverlässigen Jungs. Solche muss es auch geben.

Zum Hauptgang haben Rosie und ich uns für eine Flasche würzigen Cabernet franc entschieden. Zacke hat mir beigebracht, diesen Wein zu hellem Fleisch zu trinken.

Plötzlich kommt mir ein Gedanke. Obwohl Rosie und ich uns schon seit Monaten kennen, habe ich sie eine Sache bisher noch nicht gefragt.

»Sag mal, Rosie.«

»Ja?«

»Was hältst *du* von der Liebe?«

»Was *ich* von der Liebe halte?«

»Ja.«

»Ich bin eine pensionierte Polizistin, wenn also jemand von ›Liebe‹ spricht, denke ich leider sofort an Kindesmissbrauch und Scheidungsdramen.«

Ich schüttle den Kopf und gönne mir etwas von meinem zarten Hühnchen.

»Jetzt mal ernsthaft, Rosie. Vermisst du das nicht manchmal? Du vermisst doch bestimmt deinen … Mann. Entschuldige, ich habe seinen Namen vergessen.«

»Lennart.«

»Ah ja, genau.«

Rosie hatte mir im Sommer von ihm erzählt. Dass er vor zehn Jahren gestorben ist. Und ich erinnere mich genau, dass sie ihn *meine große Liebe* genannt hat.

»Doch, natürlich vermisse ich ihn. Jeden Tag. Obwohl das schon so viele Jahre her ist und in der Zwischenzeit jede Menge passiert ist, wache ich manchmal auf und bin überrascht, dass er nicht neben mir im Bett liegt. Manchmal spreche ich sogar mit ihm, du weißt schon, so was wie ›Lennart – wo hast du die Fernbedienung hingelegt?‹. Und erst dann wird mir bewusst, dass er nicht mehr da ist.«

Rosie starrt eine Weile auf ihren Teller. Stochert lustlos in ihrem Essen.

»Entschuldige, Rosie, das war dumm von mir, das jetzt anzusprechen.«

»Nein, nein, überhaupt nicht. Man stirbt nicht daran, über

schwierige Dinge zu reden. Mich macht es traurig, über Lennart zu sprechen. Nach wie vor. Ich vermisse ihn sehr. Aber man gewöhnt sich daran. Das Leben geht weiter. Man selbst geht weiter.«

Ich nicke.

»Es tut mir sehr leid.«

»Das ist lieb, danke.«

»Es war Krebs, stimmt's?«

Rosie wirkt auf einmal geistesabwesend, ihr Blick ist nach draußen gerichtet, aufs offene Meer. Dann wendet sie sich wieder an mich.

»Was hast du eben gesagt?«

»Ob er an Krebs gestorben ist, habe ich gefragt?«

»Ja, verzeih. Genau. Das ist er.«

Sie nimmt einen großen Schluck Wein.

»Hm, der ist sehr gut, dieser Tropfen.«

»Ja, das stimmt. Sag mal, und … hast du nie wieder jemanden kennengelernt, gedatet?«

»Ha! Daten, ich? Ich bin doch fast siebzig, Cilla!«

»Es gibt auch Siebzigjährige auf den Datingseiten.«

»Und was sollte ich da bitte hinschreiben? *Mit einem Fuß im Grab – suche Gleichgesinnten. Wird in der Urne geliefert, passt prima auf den Kaminsims!*«

»Siebzig ist doch kein Alter!«

»Du hast leicht reden. Apropos, hast du dich in der Zwischenzeit mal wieder mit meinem Sohnemann getroffen?«

Mir bleibt der Wein im Hals stecken. Gleichzeitig spüre ich einen Stich im Herzen. *Die Halskette. Die glitzernde Halskette.* Selbst schuld. Ich habe mit dem Thema angefangen.

Rosie sieht mich durchdringend an, ohne einmal zu blinzeln.

»Oder ist das verbotenes Terrain?«

Ich lächle verbindlich.

»Nein, gar nicht. Aber ich denke, dass ... na, du weißt schon. Dass es vielleicht komisch ist, wenn ich ausgerechnet mit dir darüber spreche. Das ist doch ...«

»Verkrampft?«

Ich lache.

»Ja.«

»Du musst das entschuldigen. Wenn man so stramm auf die siebzig zugeht wie ich, passiert etwas. Man merkt nicht mehr, wenn etwas verkrampft oder peinlich ist. Man plappert einfach drauflos.«

»Verstehe. Also, ich war in der Tat gestern bei ihm. Er hat Bolognese für mich gekocht ...«

»Oh, Adams Bolognese. Die ist großartig!«

»Das stimmt. Und ...«

Fast hätte ich ihr auch das andere erzählt, dass wir nämlich einen wunderschönen Abend hatten, ich dann aber nachts aufgewacht bin und ihn am Küchentisch habe sitzen sehen. Dass er morgens aus dem Haus geschlichen ist, ohne einen Zettel zu hinterlassen. Und dass ich die Kette seiner Ex auf seinem Nachttisch gefunden habe. Aber ich sage kein Wort davon.

»Es war ein schöner Abend«, sage ich nur.

Aber ihr Name hängt in der Luft, wie alter Bratengeruch. *Sabina.* Die glamouröse Ex-Freundin von Östermalm, mit der er zusammen gewesen ist und die ich noch an seiner Seite gewähnt hatte, als wir unsere stürmische Liebesnacht letzten Sommer gehabt hatten. Ein Irrtum. Die beiden hatten schon vor Monaten Schluss gemacht, aber Adam hatte ihr während ihrer Chemo beigestanden. Eine Behandlung, an dessen Ende Sabina sich in ihren Arzt verliebt hatte. Als ehemalige Boulevardjournalistin sah ich die Überschrift vor mir: »Der Knoten hat mir den Weg zur wahren Liebe gezeigt.«

Seitdem hat Adam sie nicht wieder erwähnt. Ich nahm also an, dass sie mit ihrem Onkologen das Glück gefunden hatte. Mittlerweile sehe ich das aber anders. War es Sabina gelungen, wieder Teil von Adams Leben zu werden? Oder hatte er sich an sie gewendet? Wie lässt sich sonst die Halskette auf seinem Nachttisch erklären?

»Schön«, sagt Rosie.

Hinter dem Vorhang am anderen Ende des Raumes schallt Gelächter zu uns herüber. Und plötzlich taucht ein anderes Bild in meiner Erinnerung auf. Eine Frau auf einem Schwarz-Weiß-Foto.

»Rosie.«

»Hm?«

»Erinnerst du dich an eine Laila Damm?«

Man kann förmlich sehen, wie Leben in ihr Gesicht kommt. Themenwechsel vom Feinsten. *Gut gemacht, Cilla!*

»Laila Damm? Selbstredend erinnere ich mich an sie.«

»Wirklich?«

»Alle Polizisten, die damals aktiv waren, können sich an sie erinnern. Wann war das, 89?«

»1988.«

»Stimmt. Ich hatte mit dem Fall direkt nichts zu tun, aber ich erinnere mich genau, dass er überall Gesprächsthema war. Sowohl auf der Dienststelle als auch in der Presse. Niemand konnte sich ihr Verschwinden erklären. Und bis heute ist es nicht aufgeklärt. Komisch, oder? Und so schrecklich für die Familie. So ganz ohne Abschied.«

»Sie hatte keine Kinder, oder?«

»Nein, aber sie hatte Eltern. Und eine Schwester, an sie kann ich mich gut erinnern. Wir sind uns einmal begegnet, allerdings hat sie nach Laila Damms Verschwinden sehr zurückgezogen gelebt. Ich glaube, sie hat das nie verwunden.«

»*Blutspur* will, dass ich was für einen Podcast über sie schreibe.«

»Ah ja?«

»Ja, aber der Beitrag wurde vorerst verschoben.«

»Schade. Den hätte ich gerne gehört. Mir ist es bis heute ein Rätsel, wie ein Mensch einfach so spurlos verschwinden kann. Und das in Schweden! Diesem friedlichen Land. Sie verschwindet auf der Kungsgatan, mitten in der Stadt, und taucht nie wieder auf. Keine kriminellen Verbindungen, keine Feinde.«

»Das ist wirklich merkwürdig.«

Rosie hebt ihr Glas und schwenkt den hellroten Wein darin. Dabei gluckst sie vor sich hin.

»Was ist los?«, frage ich.

»Mir ist gerade etwas eingefallen, was mein ehemaliger Chef Bertil über verschwundene Menschen gesagt hat. Ich mochte ihn, er war einer der besten Vorgesetzten, die ich je hatte. Supernett und ziemlich poetisch. Ich glaube, er hat sogar Gedichte geschrieben. Stumme Wellen.«

»Wie bitte?«

»Stumme Wellen hat Bertil diese Menschen genannt, die

einfach verschwinden. Ich weiß nicht genau, was er genau damit meinte, aber ich vermute, die Trauer um jemanden verhält sich wie Wellen. Eine Leere, die trotzdem in Bewegung ist.«

»Und wie soll das gehen?«

»Na, Wellen bewegen sich doch ins Unendliche fort.«

Ich sehe aus dem Fenster und begegne dort meinem etwas verschwommenen Spiegelbild vor dem dunklen Meer.

»Aber die Wellen geben keinen Laut von sich. Deshalb stumme Wellen.«

*

Eine Stunde später ist Rosie kurz davor, am Tisch sitzend einzuschlafen. Das Hühnchen und der Wein haben unseren Körper mit Glück und Müdigkeit beschenkt, und als sie zum dritten Mal einnickt, lache ich laut auf.

»Ich glaube, es wird Zeit, dass wir ins Bett gehen.«

»Hast ja recht. Wir müssen uns schließlich auch ausruhen, um für die vielen Behandlungen und Anwendungen morgen fit zu sein.«

Wir machen uns auf den Weg. Draußen sehe ich eine kleine Gruppe Raucher stehen. Der Zigarettenrauch bildet dicke Wolken, ganz plötzlich habe ich Lust auf eine. Obwohl ich nie viel geraucht habe, stellt sich manchmal, nach ein paar Gläsern Wein, dieser Reflex und die Lust auf eine Zigarette ein.

»Kommst du?«

Rosie steht schon in dem gewölbten Torbogen am Eingang.

»Absolut. Ich komme gleich nach, brauche vorher nur noch ein bisschen frische Luft.«

Rosie schüttelt den Kopf.

»Ihr jungen Leute. Vielleicht schlafe ich schon, wenn du kommst.«

»Ich schleiche auf Zehenspitzen.«

»Das musst du nicht. Mein Schnarchen ist so laut, das schützt mich vor allem. Besser als Ohrenstöpsel.«

Als ich nach draußen gehe, schlägt mir der kalte Wind entgegen. Bullholmen bei Nacht. Während ich die Stufen hinuntergehe, schiebe ich die Hände tief in die Taschen meiner weißen Strickjacke und ziehe die Schultern hoch. Der dunkle Wald umstellt die *Villa Meeresperle* wie ein ungewöhnlich hochgewachsenes Publikum. Hinter den Baumwipfeln kann ich den Mond erahnen.

Langsam schlendere ich um das Gebäude herum, mein Ziel ist die kleine Rauchergruppe. Aber ich bin erst ein paar Schritte um die Ecke gegangen, als ich auf eine Person stoße, die allein abseits steht und raucht. Der Zigarettenrauch umgibt sie wie eine weiße Wolke. Als ich näher komme, erkenne ich sie als ein Gast der Hochzeitsgesellschaft. Sie trägt ein dunkelrotes Kleid, das ihr bis zu den schwarzen High Heels reicht. Ihr Haar ist dunkel, gewellt und hochgesteckt. Im Dunkeln fällt es schwer, das Alter abzuschätzen, aber sie wird um die sechzig sein. Ihre Ohrringe funkeln.

»Entschuldigen Sie«, sage ich, um sie nicht zu erschrecken.

Aber die Frau scheint mich gar nicht zu hören. Sie starrt auf den Boden und raucht weiter. Schwankt. Angetrunken. Nicht dass ich besser wäre, mein Körper besteht im Moment zu sechzig Prozent aus Cabernet franc.

»Hallo?«

Die Frau reagiert nicht. Ich nähere mich ihr und höre sie erst dann murmeln. Der Wind steht ungünstig und jault, aber ich kann Bruchstücke aufschnappen. *Hätte nicht kommen sollen. Großer Fehler, verdammt großer Fehler. Ich hätte nie, niemals …*

»Hallo, entschuldigen Sie?«, wiederhole ich.

Dieses Mal zeigt sie eine Regung. Sie hebt den Blick, gerät erneut ins Schwanken.

»'n Abend«, lallt sie.

»Guten Abend, entschuldigen Sie bitte die Störung. Ich wollte nur fragen, ob Sie eine Zigarette für mich hätten?«

Die Frau sieht mich verdutzt an, dann beginnt sie, in ihrer Tasche zu graben, fischt schließlich eine Packung Marlboro Lights heraus und reicht sie mir zusammen mit einem Feuerzeug.

Mit dem ersten Zug lege ich den Kopf in den Nacken und sehe in den sternenklaren Himmel. Ich genieße den Anblick, obwohl ich mir wünschte, ich könnte die Sternenbilder erkennen. Es sieht aus, als hätte sich auch der Himmel für den heutigen Anlass herausgeputzt. Er funkelt, als würde auch er zu seiner Hochzeit schreiten.

»Danke«, sage ich und gebe ihr Packung und Feuerzeug zurück. »Das habe ich gebraucht.«

»Ab und zu muss das eben sein. Ich habe die Packung vorhin an der Rezeption gekauft. Seit zehn Jahren habe ich nicht mehr geraucht.«

»Oha.«

»Aber heute musste es einfach sein.«

»Ja, es sieht aus, als wäre es ein schönes Fest. Sie gehören doch zur Hochzeitsgesellschaft?«

Sie sieht mich an, ohne zu antworten. Zieht nur stumm an ihrer Zigarette.

»Und Ihr Kleid ist der Hammer. So schön.«

Das hat sofort Wirkung auf ihren Gesichtsausdruck. Sie nickt, freundlicher.

»Danke sehr. Das war … *hicks* … schweineteuer. Für diesen Anlass genau das Richtige. So hatte die Hochzeit wenigstens ein Gutes.«

Sie tritt ihre Zigarette mit dem Schuh aus und kommt auf mich zugewankt. Sie hat Schwierigkeiten, mich anzusehen, ihr Blick ist gläsern. Mich beschleicht die Angst. *Wird sie sich gleich auf mich stürzen?* Da stützt sie sich mit einer Hand an der Mauer ab, fährt sich mit der anderen durch die Haare.

»Wie heißen Sie?«, fragt sie.

»Ähm, Cilla.«

»Mögen Sie Hochzeiten, Cilla?«

Ich schlucke. Ich weiß nicht, was ich darauf antworten soll. Was will sie hören? Weil ich eine Zigarette von ihr geschnorrt habe, fühle ich mich irgendwie verpflichtet, auch ihr einen Gefallen zu tun.

»Ja, doch, das tue ich. Ich mag … die Liebe.«

Sie kichert.

»Ach wirklich?«

»Ja, Sie nicht? Darf ich Sie fragen, wie Sie heißen?«

»Agneta«, lallt sie. »Doch, ich mag die Liebe auch. Wenn sie echt ist.«

Einen Augenblick lang sieht es aus, als würde sie sich gleich übergeben müssen, und intuitiv gehe ich einen Schritt zurück. Aber sie stößt sich nur von der Wand ab und wankt Richtung Hoteleingang. Bevor sie an mir vorbeigeht, bleibt sie stehen. Ich rieche ihren Rotweinatem, als sie mir ins Ohr flüstert.

»Diese Menschen da drin … die sind nicht echt. Das sind alles Lügner. Und ihre Ehe …«

Sie schluckt.

»… baut auf Lügen auf.«

Sie hickst und setzt ihren Weg fort. Ich sehe ihr hinterher, wie sie eine Stufe nach der anderen meistert. *Hoffentlich fällt sie nicht hin.* Als die Tür hinter ihr zuschlägt, nehme ich erleichtert einen Zug von meiner glühenden Zigarette.

So ganz allein ist es hier draußen wesentlich kälter. Schnell rauche ich auf. Unser Hotelzimmer hat plötzlich etwas sehr Verlockendes. Ich will unter meine herrliche Decke in dem Traumbett krabbeln und morgen das großartige Frühstücksbuffet genießen.

Hochzeiten sind immer dramatische Ereignisse, und sie bringen das Beste und das Schlechteste in den Gästen zum Vorschein.

15

Agneta

Agneta Westerlund friert.

Ihr ist so kalt, dass sie beschließt, sich ein Bad einzulassen, obwohl sie überhaupt nicht der Badewannentyp ist. Ganz im Gegenteil. Sie macht sich immer darüber lustig, dass die Leute in ihrer eigenen Dreckbrühe liegen, wenn fünf Minuten unter der Dusche vollkommen ausreichen.

Aber heute Abend braucht sie das Gefühl, sich in eine große warme Wanne sinken zu lassen.

In ihrem Hotelzimmer ist es auch kalt.

Was ist los mit Schweden? Wir leben in einem Land, in dem es bis Ende März eiskalt ist, und trotzdem schafft man es nicht, die Häuser warm zu bekommen. *Villa Meeresperle* ist mitnichten das schönste Hotel, in dem sie jemals untergekommen ist. Weit davon entfernt. Ehrlich gesagt, findet sie die Anlage äußerst schlicht und einfach. Die Tapeten sind Ware von der Stange, die findet man in jedem Baumarkt. Und der Boden ist billiges Laminat. *Aber, verstehe, verstehe.* Hochzeiten kosten viel Geld. Das Alleinstellungsmerkmal des Hotels aber ist ohne Zweifel das Meer vor der Haustür. Schön, dunkel, tief.

Agneta hatte schon immer eine große Affinität zum Meer. Im Laufe ihres mittlerweile achtundfünfzigjährigen Lebens ist sie viel herumgekommen. Sie hat in Brighton studiert, in Los Angeles und auf der Halbinsel Falsterbo gelebt. Drei sehr unterschiedliche Orte, Länder, Kontinente, aber sie alle vereint eine Sache: das Meer, die Nähe zum Meer. Sie hatte immer am Meer leben wollen.

Vor ein paar Jahren, kurz nach der Scheidung, beschloss sie, Schonen zu verlassen und nach Stockholm zu ziehen. Als sie am Hauptbahnhof ausstieg, begegnete ihr viel Vertrautes, aber auch viel Neues. Neue Restaurants, neue Gebäude, neue Menschen. Es war an der Zeit, sich darauf einzulassen. Den Puls der Zeit zu spüren. Und Agneta freute sich darauf.

Aber obwohl sie sich in ihrer Dreizimmerwohnung im Narvavägen auf Östermalm wohlfühlte, fehlte da immer etwas. Das Meer. Das Wasser unten beim Djurgården war nur einen Katzensprung entfernt, aber das genügte ihr nicht. Der Umzug nach Dalarö folgte deshalb kurz darauf.

Heute ist sie die stolze Besitzerin einer Villa aus der Jahrhundertwende, deren Böden knarren, deren Fenster klappern und in der es immer etwas zu tun gibt. Aber sie hat das Meer direkt vor dem Fenster, sie muss nur durch ihre Gardinen sehen. Und das ist das Wichtigste. Das ist die Freiheit, die sie dort draußen spürt.

Jeden Morgen fährt sie mit dem Auto in ihre Praxis in der Grevgatan, empfängt dort ihre fünf bis sechs Klienten und kehrt danach zurück in ihr Paradies. Sie führt ein ziemlich geregeltes Leben, aber es gefällt ihr so.

Sie befreit sich von ihrem eng anliegenden Kleid – endlich – und löst ihre Hochsteckfrisur. Das Wasser läuft, sie schüttet ein bisschen von dem Badeschaum hinein, der am Rand steht. Wenn schon baden, dann auch mit allem Luxus. Sie holt ihr Handy und öffnet auf Spotify eine Playlist mit sanfter Musik. Jetzt endlich Entspannung, die hat sie bitter nötig.

Beim Ausziehen ihrer Strumpfhose wäre sie um ein Haar auf dem glatten Kachelboden ausgerutscht. In ihrem Kopf dreht sich alles.

Sie hat getrunken. Sie weiß kaum noch, wann sie das letzte Mal etwas getrunken hat. Obwohl, es war mehr als nur trinken, sie hat sich regelrecht zugeschüttet. *Haben die Leute mich beobachtet? Haben sie hinter meinem Rücken getuschelt? Kennen sie meine Vorgeschichte?* Müde und erschöpft, lässt sie den Abend Revue passieren. Ein Glas Champagner vor dem Essen, zwei oder drei Gläser Weißwein zur Vorspeise, zwei Gläser Rotwein zum Hauptgang, einen Kaffee mit Schuss zur Nachspeise, danach Whiskey – und wahrscheinlich hat sie sich danach noch ein Glas Roten gegönnt? Mit anderen Worten: eindeutig viel zu viel. Und zu allem Überfluss hat sie auch noch geraucht. Sie hat sich eine Packung Marlboro Lights an der Rezeption gekauft. *Habe ich die bezahlt? Ich habe die doch bitte nicht einfach mitgenommen?* Nein, sie erinnert sich sehr genau daran, der Frau an der Rezeption einen Schein in die Hand gedrückt zu haben. Zwei Zigaretten hatte sie draußen in der Kälte geraucht. Nach zehn Jahren. Ihr ganzer Körper hat darauf reagiert. Die Lungen, der Kopf, alles.

Alles dreht sich.

Das war ein Fehler gewesen. Ein großer Fehler. Daran gibt es keinen Zweifel. Aber… heute Abend ging es nicht anders. Man kann nicht behaupten, dass sie der Hochzeit entgegengefiebert hat. Im Gegenteil. Sie hatte einen regelrechten Horror davor. Deshalb hatte sie sich betrinken müssen, um den Abend zu überstehen.

Du hättest nicht kommen sollen, sagt sie sich. Laut. Ihre Stimme hallt von den Badezimmerwänden. *Ich hätte nicht kommen sollen.*

Trotzdem *ist* sie gekommen. Zu Madeleines und Davids Hochzeit.

Obwohl sie aus dem Kopfschütteln nicht mehr herauskam, als sie die Einladung in ihrem Briefkasten fand.

Aber sie hätte niemals absagen können. Das war undenkbar. Der einzige Gedanke, der sie aufheitert, ist die Aussicht, am Sonntag mit der Fähre die Insel zu verlassen und Madeleine und David nie wieder sehen zu müssen. Es reicht.

Sie steigt in die Wanne. Das heiße Wasser brennt auf der Haut. Herrlich. Zu den Klängen von Saxofon und Schlagzeug lässt sie sich ins Wasser sinken, lehnt den Kopf nach hinten. Ihre langen dunklen Haare fallen über den Rand der Badewanne.

*

Agneta weiß nicht, wie viel Zeit verstrichen ist, als sie von einem Geräusch aufschreckt.

Wie lange hat sie in der Wanne gelegen?

Der Kopfschmerz hat sich zwischen den Schläfen eingerichtet, sie fühlt sich benommen. Das Wasser ist merklich abgekühlt, nur noch lauwarm. Sie muss eingeschlafen sein.

Etwas knarrt. *Ist das die Badezimmertür?* Plötzlich wird es dunkel, jemand hat das Licht ausgeschaltet.

»Hallo?«, schimpft Agneta.

Dann, auf einmal, geht alles ganz schnell. Jemand packt ihre langen Haare. Lederhandschuhe.

Agneta kneift die Augen zu und hält die Luft an. Der Eindringling reißt sie aus dem Wasser hoch. Für einen kurzen Moment ist es, als würde sie schweben.

Dann lässt er sie fallen.

Ihr Hinterkopf schlägt auf die harte Kante der Badewanne.

Ihre Arme und Beine zucken.

Dann wird es leise. Vollkommene Stille.

Das Mangoaroma des Badeschaums ist das Letzte, was sie schmeckt, bevor sie die Augen für immer schließt.

16

Portrush, Nordirland

Portrush erwacht morgens um sieben Uhr.

Aber Ella ist schon seit Langem wach. Patrick, der schläft, als hätte er einen Schlag auf den Kopf bekommen, scheint von ihrer nächtlichen Panikattacke nichts mitbekommen zu haben. Und er hat auch nicht bemerkt, wie sie sich kurz darauf schweißgebadet von hinten an ihn geklammert hat. Warm und verschwitzt, aber Ella hatte die Nähe und Geborgenheit gebraucht. Am liebsten hätte sie ihn geweckt, aber irgendetwas hat sie davor zurückgehalten.

Jetzt sitzt sie in der Küche, hat sich gerade einen Toast gemacht und ihn dick mit Bitterorangenmarmelade bestrichen. Die nächtliche Aufregung steckt ihr noch in den Knochen. Sie wird Patrick nicht davon erzählen, dass sie mitten in der Nacht schweißgebadet aufgeschreckt ist. Mit rasendem Herzschlag und einem Namen vor Augen. Sie wird ihm auch nicht von der Gestalt auf der Straße erzählen. In einer Regenjacke mit hochgezogener Kapuze. Ihre Blicke waren sich begegnet, und Sekunden später war die Person verschwunden. Vielleicht tatsächlich nur ein zufälliger Passant.

Aber der Anblick hatte sie dennoch in ihrem unruhigen Schlaf verfolgt.

Es gibt einen guten Grund, warum Ella ihrem Mann nichts davon erzählen wird. Er macht sich schon genug Sorgen um sie.

Alles fing an dem Todestag ihrer Mutter an. Das ist nur wenige Wochen her. Wahrscheinlich ist es nichts Bemerkenswertes, dass man in der Nacht nach dem Tod der eigenen Mutter – von der man sich in einem abgedunkelten Krankenhauszimmer mit einem letzten Kuss auf die kalte Stirn verabschiedet hat – mit einer Panikattacke reagiert. Aber Ella hatte so etwas noch nie zuvor erlebt. Sie hatte bis dahin nie verstanden, was die Leute meinten, wenn sie von Angststörung sprachen. Ihre Freundinnen erzählten davon, als wäre es ein selbstverständlicher Teil ihres Lebens, was allen Menschen widerfährt. Wie die erste Regelblutung oder der erste Zug an einer Zigarette.

Aber Ella hatte nie verstanden, was sie meinten. Bis zu jener Nacht vor ein paar Wochen. Sie war mit Herzrasen und schweißgebadet aus dem Schlaf geschreckt. Und danach war alles nur noch schlimmer geworden. Sie hatte Stimmen gehört, es hatte in ihren Ohren gerauscht, auf allen vieren war sie aus dem Bett gekrochen, ihre Arme hatten gebrannt, als würde elektrische Energie durch sie hindurchgehen. Schreiend war sie auf dem Boden zusammengebrochen. Patrick war davon wach geworden, hatte sie aufgehoben und so fest im Arm gehalten, dass sie sich kaum noch bewegen konnte.

Nach einer Weile hatte sie sich wieder beruhigt und war ganz die Alte. Aber etwas blieb zurück. Ein Gefühl. *Da ist etwas passiert. Etwas Schreckliches. Und es ist ganz allein meine Schuld. Ich werde sterben.*

Patrick würde sie niemals verurteilen, das weiß sie. Aber sie erinnert sich genau, wie er sie am nächsten Morgen am Frühstückstisch aus den Augenwinkeln beobachtet hat. Sie hatte seine Gedanken lesen können: *Was zum Teufel ist da gestern Nacht passiert?*

Ein paar Nächte später das gleiche Spiel. Die Panikattacken wiederholten sich nach immer demselben Muster. Schweißgebadet aufschrecken mitten in der Nacht, Angstzustände und Hilfeschreie. Die letzten Male übergab sie sich auf ihren weißen Teppichboden im Schlafzimmer. Auch darüber verlor Patrick kein Wort. Aber sie konnte seine Gedanken lesen. *Was ist los mit dir, Ella? Was ist mit dir passiert?*

Aber das hätte sie ihm nicht beantworten können. Sie wusste nur, dass etwas nicht stimmte. Ganz und gar nicht stimmte.

Patrick drängte sie, sich Hilfe zu holen. Am nächsten Tag hatte er im Netz einen Therapeuten gefunden. Jörgen gab auf seiner Webseite an, dass er auf eine zwanzigjährige Berufserfahrung als Psychologe zurückgreifen konnte. Ella fand allerdings, dass er auf dem Foto aussah, als stamme er aus dem Ende des 18. Jahrhunderts. *Ein Therapeut?* Würde sie jetzt auch *so eine* werden? Die ihrem Psychotherapeuten einmal die Woche davon erzählt, wie blöd alle anderen waren? Und dass sie wegen lauter Nichtigkeiten immer zu kurz kommt? *Meine Schwester ist ein Energievampir, mein Vorgesetzter ist ein Tyrann, ich hasse meinen Körper, niemand versteht mich* und so weiter und so weiter … Ella kannte diese Sätze von ihren Freundinnen, die nicht müde wurden, sie zu wiederholen. Würde sie dann auch vor so einem Psychodinosaurier sitzen, der sie aufforderte, »das Kind in ihr« in den Arm zu nehmen und ihm zu vergeben? Niemals.

Sie war immer ein selbstbewusster Mensch gewesen. Ihr ging es gut, und das hatte sie sich selbst zu verdanken. Sie hatte einen spannenden und gut bezahlten Job, einen wunderbaren Mann und ein durchweg aufregendes Leben. War es so ungewöhnlich, dass sie kein gutes Verhältnis zu ihren Eltern gehabt hatte? Ganz ehrlich, wer hatte schon ein *gutes* Verhältnis zu seinen Eltern?

Nein, einen Therapeuten brauchte sie nicht. Aber sie wusste, dass Patrick davon überzeugt war. Deshalb log sie ihn an. Und das tat ihr jetzt noch leid.

Ella hatte Patrick gegenüber also behauptet, zwei Wochen hintereinander zu Jörgen gegangen zu sein. Es hätte ihr gefallen, und sie würde dranbleiben. In Wirklichkeit aber hatte sie sonntags um 14 Uhr die Stunde in Tösses Konditorei verbracht und Kaffee getrunken.

Es widerstrebt ihr, ihren Mann anzulügen. Das war das erste Mal. Aber er macht sich Sorgen um sie, das weiß sie. Sie hat eines Abends ein Telefonat von ihm mit einem Freund belauscht. Patrick hatte wahrscheinlich angenommen, dass sie schon schlief. *Ich weiß, ihre Mutter ist gerade gestorben, aber … trotzdem. Irgendetwas stimmt da nicht. Du solltest sie nachts schreien hören. Als würde sie vollkommen irres Zeug träumen.*

»Liebling?«

Sie zuckt zusammen und sieht hoch. Patrick steht auf der letzten Stufe der kleinen Treppe, die von der Küche in den ersten Stock führt. Sie lächelt ihn an, als hätten sie eine traumhafte Nacht miteinander verbracht, und wischt sich die Krümel vom Mund.

»Guten Morgen, mein Schatz. Gut geschlafen?«, fragt sie.

»Hervorragend. Und du?«

»Wie ein Baby.«

Ein Baby mit schlimmsten Albträumen.

Patrick stellt sich an die Kaffeemaschine und füllt Kaffee in den Filter.

»Was hältst du davon, heute Abend nach dem Essen den Vergnügungspark zu besuchen?«, schlägt er vor.

»Vergnügungspark?«

»Ja, den unten am Strand. Ich glaube, es wäre mal ganz gut, etwas anderes zu sehen als … dieses Haus hier?«

Ella nickt. Sie kann verstehen, was er meint. Tod und Schweigen hängen in den dunkel tapezierten Räumen. Sie lächelt ihn an.

»Ganz deiner Meinung«, sagt sie fröhlich »Das machen wir.«

*

Am späten Nachmittag sitzt Ella auf einer Bank am Meer und wartet auf Patrick, der in einem kleinen Laden Fish and Chips kauft. Sie wirft einen schnellen Blick über die Schulter, um sich zu vergewissern, dass er noch nicht auf dem Rückweg ist. Erst dann holt sie ihr Handy aus der Tasche, um etwas zu tun, worauf sie schon den ganzen Tag wartet. Genau genommen seit letzter Nacht. Sie öffnet Safari und tippt den Namen ein: *Laila Damm.*

Langsam scrollt sie durch die Bilder, sieht sich alle an.

Im Laufe des Tages war ihr der Gedanke gekommen, ob sie sich da in etwas verrannt hat, sich gründlich irrte.

Aber das hat sie nicht. Sie *ist* es.

Ihre Eltern hatten einen Umschlag auf dem Dachboden versteckt, in dem sich drei Fotos einer Frau befanden, die vor dreißig Jahren spurlos verschwunden ist.

Und Ella hat keinen blassen Schimmer, warum.

17

Mein letzter Gedanke vor dem Einschlafen gestern galt dem sensationellen Frühstück, das mich am nächsten Morgen erwarten würde. So stand es auf der Webseite der *Villa Meeresperle*. Frisch gebackene Croissants, kleine Bratwürstchen, frisch gepresster Orangensaft und fünf verschiedene Sorten Brot. Ein Traum! Das ist meiner Ansicht nach sowieso das Beste an einer Hotelübernachtung: dass man die freie Wahl hat und sich alles vom Buffet nehmen kann, wonach einen gelüstet. Leider sah unser Start in den Tag dann alles andere als gemütlich und lecker aus.

Wir lagen unter kuscheligen, warmen Bettdecken, als wir aufwachten. Allerdings weckte uns ein gellender Schrei. Rosie und ich saßen sofort senkrecht im Bett und starrten uns bestürzt an.

Was danach geschah, kann man nur als einen großen Tumult bezeichnen. Wir sprangen aus den Betten und warfen uns die Morgenmäntel über. Kaum hatte ich ihn zugebunden, öffnete ich die Tür und ging hinaus auf den Hotelflur. Dort herrschte helle Aufregung, und das Personal wies uns an, auf direktem Wege zum Frühstücksraum hinunterzugehen.

Am Ende gibt es doch noch die versprochenen Croissants. Und die kleinen Bratwürstchen sowie den frisch gepressten Saft. Nur leider fällt es uns gerade sehr schwer, uns auf das Essen zu konzentrieren. Obwohl wir an unserem Tisch sitzen, an dem wir gestern zu Abend gegessen haben. Im Speisesaal ist eine Menge los. Alle wirken beschäftigt, es wird viel geflüstert. Die Atmosphäre ist aufgeladen, man kann die Anspannung beinahe mit Händen greifen. Das Personal hat die Eingänge zum Speisesaal mit Tüchern verhängt und die Gäste gebeten, dort bis auf Weiteres zu bleiben. ›Nehmen Sie sich gerne noch einen Kaffee, oder zwei!‹ Aber wir alle wissen bereits, dass in der *Villa Meeresperle* etwas Schreckliches passiert ist.

Es gab eine Tote.

Niemand weiß etwas Genaues, aber wenn man das glauben mag, was wir aufgeschnappt haben, handelt es sich um einen Gast der Hochzeitsgesellschaft. Wer so laut geschrien hat, konnten Rosie und ich allerdings noch nicht ausmachen. Vielleicht war es jemand, der die Tote gefunden hat?

Als die Angestellten das Frühstücksbuffet langsam abräumen, mache ich eine Entdeckung, die augenblicklich Herzrasen bei mir erzeugt. Ich kann einfach nicht anders. Ich strahle übers ganze Gesicht.

»Aber, das ist ja … Adam!«

Zusammen mit seiner Kollegin Tilly befragt er Erika, die Managerin des Hotels, die uns vom Hafen abgeholt hat. Sie wirkt verständlicherweise niedergeschlagen – ein Todesfall in einem Luxushotel, das man marketingmäßig als neues Himmelreich verkaufen will, ist gelinde gesagt suboptimal –, aber sie unterhalten sich gedämpft und beherrscht.

Plötzlich katapultiert mich meine Erinnerung zu jenem Morgen vergangenen Sommer, als Rosie an meine Laubentür hämmerte und mir mitteilte, dass ein junges Mädchen, Caroline, tot aufgefunden wurde. Da ich besagtes Mädchen am Abend zuvor unten am Hafen gesehen hatte, wurde ich von Rosie kurzerhand als Zeugin zur Polizei geschleppt. Zu Adam, der zusammen mit Tilly die Bootsbesitzer im Hafen befragte. So wie sie es auch jetzt mit den Hotelgästen tun. Sie tragen sogar dasselbe wie damals. Tilly hat ihre offizielle Polizeiuniform an und Adam einen seiner Anzüge.

Er sieht geradezu *unverschämt* elegant aus. Als ich ihn heute früh vor meiner Tür gesehen habe, war ich vor allem hocherfreut. Obwohl ich wusste, wie albern das ist und vor allem total unpassend.

Als Erika sich von den beiden verabschiedet und Tilly auf die Toilette geht, schnappen Rosie und ich uns ein letztes Croissant vom Buffet und gehen damit zu Adam.

»Hier, bitte«, sage ich und reiche ihm meins. »Ich dachte, du kannst vielleicht ein bisschen Energie gebrauchen.«

»Oh, danke, wie lieb von dir.«

Er lächelt mich an und beißt herzhaft von dem Croissant ab. Ein paar Krümel bleiben an seinen schönen, vollen Lippen hängen.

»Hm, wie lecker«, schwärmt er.

»Oder?« Ich nicke eifrig. »Mit ganz viel Butter.«

»Genau so muss ein Croissant doch schmecken«, sagt Rosie. »*Alsooooo*, Adam …«

Adam sieht seine Mutter amüsiert an.

»Ja?«, sagt er mit vollem Mund.

»Was kannst du uns schon sagen?«

»Du lernst auch nie dazu, Mama, oder?«

»Wir sagen niemandem ein Wort, versprochen.«

»Niemandem? Cilla ist Kriminalreporterin, und du bist … du.«

»Jetzt komm schon, Adam«, versuche ich mein Glück. »Irgendeine Kleinigkeit? Was ist denn passiert?«

»Ich habe seit dem Sommer dazugelernt, meine liebe Cilla.« Hilfe. Ich liebe es, wenn er *meine liebe Cilla* sagt. SO sehr, dass ich kurz erwäge, die Frage zu wiederholen, um diese Antwort ein zweites Mal zu bekommen.

»Ihr wart damals viel zu sehr involviert in die beiden Morde an Caroline und Ina. Damals habe ich euch auch gewisse Details vorenthalten, aber das ist nichts zu meiner Haltung in diesem Fall.«

»Spaßbremse!«, sagt Rosie.

»Ich bin keine Spaßbremse, ich halte mich an die Regeln. Ich darf keine Informationen an euch weitergeben. Aber, selbst wenn ich das dürfte, würde es in diesem Fall keine Rolle spielen.«

Rosie runzelt die Stirn.

»Wie meinst du das?«

Adam senkt die Stimme.

»Ihr werdet enttäuscht sein. Heute Nacht gab es in der *Villa Meeresperle* einen Todesfall. So weit, so richtig. Aber wir haben keine Hinweise darauf, dass es sich um ein Verbrechen handelt. Wir ermitteln nicht, sondern betrachten es als Unfall.«

»Wie heißt die Tote?«, frage ich.

»Was spielt das für eine Rolle?«

Ich habe die Arme vor der Brust verschränkt und starre

auf Adams Schuhe. Seine schicken, blitzsauberen Schuhe. Plötzlich taucht ein anderes Paar Schuhe in meiner Erinnerung auf. Ein Paar schwarze High Heels. Ich erinnere mich an den leckeren Wein, den Rosie und ich zum Essen hatten, und an die Zigarette danach.

Ich sehe die Frau ganz deutlich vor mir. Ihr dunkles, lockiges Haar, das rote Kleid und ihr wankender Gang, als sie ins Hotel zurückging …

Ich muss schlucken. Was hatte Adam gesagt? *Ein Unfall.*

Oh nein.

Ich sehe ihm in die Augen.

»Hieß sie Agneta?«

Er erstarrt.

»Himmelherrgott, wann habt ihr mit euren Ermittlungen angefangen?«, platzt es aus ihm heraus. »Eine Stunde bevor wir überhaupt angekommen sind, oder wie?«

»Okay … dann ist Agneta die Tote von heute Nacht?«

Ich spüre Rosies Blicke.

»Was redest du da, Cilla? Kanntest du sie?«

»Nein. Aber ich bin ihr gestern kurz begegnet. Ich habe mir eine Zigarette bei ihr geschnorrt. Sie war ziemlich …«

Ich verstumme, aber Adam beendet meinen Satz.

»Betrunken?«

»Ja.«

Er nickt.

»Sie ist wohl in der Badewanne ausgerutscht. Ein tragischer Unfall, also.«

Rosie und ich nicken zustimmend. Sie legt eine Hand auf meine Schulter, als würde sie mich trösten wollen, obwohl ich gar keinen Trost benötige. Ich kannte diese Frau doch gar nicht. Aber den Gedanken, dass man in der einen Minute eine raucht und eine Minute später tot in der Badewanne liegt, finde ich … gruselig.

Da stößt Tilly zu uns, mit ihrem unverkennbaren schwarzen Kurzhaarschnitt und dem blassen Gesicht. Sie grüßt Rosie und mich und klopft Adam auf die Schulter.

»Was meinst du, wollen wir zurück aufs Festland?«

»Ja, absolut. Die nächste Fähre legt in fünfundvierzig Minuten ab. In einer Viertelstunde am Auto? Dann schaffen wir das locker. Ich will das hier nur kurz abschließen, einverstanden?«

Tilly packt ihre Sachen zusammen und geht. Rosie sieht auf ihre Armbanduhr und zuckt zusammen.

»Hilfe, Cilla. Wir haben in zwanzig Minuten einen Termin im Spa. Eine Hot-Stone-Massage. Wir müssen uns beeilen.«

Adam und ich sehen sie verwundert an.

»Was denn? Ja, möge sie in Frieden ruhen und alles, aber ich gewinne nicht jeden Tag so einen Aufenthalt. Wenn ihr mich jetzt also entschuldigen wollt. Ich will meinen Gewinn in vollem Umfang ausschöpfen.«

»Doch, natürlich. Wir sollten schnell aufs Zimmer gehen und unsere Sachen holen.«

Eine Sekunde später spüre ich Adams warme Hand auf meiner. Adam sieht mir tief in die Augen.

»Cilla, könntest du … kurz hierbleiben, bis wir fahren? Auf ein Wort?«

Mein Herzschlag hat sich augenblicklich verdoppelt.

»Oh, ja, klar. Rosie, holst du meinen Badeanzug, und bringst du mir ein Handtuch mit?«

»Okay, wird gemacht«, sagt Rosie und zieht ihren Zimmerschlüssel aus der Tasche. »Auf bald, mein Sohn. Wir sehen uns nächste Woche?«

»Das tun wir. Ich hoffe, dass die Steine schön sind.«

»Das sind sie bestimmt. Sie kommen aus Ghana.«

Adam drückt seine Mutter zum Abschied, und wir beide schlendern langsam ins Eingangsfoyer.

18

Wir schlendern über die Einfahrt zum Hotelparkplatz. Heute ist es ziemlich windig. Die Wellen werfen sich mit großer Wucht gegen die Felsen.

Adam hat seine Hände in die Taschen geschoben.

»Du …«

»Ja?«

»Ist alles in Ordnung?«

Ich wickle meine graue Strickjacke enger um mich und verschränke die Arme vor dem Körper. Der Wind reißt an meinen Haaren, aber das stört mich nicht.

»Natürlich ist alles in Ordnung. Warum sollte es das nicht sein?«

»Ich weiß nicht. Ich habe seit unserer letzten gemeinsamen Nacht nichts mehr von dir gehört. Vorgestern Nacht, um genau zu sein. Du hast noch geschlafen, als ich zur Arbeit musste, und ich weiß auch nicht, wahrscheinlich hatte ich gehofft, du würdest mir eine SMS schreiben oder so?«

»Du hast dich doch auch nicht gemeldet.«

Er lacht.

»Das stimmt. Das habe ich nicht. Sorry. Es war so viel los bei der Arbeit.«

Ich nicke. Wann hat dieser Mann mal *nicht* viel zu tun? Da taucht die Halskette wieder auf. Glitzernd, mit Sabinas Namenszug. Wie das Neonschild einer Broadwayshow. *Nur heute Abend: Sabina! Die erstaunliche Geschichte der schönsten Frau auf Östermalm, die – Sie wissen schon – mit ihrem Traummann ins Bett geht?!?!?!*

Ich bin kurz davor, die Halskette anzusprechen, aber beiße mir in letzter Sekunde auf die Zunge. Obwohl ich weiß, dass es besser wäre, es anzusprechen und ihm damit die Möglichkeit der Verteidigung und Erklärung zu geben, lass ich es sein. Denn, was mache ich, wenn er lügt? Oder noch schlimmer, wenn er sich weder verteidigt noch erklärt?

»Dann …«

Adam zuckt mit den Schultern und sieht mich an.

»Dann ist alles in Ordnung zwischen uns?«

Die Erleichterung und Freude, als ich ihn im Hotelflur gesehen habe, ist wie weggeblasen. Geblieben ist nur … Kälte.

»Klar«, erwidere ich kurz angebunden. »Alles prima. So, jetzt muss ich mal los. Diese Massage darf ich auf keinen Fall verpassen.«

»Absolut, aber …«

Er streckt seine Hand nach meiner aus und streichelt zart über meine Finger. Ich habe keine Ahnung, was er vorhat. Vielleicht will er mich an sich ziehen, mich küssen? Obwohl ich nichts lieber will (und wie ich es will!), ziehe ich mich zurück. Alles in mir protestiert lautstark, aber ich drehe mich um und gehe.

Ich war mein bisheriges Leben immer in Beziehungen. Ich war emotional abhängig von ihnen. Dass nachts jemand an meiner Seite schläft, jemand meine Hand hält, jemand da ist, den ich jederzeit anrufen kann. Aber … ich bin nicht mehr dieser Mensch. Dieser Teil von mir starb, nachdem Danne mit mir Schluss gemacht hat und ich zur Laubenbesitzerin auf Bullholmen geworden bin. Ich glaube an die Liebe, oh ja, das tue ich. Ich bin sogar davon überzeugt, dass Liebe ungefähr alles überwinden kann. Kein Wunder, bevor ich mich den Kriminalfällen gewidmet habe, ging es bei mir beruflich nur um die Liebe. Mit der Liebe habe ich meinen Lebensunterhalt verdient!

Aber das, was zwischen Adam und mir stattfindet, diese spärlichen und flüchtigen Momente, die viel zu selten im Bett enden, diese Art von Liebe will ich nicht. Obwohl er wahnsinnig gut aussieht und ich implodiere, wenn ich ihn nur ansehe, reicht das einfach nicht.

Und aus diesem Grund ist alles in Ordnung zwischen uns.

Aber eben auch nicht mehr als das.

Ich winke ihm zum Abschied zu und gehe ins Hotel zurück. Ich höre, wie er meinen Namen ruft, aber ich drehe mich nicht mehr um.

*

Rosie liegt bereits auf ihrer Pritsche, als ich den duftenden, harmonischen Spa-Bereich betrete. Die Wände bestehen aus einem Steinmosaik in verschiedenen Größen, es sieht aus wie in einem mittelalterlichen Kellergewölbe. Überall stehen dicke, flackernde Kerzen, und aus den Lautsprechern ertönt sanfte Musik, die mich leider an die vielen misslungenen Yogastunden erinnert, an denen ich mich bisher schon versucht habe.

Neben der Pritsche steht eine Frau in einem weißen Arztkittel und lächelt mich an. Sie sieht eher aus wie eine Chirurgin als eine Masseurin, und für den Bruchteil einer Sekunde beschleicht mich die Angst, dass wir uns nicht in einem Spa befinden, sondern in den Räumen einer betrügerischen Organisation, die unsere Organe meistbietend nach Russland verkaufen will.

»Hallo«, begrüßt mich die Frau mit einer Stimme, die so tief ist wie der Atlantik. »Ich heiße Irina und werde heute für dich da sein.«

Eine Stunde später liege auch ich auf einer Pritsche neben Rosie, und wir bekommen von Irina den Rücken mit lauwarmem Öl eingecremt, das nach Rosen und frisch geschlagenem Holz riecht. Ich bin tatsächlich davon ausgegangen, dass jeder von uns einen eigenen Masseur zugewiesen bekommt, aber Irina behandelt uns beide abwechselnd. Vielleicht haben sie nicht mehr Angestellte, immerhin haben sie gerade erst aufgemacht.

»Gehört ihr auch zur Hochzeitsgesellschaft?«, fragt Irina. »Es scheint eine ziemlich große Gesellschaft zu sein.«

»Ja«, sagt Rosie. Meinen stutzenden Gesichtsausdruck sieht zum Glück niemand, weil ich auf dem Bauch liege. »Wir gehören auch dazu. Ich bin Rosie von Rosen …«

Himmel, nein!

»… und meine Nichte hier ist Camilla … von Silverberg.«

»Wie schön«, freut sich Irina aufrichtig.

Ich halte ganz still, beiße in mein Kissen und versuche, nicht laut loszulachen. Wie kann ihr Irina das nur abkaufen? Allerdings ist Rosie eine sehr überzeugende Lügnerin. Zum Beispiel habe ich ihr lange geglaubt – den ganzen Sommer über –, dass sie ihr Leben hinter der Fischtheke im Supermarkt verbracht hat. Dabei war sie dreißig Jahre lang als Kriminalkommissarin tätig gewesen.

»Was da heute Nacht passiert ist! So schrecklich!«, sagt Rosie.

Ach so, jetzt verstehe ich, worauf sie hinauswill. *Natürlich.*

»Du meinst die Tote?«

»Ganz genau!«

»Ja, ich habe davon gehört«, sagt Irina. »Aber ich hätte es jetzt nicht angesprochen. Ihr sollt euch ja entspannen. Nichts Gruseliges.«

»Das ist schon in Ordnung, wir können gerne darüber sprechen«, entgegnet Rosie, vielleicht einen Hauch zu fröhlich.

»Kanntet ihr die Frau?«

»Nein. Wir haben Agneta erst hier kennengelernt.«

»Ja, stimmt. So hieß sie. Wie schrecklich, dass ausgerechnet die Braut sie gefunden hat.«

Ich könnte schwören, dass ich Rosies Herz neben mir vor Freude hüpfen höre. *Die arme Braut.*

»Ja, das haben wir auch gehört«, sagt Rosie.

»Und woher kennt ihr das Brautpaar?«, fragt Irina, während sie mir einen großen warmen Stein auf den Rücken legt.

Autsch verdammt, das brennt … Soll das etwa angenehm sein? Lebendig begraben zu werden? In einen Saunaofen verwandelt zu werden? Ich versuche, dem Schmerz mit tiefer Atmung etwas entgegenzuhalten. Mein Vater hat mich als Kind immer Heulsuse genannt, weil ich in Tränen ausgebrochen bin, wenn mich eine Mücke gestochen hat.

»Das kann ich dir sagen, also ich … ich bin …«

Rosie verstummt. *Jetzt mach schon.*

»Ich bin eine Freundin der Brautmutter. Wir sind unser ganzes Leben lang Freundinnen gewesen, ich habe die kleine … Braut praktisch aufwachsen sehen.«

Himmel hilf!

Rosie kichert. Ich weiß genau, dass sie sich nicht mehr an den Namen der Braut erinnert und ich leider auch nicht.

Wie hieß sie noch gleich? Wir haben sie gesehen, als wir gestern Nachmittag auf der Hotelanlage ankamen. Die Managerin Erika hat uns ihren Namen genannt. *Magdalena? Martina?*

»Ich habe beschlossen, sie dieses Wochenende ›meine kleine Braut‹ zu nennen«, erklärt Rosie pathetisch. »Ich meine, wir feiern schließlich ihre Hochzeit. Sie ist unsere Königin. Unsere kleine Braut.«

»Verstehe«, sagt Irina.

»Aber hast du noch was über Agneta gehört?«

Ich kann an den scheppernden Creolen von Irina hören, wie sie den Kopf schüttelt.

»Die Polizei war hier«, sagt sie. »Die haben ein paar von uns befragt, aber soweit ich das verstanden habe, war es ein tragischer Unfall. Meine Kollegin Jennifer hatte heute früh Schicht in der Rezeption, als die Braut Agneta gefunden hat. Ich habe mich später mit Jenny unterhalten, sie war ziemlich aufgewühlt.«

»Was ist denn genau passiert?«, frage ich, obwohl ich es schon längst weiß.

»Agneta ist in der Badewanne ausgerutscht. Man sollte nach einem üppigen Abendessen wirklich nicht baden, schon gar nicht, wenn man so viel getrunken hat wie sie … Aber das habt ihr nicht von mir!«

»Sie ist in der Badewanne ausgerutscht? Ist sie daran auch gestorben?«

»Ja. Sie ist mit dem Kopf auf den Rand geschlagen und dann ertrunken.«

»Oh Gott, wie schrecklich.«

»Ja. Aber jetzt hören wir auf, über so schlimme Dinge zu reden. Es wird Zeit, dass ihr *loooooslasst.*«

Mit diesen Worten legt mir Irina einen weiteren kochend heißen, zischenden Stein auf den Rücken. Ich fühle mich wie eine Steakpfanne. Als ich mich zu Rosie umdrehe, wirft sie mir einen enttäuschten Blick zu. *Hilf mir*, forme ich lautlos mit den Lippen.

19

Portrush, Nordirland

Obwohl die Dunkelheit schon hereingebrochen ist, kann man den Hafen deutlich sehen. Überall im Vergnügungspark blinken grüne, rote und gelbe Neonlichter. Die Kugeln in den Flipperautomaten fliegen hin und her, die johlenden Schreie der Jugendlichen in der Achterbahn hallen durch die Luft, es duftet nach Zuckerwatte, Popcorn und frittiertem Fisch.

Patrick hat ihnen ein paar Tickets gekauft, und sie haben vier davon schon bei der Achterbahn eingelöst, die passenderweise *The Chock!* heißt. Der Augenblick, in dem sie fast senkrecht die Holzschienen hinunterstürzen, ist eine große Befreiung für Ella. Weil sie lachen und für einen kurzen Moment die Schrecken der Nacht vergessen kann.

Bisher hat sie Patrick noch nichts von ihrem Fund erzählt. Der Umschlag mit den Fotos und Zeitungsausschnitten und ihre Erkenntnis, dass es sich dabei um die verschwundene Laila Damm handelt. Sie muss sich selbst erst Klarheit darüber verschaffen, bevor sie es ihm erzählt. Sie will es verstehen. Wahrscheinlich handelt es sich um einen Zufall. Eine ungewöhnliche Verknüpfung mehrerer Zufälle.

Wenn das auf den Fotos überhaupt Laila ist. Vielleicht sieht die Frau ihr nur sehr ähnlich. *Ja, das muss es sein.*

Ella kaut wie besessen auf ihrem Kaugummi. Ihr Körper scheint sich nicht auf das einlassen zu wollen, was ihr Kopf ihm einreden will. Zum Glück gibt Patrick ihr in diesem Augenblick einen Kuss auf die Wange. Seine Küsse hatten schon immer eine entspannende Wirkung auf sie.

»Okay. Und was jetzt? Grusellabyrinth?«

»Oh nein, ich weiß nicht, ob ich mich das traue.«

»Ella, komm schon. Da gehen Zehnjährige rein.«

»Ja, aber Kinder können auch Risiken nicht abschätzen. Das kommt erst mit dem Alter.«

Ella hat einmal in einem Horrorfilm mitgespielt. Das war am Anfang ihrer Karriere. Eine Gruppe von Filmnerds, die einen Regiekurs an der Volkshochschule belegt hatten, stand hinter der Kamera. Keiner der Schauspieler bekam etwas dafür, die Produzenten hatten es ihnen als Erfahrung verkauft, die man im Lebenslauf angeben kann. Die Story spielte in einem dunklen Wald außerhalb von Stockholm, und das Drehbuch war so banal wie die Gruselfilme, die Ella als Jugendliche mit ihren Freunden gesehen hatte. Eine Gruppe von Jungen und Mädchen geht zelten und wird ohne ersichtlichen Grund von einem Psychopathen mit Schweinsmaske abgestochen. Der Job war albern, und sie hatte ihn nur wegen der vielversprochenen »Erfahrung« angenommen und um neue Kontakte zu knüpfen. Aber sie weiß noch, wie sie in dem dunklen Zelt lag und panisch in die Kamera schrie. Vielleicht hatte es an der Stimmung gelegen oder einfach an der Umgebung, denn sie waren ja tatsächlich in einem dunklen Wald. Aber Ella kann sich bis heute daran erinnern, wie die nackte Angst sie gepackt hatte. Wie lang es dauerte, bis sie sich wieder beruhigt hatte. Als sie am Ende des Drehs in den dunklen Bus steigen musste, um nach Hause zu kommen (die Produzenten hatten keinen Transport organisiert), hatte sie sich geschworen, dass sie nie wieder bei einem Horrorfilm mitmachen würde. Komödien waren ihre Spezialität, das hatte ihr der Lehrer an der Schauspielschule gesagt. Und genau damit sollte sie später ihren Lebensunterhalt verdienen.

Aber Patrick liebte den Thrill und den Grusel. Das wusste Ella. Er verschlang sämtliche Filme und Serien über Serienmörder, Verbrechen und Aliens. Und als er sie nun mit flehendem Blick ansieht, bringt sie es nicht übers Herz, ihm den Wunsch abzuschlagen.

Sie lächelt.

»Na gut. Wenn du die ganze Zeit meine Hand hältst.«

»Selbstverständlich!«

Der Kartenabreißer vor dem beindruckend hohen Gruselkabinett sieht aus wie Frankensteins Monster. Sein großer Umhang flattert im Wind.

Du armes Monster, du frierst bestimmt, denkt Ella.

Kaum haben sie den Eingang passiert, stehen sie in völliger Dunkelheit. Ein feiner grüner Neonstreifen auf dem Boden weist den Weg, im Stockwerk über ihnen hören sie die vergnügten Schreie und Lacher der anderen Besucher.

»Los, nimm meine Hand«, sagt Ella, und Patrick gehorcht sofort.

Aus kleinen Löchern in der Wand kommt ihnen Rauch entgegen, der kalt ist, wenn man ihn einatmet.

Über einen zerbrochenen Tisch hüpft eine mechanische

Ratte hin und her. Eine kleine Tischlampe geht an, deren Licht auf ein blutverschmiertes Messer und einen zerbrochenen Teller mit verschimmeltem Essen fällt. Es ist aufwendig gemacht, das muss Ella zugeben.

Nur Sekunden später erwischt sie der erste richtige Schreckmoment. Eine ältere Frau mit einer Maske auf dem Gesicht kommt auf sie zugetaumelt und weicht erst im allerletzten Moment aus, bevor es zum Zusammenstoß kommt. Ella und Patrick lachen und gehen weiter, dem Neonstreifen folgend. Es macht Spaß. Und ist kein bisschen gefährlich. Draußen vor dem Gruselkabinett wartet die Realität – Menschen, Popcorn und Pommes frites. Alles in Reichweite.

Keine Gefahr in Sicht. *Das hier ist nicht echt.*

Da kommt plötzlich von hinten eine Horde von Jugendlichen schreiend angerannt. In dem Tumult lassen Patrick und Ella ihre Hände los. Als die Jugendlichen kreischend vor der Ratte und der alten Frau davonrennen und wahrscheinlich in den nächsten Raum stürmen, stellt Ella fest, dass sie ganz allein ist.

Patrick ist nicht mehr bei ihr.

Vor wenigen Sekunden stand er noch neben ihr.

Ist er schon weitergegangen? Ella dreht sich in der Dunkelheit um die eigene Achse.

»Patrick? Hallo, wo bist du?«

Da summt ihr Handy in der Tasche. Verwirrt starrt sie auf das Display. Sie hat eine SMS von einer unbekannten Nummer bekommen.

Du bist so schön. Viel schöner noch als im Fernsehen.

Ella erstarrt. Ihr schnürt sich der Hals zu. Sie bekommt keine Luft mehr. Ängstlich liest sie die Nachricht wieder und wieder. Wer ist das? Soll sie darauf antworten? Da summt es erneut.

Ich hätte nicht gedacht, dass du in Wirklichkeit so schön bist. Aber das bist du. Jetzt kann ich dich sehen.

Ellas Herz rast. Sie versucht, ruhig und gleichmäßig zu atmen. Das ist schließlich nicht das erste Mal, dass ihr so etwas passiert. Mit wachsender Bekanntheit häuften sich auch die Mails, sowohl nette als auch aufdringliche und sogar gruselige. Von Männern und Frauen gleichermaßen. Aber was will ihr dieser Absender sagen? Was ist mit *in Wirklichkeit* gemeint? Erneutes Summen.

Ich kann dich sehen. Verstehst du?

Die Dunkelheit droht Ella zu verschlucken.

»Patrick?«

Aber Patrick ist nicht da, nicht in ihrer Nähe. Sie folgt dem Neonstreifen auf dem Boden in den nächsten Raum. Aber der ist leer. Alle sind nach oben gegangen, sie hört die Jugendlichen dort oben. Sie ruft erneut nach Patrick, lauter dieses Mal.

»Patrick. Hallo! Wo bist du?«

Ich kann dich sehen. Verstehst du? Ella muss automatisch an die Gestalt vor dem Haus ihrer Eltern denken. An ihrem ersten Abend in Portrush. Und dann an die Gestalt, die gestern Nacht am Haus vorbeigegangen ist. Er war ganz dicht am Fenster. So nah. Ist das dieselbe Person, die ihr jetzt diese Nachrichten schickt? Sie weiß, dass sie auf solche Nachrichten niemals antworten sollte, die Warnung hatte sie schon von vielen Kollegen gehört. *Wenn du einem Stalker antwortest, fühlt er oder sie sich dazu ermuntert weiterzumachen. Und wenn es einmal angefangen hat, kannst du es nicht mehr aufhalten.* Aber die Neugier ist zu groß, Ella kann dem Impuls nicht widerstehen.

Wer bist du?

Sie spürt ihren Herzschlag in den Schläfen, während sie auf Antwort wartet. Es dauert nicht lang, da summt ihr Handy erneut.

Ein heimlicher Bewunderer. Ich mag deine Jeansjacke, die du heute anhast.

Ella wird schlagartig schlecht. Ihre Jeansjacke klebt an ihrem schweißgebadeten Körper. Am liebsten würde sie das Handy wegwerfen, aber sie steckt es stattdessen in die Jackentasche. *Patrick.* Sie muss Patrick finden. Sie hat auf einmal den Eindruck, als wäre sie ganz allein in dem gigantischen dunklen Gruselkabinett. Wo sind all die anderen? Mühsam schleppt sie sich die Stufen hoch in den ersten Stock.

»Patrick? Wo bist du?«

Keine Antwort. Als sie oben angekommen ist, fällt ihr Blick auf etwas in der Ecke.

Jemand.

Dort steht ein Mann.

Seine Konturen sind unscharf, aber er hält etwas in der Hand. Eine Kette, die er hinter sich über den Boden schleift, während er langsam auf sie zukommt. Ellas Hände zittern unkontrolliert. *Das ist nur ein Schauspieler. Das ist alles nicht echt.*

Trotzdem folgt sie ihrem Fluchtinstinkt, als der Mann immer näher kommt. Sie rennt durch die Dunkelheit, versucht, dem Neonstreifen zu folgen, aber verliert ihn immer wieder. Alles ist verzerrt, alles ist pechschwarz. Ein Gespenst kommt um die Ecke, Ella stößt es beiseite und rennt weiter. Sie würde sich am liebsten übergeben. *Wo ist der Ausgang? Wo zum Teufel ist Patrick?* Sie hört ihre Schreie, hört das Donnern ihrer Schuhe auf den Holzplanken.

Da endlich sieht sie ein Licht. Einen Streifen Licht in der Wand. Sie stürzt darauf zu und wirft sich mit aller Kraft gegen die Tür. Die ist verschlossen, aber das hält Ella nicht ab. Das Herz droht ihr gleich aus der Brust zu springen. Sie hämmert und schlägt gegen die Tür, reißt an den Griffen. Endlich gibt sie nach und springt auf.

Und vor ihr öffnet sich die Wirklichkeit.

Sie steht auf einem kleinen Vorsprung der Brandleiter, die bis ganz nach unten führt. Erleichtert klammert sie sich an das eisige Geländer und atmet die kalte Luft tief ein. Sie sieht die Karusselle, dahinter das schwarze Meer. Sie riecht die Pommes frites, den Essig und die Zuckerwatte.

Und sie hört ein lautes Heulen. Wie die Alarmanlage eines Autos. Allerdings kommt das Geräusch nicht von einem Auto, sondern von dem Gebäude hinter sich. Erst da erkennt sie, dass sie den Notausgang genommen hat.

20

Das Laub der Bäume leuchtet in allen Farben des Herbstes – Blutrot, Orange und Braun –, und der Kies unter meinen schweren Stiefeln knirscht bei jedem Schritt.

Rosie hatte ich gesagt, dass ich einen kleinen Spaziergang machen würde, um das hervorragende Mittagessen zu verdauen. (Es gab überbackenen Toast mit Pfifferlingen und eine cremige Brokkolisuppe.) Und das war auch nicht gelogen. Was ich allerdings unerwähnt ließ, war mein zweiter Beweggrund meines Spaziergangs.

Zwei Kilometer trennen mich schon von der *Villa Meeresperle*. Ich bin am Küstenstreifen entlanggelaufen und habe mir unterwegs die Sommerhäuser angeschaut. Bullholmen ist voll davon. Hier und da stehen kleine rote Holzhäuschen mit weißen Kanten, dann wieder prächtige Luxusvillen.

Es ist eine sehr schöne Insel, meine Insel. Ich sehne mich jetzt schon nach dem Frühling, wenn alles anfängt, zu blühen, und ich wieder in meine Laube ziehen kann. Aber bis dahin dauert es noch etwas. Davor müssen wir zuerst den Herbst und den Winter überstehen.

Mein GPS meldet, dass ich mein Ziel gleich erreicht habe: Klockargårdsvägen 4.

Ich bleibe stehen und linse zwischen den Bäumen hindurch aufs Haus. Oder sagen wir lieber – auf die *Hütte*. Sie hat Meerblick, aber abgesehen von der Aussicht ist es ein sehr schlichtes und gewöhnliches Gebäude. Es steht auf dem vertrockneten und mit Raureif überzogenen Grundstück wie ein brauner, kleiner Pilz. Ich frage mich, ob es schon früher so ausgesehen hat.

Zu Lailas Zeiten.

Heute lebt dort Ingrid Damm, Lailas ältere Schwester. Zumindest haben das die Puzzlestücke ergeben, die ich bisher zusammensetzen konnte.

Ich weiß jetzt, dass Laila Damm ein kleines Wochenendhäuschen auf Bullholmen gehabt hatte, so wie es auch in der *Schwedischen Kriminalchronik* stand. Mein Versuch, an weitere Informationen zu kommen, war erfolglos. Als ich aber ihre nahen Verwandten googelte, fand ich heraus, dass ihre ältere Schwester auf der Insel gemeldet ist. Und wie groß ist die Wahrscheinlichkeit, dass es sich hierbei um zwei verschiedene Häuser handelt? Nein, es wird wohl ein und dasselbe Anwesen sein, das sich in Familienbesitz befindet und beiden Frauen als Wochenendhäuschen dient.

Weshalb ich Rosie nichts davon erzählt habe, dass ich das Haus von Ingrid Damm auf der Insel gefunden habe, ist mir selbst schleierhaft. Wahrscheinlich wäre sie Feuer und Flamme gewesen und mitgekommen. Aber vielleicht habe ich genau aus diesem Grund nichts erzählt. Vielleicht wollte ich es mir allein ansehen und mich vergewissern, dass ich da nichts falsch verstanden habe.

Die Hütte ist von einem Stacheldrahtzaun umgeben. Das hat etwas Furchteinflößendes. Langsam nähere ich mich dem Gartentor und schiebe es auf. Es quietscht. Und schon stehe ich im Garten von Ingrid Damm. Das Haus ist ziemlich verfallen. Ist überhaupt jemand zu Hause?

Weiter komme ich nicht, denn ein riesiger Hund kommt hinter dem Haus hervor und stürmt auf mich zu. Er ist alt und dünn und bellt so laut, dass eine kleine Schar von Singvögeln, die sich in einem Baum niedergelassen hat, die Flucht ergreift. Mein Herz macht einen Satz, und ich gehe ein paar Schritte zurück. Dieser Hund hier ist ein ganz anderes Kaliber als unsere niedliche Aretha Franklin.

»Dennis! Dennis, komm her!«

Eine ältere Frau kommt um die Hausecke. Sie muss um die siebzig sein, trägt Gummistiefel und eine elegante dunkelgrüne Thermoweste. Auf ihrem Kopf hat sie einen Hut, und in der Hand hält sie eine gigantisch große Harke.

»Dennis, aus!«

Der wütende Hund machte mitten im Satz kehrt. Er hört zwar nicht auf, zu bellen, aber läuft zu seinem Frauchen zurück und dann in Kreisen um ihre Beine.

Neugierig mustert mich die alte Dame.

»Wer sind Sie?«

»Guten Tag. Ich bin Cilla Storm. Und Sie sind … Ingrid?«

»Wieso?«

Ich schlucke. Sie scheint auf der Hut zu sein. Das hier wird nicht einfach.

»Ich bin Journalistin«, sage ich. »Kriminaljournalistin. Und … wenn Sie Ingrid Damm sind, würde ich mich gerne mit Ihnen unterhalten.«

Ich kann ihr ansehen, dass sie den Anlass meines Besuches verstanden hat. Und sicher bin ich nicht die Erste.

Es vergeht ein Moment, dann nickt sie, beugt sich zu ihrem Hund und streichelt ihn.

»Was wollen Sie über sie wissen? Denn ich gehe davon aus, dass Sie wegen Laila hier sind.«

*

Der Wasserkocher auf der Spüle blubbert vor sich hin. Die Küche ist äußerst spartanisch eingerichtet, alte braune Küchenschränke und ein Tisch aus Kiefernholz. An den Wänden hängen Pfannen und Töpfe, und das Fenster scheint vor Langem das letzte Mal geputzt worden zu sein. Im Vergleich zu den Häusern, an denen ich auf dem Weg hierher vorbeigekommen bin, ist Ingrids Hütte ein klassisches Sommerhäuschen. In dem es vielleicht nicht einmal fließendes Wasser gibt.

»Nehmen Sie Milch in den Tee?«, fragt Ingrid.

»Gerne.«

Sie füllt zwei Becher, dann nimmt sie mir gegenüber auf einem Sprossenstuhl Platz. Das heiße Wasser bildet einen zarten Nebel zwischen uns.

»Ich bin nicht immer so gastfreundlich zu Journalisten gewesen«, sagt Ingrid.

»Das verstehe ich. Ich hoffe, Sie fühlen sich von mir nicht … überfallen.«

Sie zuckt mit den Schultern.

»Und wenn ich das täte? Hätte das für Sie einen Unterschied gemacht?«

Ich falte meine Hände um den heißen Becher und denke nach.

»Doch, das hätte es in der Tat. Wenn Sie nicht mit mir hätten reden wollen, wäre ich wieder gegangen. Großes Ehrenwort.«

Und das stimmt auch. Zugegeben, ich habe in der Redaktion einer Zeitschrift gearbeitet, die immer als Erste am Start sein wollte, wenn es um die neuesten unsinnigen Geldausgaben der Hollywoodladys oder Prinzessin Madeleines bevorzugte Zigarettenmarke ging. Aber auch wir hatten unsere Grenze. Aber es gibt natürlich in meiner Branche auch Kollegen, die, ohne zu zögern, Promis oder den trauernden Angehörigen von Gewaltopfern nachstellen würden. Aber ich habe so etwas noch nie getan. Ich mag neugierig sein, aber ich würde nur für den Erfolg niemals derartige Grenzen überschreiten.

Ein Lächeln huscht über Ingrids Gesicht.

»Na, dann glaube ich Ihnen das mal. Sie müssen wissen, ich habe eigentlich gar nichts gegen Sie. Aber ich habe im Laufe der Jahre mit einigen Journalisten zu tun gehabt. Davon waren einige rücksichtsvoll, andere rücksichtslos. Etwa ein Jahr nach Lailas Verschwinden kam ich nach Hause, und plötzlich sprangen ein Fotograf und ein Redakteur vom *Aftonbladet* aus den Büschen. Ich kann mich gut an das Blitzlicht erinnern, das mich geblendet hat. Können Sie sich vorstellen, dass die sich in den Büschen versteckt haben, nur um *mich abzupassen*?

Ich schüttle verständnislos den Kopf, obwohl es mich nicht wirklich überrascht.

»Das ist fies«, sage ich.

Sie nickt.

»Wie lange haben Sie das Sommerhäuschen denn schon?«

»Wie Sie bestimmt schon herausgefunden haben, befindet es sich in Familienbesitz. Meine Großeltern haben es damals gekauft, und mein Vater hat es von ihnen geerbt. Laila und ich haben praktisch alle Sommerferien hier verbracht, als wir Kinder waren. Das war unser kleines Paradies. Wir waren auch viel hier, als wir größer wurden. Mir hat es hier immer sehr gut gefallen, Laila hingegen … Nachdem sie von zu Hause ausgezogen war, hatte sie auch ihr Interesse an Bullholmen verloren. Sie war einige Male mit Freunden im Sommer hier, aber mehr nicht. Meine Schwester war immer schon ein Stadtkind.«

Ich nicke.

»Aber jetzt gehört Ihnen das Sommerhäuschen?«

»Richtig. Mein Vater starb vor vielen Jahren, und jetzt bin ich als Eigentümerin eingetragen. Ich wohne hier das ganze Jahr über.«

»Ach, wirklich? Ist das nicht ziemlich einsam?«

Sie schiebt sich eine graue Haarsträhne hinters Ohr.

»Ich mag die Einsamkeit. Und die Stille. Ich mag die wilde See im Herbst. Wenn das Eis im Frühling bricht. Die Boote im Sommer.«

Ich nicke.

»Ich habe auch ein Häuschen auf der Insel. Was sage ich Häuschen, genau genommen ist es eine Laube. In der Schrebergartenkolonie unten am Hafen.«

Ingrid hebt eine Augenbraue.

»Ach nein, dann sind Sie also eine Inselbewohnerin? Wie schön. Ja, diese Schrebergartenkolonie ist wirklich hübsch. Ich freue mich, dass sie bleiben darf. Es kommen immer mehr reiche Stockholmer auf die Insel, und die Häuser, die sie da hinstellen, werden immer größer und protziger. Ich weiß nicht, was ich davon halten soll … Wahrscheinlich kommt bald irgend so ein Krösus vorbei und will mir das Grundstück abkaufen, um hier ein Luxushotel hinzustellen.«

Ich lache und muss sofort an die *Villa Meeresperle* denken. Vielleicht weiß Ingrid gar nichts davon, dass genau so etwas in gar nicht allzu großer Entfernung von ihrem Häuschen tatsächlich passiert ist?

»Ja, so ist das«, sagt sie und nimmt einen Schluck Tee. »Und für welche Zeitung arbeiten Sie?«

»Genau genommen, arbeite ich für eine Produktionsfirma. Ich schreibe Drehbücher für einen Podcast, in dem es um Verbrechen geht.«

Ingrid schüttelt langsam den Kopf.

»Aha. *Drehbücher*. Ich kenne mich mit diesen Podcasts nicht aus.«

Auf einmal wirkt sie sehr gebrechlich. Und obwohl sie erst um die siebzig ist, sieht sie wesentlich älter aus. Vielleicht altert man schneller, wenn man so etwas erlebt hat wie die Familie Damm. Altert äußerlich und innerlich einfach schneller. Am liebsten würde ich sie in den Arm nehmen.

»Die Geschichte Ihrer Schwester ist natürlich nicht nur ein Inhalt für ein Drehbuch … Ich bin investigative Journalistin. Mich interessiert ihr Fall sehr.«

Erneut ein zaghaftes Lächeln.

»Nun ja, damit sind Sie nicht allein. Manchmal habe ich … ach, nein.«

»Doch, sagen Sie es?«

»Sie dürfen mich nicht zitieren, aber manchmal habe ich das Gefühl, dass Laila noch am Leben ist. Sie wissen schon, weil sie so plötzlich und spurlos verschwunden ist, fühlt es sich an, als wäre sie noch da. Diese Ungewissheit ist lähmend. Man kann nicht richtig trauern. Man kann an keinem Grab weinen. Man hat nur Fragen und keine Antworten. Obwohl meine kleine Schwester *physisch abwesend* war, habe ich doch immer ihre Nähe gespürt.«

Wir schweigen. Auf dem Fensterbrett landet ein schwarzer Kolkrabe. Er plustert sich auf. Seine Federn flattern im Wind.

»Glauben Sie wirklich, dass sie noch lebt?«, frage ich leise.

Ingrid senkt den Blick, starrt in ihren Becher. Es dauert eine Weile, ehe sie den Kopf wieder hebt.

»Ich wünsche es mir. Aber, wenn ich ganz ehrlich sein soll … nein. Nein, ich glaube nicht, dass Laila noch lebt.«

»Aber es gibt einige, die das tun.«

»Ja. Aber es gibt auch Menschen, die fest daran glauben, dass die amerikanische Regierung hinter dem Einsturz der Twin Towers steht. Oder dass Hitler keinen Selbstmord beging, sondern geflohen ist und sein restliches Leben im Exil verbracht hat.«

Ich nicke. Mir würden sogar noch weitere Beispiele einfallen. Ich erinnere mich, als Michael Jackson starb und ein Kommilitone von mir davon überzeugt war, dass er noch lebt, weil er ein – offensichtlich gefälschtes – Video im Netz gesehen hatte.

»Mich rufen auch heute noch Leute an oder schicken mir Mails. Letzte Woche erst erzählte mir jemand, er hätte auf Mallorca eine Frau gesehen, die so alt war, wie Laila jetzt wäre, und ihr sehr ähnlich sah. Aber ich kann mir nicht vorstellen, warum sie leben sollte. Warum hätte sie einfach so verschwinden sollen? Meinen diese Leute, dass Laila damals *abgehauen* ist? Welche erwachsene Frau würde sich freiwillig in Rauch auflösen? Warum sollte das jemand tun? Laila hatte weder Schulden noch Feinde und war auch nicht mit dem Gesetz in Konflikt. Nein, Laila ist nicht aus eigenen Stücken verschwunden. Jemand hat sie entführt.«

21

Portrush, Nordirland

»Ella! Ella, warte!«

Aber Ella wartet nicht. Obwohl Patrick nach ihr ruft und sie seinen keuchenden Atem hinter sich spürt. Sie muss, so schnell es geht, weg. Fort von den blinkenden Lichtern, den schreienden Jugendlichen und dem ekelerregenden Frittiergestank. Sie will nur noch nach Hause. Aber nicht in das Haus ihrer verstorbenen Eltern in Portrush, sondern richtig nach *Hause*. Nach Stockholm, in ihre schöne, saubere, helle und sichere Wohnung.

»Ella, jetzt beruhig dich doch bitte. Was ist denn los?«

Abrupt bleibt Ella stehen, schleudert ihr langes blondes Haar über die Schulter.

»Wo warst du?«, brüllt sie Patrick ins Gesicht. »Was ist in diesem Gruselkabinett da eben passiert? Warum bist du auf einmal weg gewesen?«

»Wie meinst du das? Wir haben uns doch nur circa zehn Sekunden aus den Augen verloren.«

»Wir haben uns nicht aus den Augen verloren, *du* bist plötzlich verschwunden.«

»Liebling, da kam diese Gruppe von Jugendlichen, und

ich dachte, du bist mit ihnen nach oben gegangen. Wo ist das Problem?«

Ella kocht vor Wut. Sie hat das Gefühl, gleich zu platzen. Sie holt ihr Handy aus der Tasche und öffnet die letzte SMS. Schäumend vor Wut, hält sie es Patrick vor die Nase.

»Was das Problem ist? Das hier ist das Problem!«

*

Mit konzentrierten Schritten läuft Patrick im Wohnzimmer auf und ab. Ella sitzt, in eine braune, genoppte Decke gewickelt, zusammengekauert auf dem Sofa. Patrick hat ihr einen Becher Tee hingestellt, aber Tee ist ungefähr das Letzte, worauf sie jetzt Lust hat.

Tee. *Wäh!* Sie hatte Tee noch nie besonders gemocht. Ihre Eltern haben immerzu Tee getrunken. Was ist das bloß mit diesem Tee und den Bewohnern dieses Landes? Hat es was mit dem ungemütlichen Wetter zu tun? Dass man sich an etwas wärmen will? Denn gut schmecken tut er nicht.

»Okay. Okay, verstehe. Hm. Klar.«

Patrick telefoniert mit Ellas Agent, was an sich schon merkwürdig ist, weil eigentlich müsste *sie* mit Joseph sprechen. Aber sie kann nicht. Sie kann jetzt mit niemandem sprechen. Sie weiß nicht einmal, ob sie wütend oder verängstigt ist. Vielleicht eine Mischung aus beidem.

»Ja, ich verstehe«, sagt Patrick. »Einverstanden, so machen wir es. Okay, danke Joseph. Ja, wir melden uns, sobald wir mehr wissen.«

Er steckt sein Handy zurück in die Hosentasche. Draußen hat es wieder angefangen, zu regnen. Natürlich. *Verdammtes Nordirland.* Sie haben entschieden, keine Lampen anzuschalten und alle Jalousien im Erdgeschoss zuzuziehen. Patrick sieht das als reine Sicherheitsvorkehrung, damit niemand von draußen sehen kann, ob sie zu Hause sind. Am Anfang war Ella von dieser Maßnahme überzeugt, aber nun, da die Straßenlaternen das einzige Licht spenden und durch die Jalousien Schattenstreifen auf den Boden zeichnen, fühlt es sich alles andere als sicher an. Eher das Gegenteil davon.

»Was hat Joseph gesagt?«, fragt Ella.

»Er klang besorgt.«

Ella knackt mit dem Nacken. *Natürlich macht sich Joseph Sorgen. Ich bin schließlich seine einzige Einnahmequelle. Außer mir hat er nur ein paar Schauspieler, die hauptsächlich Werbespots drehen, und ein paar Influencer, die auf Instagram Smoothies mit Brokkoli anpreisen.* Ella verschränkt die Arme vor der Brust und lehnt sich zurück. Ihrer Meinung nach leidet Schweden an einer Influencer-Influenza!

»Aber hat er etwas vorgeschlagen?«

»Nee. Nicht wirklich. Das Konkreteste war wohl, dass du alle SMS zur Sicherheit aufheben sollst. Mach Screenshots davon, damit sie nicht verschwinden können. Und er hat auch gesagt, dass du nicht hättest antworten sollen …«

»Dafür ist es jetzt zu spät.«

»Hm. Seiner Meinung nach ist das das Schlimmste, was man machen kann. Wenn man solchen Typen antwortet, missverstehen sie das sofort als Bestätigung und Aufforderung. Und ganz gleich, was man schreibt, es ist der Beginn eines Dialogs. Und Dialoge mit … dieser Sorte Mensch … sind gefährlich.«

Diese Sorte Mensch. Patrick kann sich nicht einmal überwinden, den Ausdruck dafür zu verwenden. *Stalker.*

Ein fieses Wort.

Ein Wort, das Ella nie benutzen wollte. Mit dem sie sich nicht auseinandersetzen wollte. Sie hat die einschlägigen Geschichten darüber gelesen. Ende der Achtziger wurde eine Schauspielerin in Los Angeles von ihrem größten Fan erschossen. Und der Stalker von Jodie Foster verübte sogar ein Attentat auf Ronald Reagan, um ihre Aufmerksamkeit zu bekommen. Die Vorstellung, in so etwas hineingezogen zu werden, war schrecklich. Zwar kannte Ella Kollegen, die etwas Ähnliches erlebt hatten, aber sie stufte sich als zu unbekannt ein, um in die Schusslinie zu geraten. Natürlich wusste sie, dass es grundsätzlich jedem passieren kann, sie hat schon von Lehrern oder Supermarktkassiererinnen gehört, die Stalker abwehren mussten. Trotzdem ... wahrscheinlich war das ihre Strategie gewesen, um die schlummernde Angst zu bändigen. *Ich bin nicht berühmt genug.*

Und jetzt steckt sie mittendrin. Zweifellos hat sie einen Stalker. Was die Sache noch erschwert, ist, dass er in Portrush ist. Und dass er sie gesehen hat. Er weiß, in welchem Haus sie die letzten Tage verbracht hat. Wenn es überhaupt ein *ER* ist. Ist er ihr von Schweden hierher gefolgt?

»Joseph hat außerdem gesagt, dass wir nach Schweden zurückfahren sollten. Sofort«, sagt Patrick.

»Aber das geht nicht.«

»Er hat uns einen Flug von Belfast herausgesucht, morgen früh. Mit Zwischenstopp in Dublin, wir landen kurz vor zwölf in Stockholm.«

»Patrick, das geht *nicht.*«

Ella sieht ihren Kuschelbären an. Ihren großen, starken Mann. Das karierte Hemd sitzt eigentlich ein bisschen zu eng, die Jeans auch. Nimm mich in den Arm, würde sie am liebsten sagen. Aber sie tut es nicht. Denn würde sie das tun, würde er sie noch mehr zur Heimreise drängen. Und sie will nichts lieber als das. *Himmel, wie gerne wäre sie schon in Stockholm.* Aber es geht nicht.

»Wir sind hier noch nicht fertig. Es gibt noch so viel zu tun. Ich will nicht riskieren, dass persönliche Erinnerungsgegenstände verschwinden. Vielleicht für immer.«

Ihr Plan hatte von Anfang an festgestanden. Ella und Patrick würden bis Sonntag bleiben, noch zwei Tage. Am Montag würde die Putzfrau kommen. Sie war im Voraus bezahlt worden, und sie hatten mit ihr vereinbart, dass sie alles entsorgt, was Patrick und Ella im Haus zurücklassen. Wegwerfen, verkaufen, verschenken – Ella hatte ihr freie Hand gelassen, denn das interessierte sie dann nicht mehr. Um den Rest würde sich die Maklerfirma kümmern, die Ella beauftragt hatte. Sie würden für den Verkauf des Hauses sorgen und ihr dann eine entsprechende Summe überweisen. *Finito.* Damit wären die Spuren ihrer Eltern beseitigt. Ihre Schwester hatte ihr gesagt, dass sie kein Andenken haben wollte. Wenn es nach ihr ginge, würden sie alles einfach entsorgen. Und sie hatte Ella geraten, sich dieselbe Einstellung anzueignen. Lass sie endlich los, hatte sie ihr gesagt. *Lass unsere Eltern los.* Aber so einfach war das für Ella nicht.

Sie hatte bei der Durchsicht neben dem Fotoalbum noch andere wichtige Gegenstände gefunden. Ihren alten Stoffhasen, ohne den sie nie schlafen gegangen war. Den wollte sie behalten. Oder eine Mosaikschale, die sie geliebt hat. Theoretisch könnte sie heute Nacht Portrush mit Patrick verlassen und alle anderen verstaubten Besitztümer ihrer Eltern einfach von der Putzfrau auflösen lassen.

»Wir fliegen wie vereinbart am Sonntag, Patrick. Keinen Tag früher. Ende der Diskussion.«

»Ich mache mir Sorgen, Ella. Das gefällt mir nicht. Ganz und gar nicht.«

»Wir schaffen das. Wir haben doch uns.«

Patrick seufzt, aber nickt ergeben. Ella bekommt meistens ihren Willen, wenn sie ein Machtwort spricht.

Tatsächlich gibt es einen gewichtigen Grund, warum sie noch nicht fahren können. Aber davon weiß Patrick noch nichts.

Denn Ella muss herausfinden, warum ihre Eltern Fotos und Zeitungsartikel von Laila Damm aufgehoben haben. Und davon kann sie auch kein Fremder abhalten, der besessen von ihr ist und sich in unmittelbarer Nähe aufhält. Der Inhalt des unscheinbaren Umschlags macht ihr nämlich weit mehr Angst als der Stalker.

22

Laila

Die Luft ist stickig. Rauch. Oder ist es etwas anderes? Als Laila die Augen aufschlägt, fragt sie sich als Erstes, ob sie vielleicht im Nachtclub ohnmächtig geworden ist. Das wäre so typisch für sie. Also: *Früher. Damals.* Bevor das doppelte Leben begann, in ihr heranzuwachsen.

Aber es ist beängstigend still.

Ist das Staub? Sie muss husten, und das Echo schallt sofort in ihren Ohren. Wo ist sie? Zu Hause? Nein, sie liegt auf jeden Fall nicht in ihrem Bett. Die Unterlage ist sehr hart. Ihr Rücken tut weh. Genau genommen, tut ihr ganzer Körper weh.

Ihr wird plötzlich übel, um sie herum dreht sich alles. Ach nein, das ist nur ihr Kopf. Sie versucht, sich zu konzentrieren … nein, es dreht sich tatsächlich alles *um* sie herum. Sie befindet sich in … in einem Gegenstand, der sich bewegt. Es ist unmöglich, die Beine auszustrecken. Und auch die Arme kommen nicht weit.

Plötzlich packt sie eine wilde Panik. *Sie ist lebendig begraben.* Ist das eine Kiste? Oder ist das ein … nein, bitte nicht. Das darf nicht wahr sein. *Ist das ein Sarg?*

Nein, das ist es auch nicht. Der Gegenstand ist in Bewegung. Sie ist in Bewegung. Aber sie kann sich an nichts erinnern. Absolut gar nichts. Was ist passiert?

Plötzlich nimmt die Bewegung ab, alles wird still. Nein, nicht alles. Sie hört ein Ticken.

Ein dumpfes, gedämpftes Geräusch. Aus einiger Entfernung.

Tick, tack, tick, tack, tick, tack.

Dank der Fahrstunden der letzten Monate erkennt sie das Geräusch sofort wieder. Ihre Schwester hatte sie gedrängt. *Du musst vor der Geburt unbedingt den Führerschein machen! Das ist das einzig Vernünftige!*

Das Ticken kommt vom Blinker eines Fahrzeugs.

Sie liegt in einem Kofferraum.

Die Angst, die diese Erkenntnis auslöst, ist so überwältigend, dass Lailas Herz um ein Haar stehen geblieben wäre.

23

Die Hotelrezeption ist nicht besetzt. Wir hören nur diese Rieselmusik, die scheinbar jede Ecke dieser Anlage beschallt. Rosie und ich stehen im Foyer.

Offenbar sollen sich gleich um fünf Uhr die Hochzeitsgäste im großen Festsaal einfinden, denn das Hochzeitspaar hat alle Freunde und Verwandten zusammengerufen. Wir beide, die quasi einzigen Spa-Gäste, die nicht zu der Hochzeitsgesellschaft gehören, wurden nicht gebeten teilzunehmen. Trotzdem wollen wir versuchen, die Rede der Braut mitzubekommen. Aber davor steht eine kleine Blitzaktion in der Rezeption an.

»Wer jetzt? Du oder ich?«

Rosie sieht mich an. Ich wäge kurzerhand die Risiken ab. Ich bin fast vierzig Jahre jünger als Rosie, auf der anderen Seite ist sie eine ehemalige Polizeibeamtin. Unter Umständen hat sie mehr Erfahrung mit so etwas.

»Das macht keinen Unterschied«, sage ich. »Allerdings hast du Adleraugen. Vielleicht solltest du besser hierbleiben und Ausschau halten?«

Rosie nickt.

»Gute Idee.«

Sorgfältig sieht sie sich um, checkt zur Sicherheit sogar die Rasenfläche vor dem Hotel.

»Alles frei. Und los.«

So lautlos wie möglich schleiche ich um den Empfangstresen herum. Das hier ist verrückt. Vollkommen bekloppt. Aber Rosie hat großen Einfluss auf mich. Sie ist wie eine etwas ältere Jugendliche, die mir Zigaretten und Alkohol anbietet, obwohl sie genau weiß, dass meine Eltern mich dafür umbringen werden. Aber mal ehrlich, wem will ich damit etwas vormachen? Ich bin genauso neugierig wie sie. Ich will auch wissen, wer diese Agneta war, deren Leben am Badewannenrand ein Ende nahm.

Seit Adam uns von ihrem Tod erzählt hat, kann ich an nichts anderes mehr denken. Ich sehe ihren wankenden Gang vor mir, als sie sich auf den Weg zurück ins Hotel gemacht hat. Hätte ich mich um sie kümmern müssen? Hätte ich ihren Tod verhindern können?

Mein Blick fliegt über den Tresen hinweg über die Rücken der Ordner: *Ausgaben*, *Bauunterlagen* … und *da!* Es liegt direkt vor mir. Ein dickes rotes, in Leder gebundenes Buch, auf dem in großen Lettern *Check-in* steht. Ich schicke einen großen Dank an die analogen Götter dafür, dass dieses Hotel beschlossen hat, seine Gästeliste in einem alten, ehrenwerten Buch zu führen, statt eine dieser neumodischen Apps zu benutzen. Ich schlage es auf und blättere es durch. Mit einem kurzen Blick zu Rosie vergewissere ich mich, dass die Empfangsdame nicht gerade auf dem Weg zu mir ist. Möge die Suche beginnen! Zum Glück ist das Haus erst eröffnet worden, deshalb sind noch nicht viele Seiten beschrieben. Ich finde als Erstes uns. Neben Rosie und meinem Namen ist ein Vermerk geschrieben worden: *Gewinnerinnen des Facebook-Preisausschreibens.*

Danach kommt die Liste mit den Hochzeitsgästen. Da fällt mir ein, dass ich nichts zum Schreiben habe. Eine Journalistin sollte immer Stift und Block bei sich haben.

»Verdammt«, schimpfe ich.

»Was ist los?«, flüstert Rosie vom anderen Ende des Foyers.

»Hast du einen Stift dabei?«

»Nimm doch einen von denen!«

Ich starre auf das Angebot luxuriöser Büromaterialien – dicke, edle Postkarten, auf denen in Goldschrift der Name gedruckt steht. *Hotel Villa Meeresperle.* Ich schnappe mir eine Karte und einen Stift und setze meine Suche fort.

In der Zeile mit der Hochzeitssuite stehen die Namen des Brautpaares: Madeleine Svensson und David Frost. *Frost.* Ob Madeleine seinen Namen annehmen wird? Der würde gut zu diesem eleganten Paar passen. Notiert. Und weiter geht es. In den meisten Zimmern haben Paare eingecheckt, was mir die Arbeit erleichtert. Nur fünf oder sechs Zimmer sind als Einzelzimmer belegt. Und die meisten davon sind Männer. Ich verdrehe die Augen. Ist das Zufall, oder ist es in diesen Kreisen so üblich, dass man als Singlefrau bei solchen Veranstaltungen geächtet wird? Kommt man dann direkt auf den Scheiterhaufen draußen auf dem Parkplatz?

»Cilla!«, zischt Rosie.

Ich schrecke hoch. Mein Herz schlägt wie wild.

»Da kommt jemand!«

Shit. Ich höre zwar keine Schritte, aber Rosie hat offenbar welche gehört. In Windeseile blättere ich weiter. Jetzt komm schon … *Yes!*

Barsch-Zimmer: Agneta Westerlund – 1 Person.

Bingo. Ich notiere mir Namen und Zimmer, falte die Postkarte zusammen und stecke sie mir in die Hosentasche. Dann klappe ich das rote Lederbuch zu und drehe mich zu dem offenen Schlüsselbrett. Überall nur Fischnamen. Hecht. Rotauge. Zander. Wels. Bei einigen hängen zwei Schlüssel, bei anderen nur einer.

»Cilla!« Ich höre Rosie meinen Namen zischen und dann auch die Schritte, die näher kommen. *Shit.* Forelle. Saibling. *Da!* Am Haken des Barsches hängt nur ein Schlüssel. Ob es jemandem auffallen wird, dass er fehlt, wenn ich ihn mir nur ganz kurz ausleihe? Oder ist das einfach nur eine idiotische Idee? Ohne weiter nachzudenken, schnappe ich mir den Schlüssel, stecke auch ihn in meine Hosentasche und husche zurück auf die andere Seite des Empfangstresens. In dieser Sekunde biegt die Empfangsdame um die Ecke.

Ihr Gesicht ist ein einziges Lächeln, als sie uns dort stehen sieht. Hervorragender Service.

»Hallöchen! Womit kann ich Ihnen behilflich sein?«

Auf meiner Stirn haben sich Schweißperlen gebildet, die ich diskret mit meinem Handrücken abwische.

»Ja, also wir … wollten mal fragen, ob wir uns noch mal für so eine Steinmassage anmelden können. Das waren so unfassbar schöne … Steine.«

*

Die Informationsveranstaltung, die im Festsaal stattfindet, würde man eher bei einer Konferenz erwarten als bei einer

Hochzeit. Die Gäste, über deren Aufzug sich Rosie gestern noch lustig gemacht hat – mit großen Hüten und Reifröcken –, tragen heute gedämpfte Farben und Kleidung. In der Luft liegt Verwirrung und Trauer.

Auf einem Tisch am Eingang stehen Kaffee und Kekse, die sich jeder selbst nehmen darf. Von dort aus kann man alles hören, deshalb sind Rosie und ich seit etwa zehn Minuten damit beschäftigt, uns Kaffee einzugießen.

Bisher haben wir allerdings nur Gemurmel und leise Gespräche der anderen Gäste belauschen können. Da hören wir ein Klingeln, als würde jemand mit einem Messer gegen ein Glas schlagen. Wir spitzen die Ohren.

»Liebe Gäste, wir sind euch so dankbar, dass ihr alle nach Bullholmen gekommen seid, um mit David und mir unser Fest der Liebe zu feiern. …«

Rosie und ich sehen uns vielsagend an. *Die Braut spricht.*

»Wie ihr alle mitbekommen habt, ist heute Nacht ein schreckliches Unglück geschehen …«

Pause. Wir hören, wie Madeleine um Fassung ringt und mehrmals tief atmet.

»Heute früh … habe *ich* meine liebe Freundin Agneta in ihrem Zimmer gefunden. Sie war nicht zum Frühstück erschienen, deshalb wollte ich nach dem Rechten sehen. Aber … Und da habe ich Agneta in der Badewanne gefunden. Sie muss ausgerutscht und mit dem Kopf auf den Rand geschlagen sein.«

Sie schluchzt. Aber ihre Stimme klingt wieder gefasst.

»Sie war ganz kalt … ich habe sofort Hilfe geholt, aber sie war schon tot. Die Polizei kam auch sofort, die meisten von euch haben ja schon mit ihr gesprochen. Ich kann verstehen, dass ihr alle fassungslos seid. Das bin ich auch. Aber die Polizei hat mehrfach betont, dass es sich um einen tragischen Unfall handelt.«

Ein Murmeln geht durch den Raum. *Schrecklich. Fürchterlich. Sie war doch noch keine fünfzig.*

»Agneta war ein fantastischer Mensch. Aber sie hatte ihre Probleme. Vor allem ein Problem mit … Alkohol. Und gestern hatte sie zu viel davon. Das haben einige von euch auch mitbekommen.«

Ich sehe zu Rosie, die ihre Kaffeetasse umklammert und argwöhnisch aussieht.

»Wie auch immer … David und ich haben uns den ganzen Tag lang Gedanken darüber gemacht und überlegt, ob wir das alles absagen und verschieben. Aber dann sind wir zu dem Entschluss gekommen, dass wir unsere Hochzeit stattfinden lassen wollen. Zusammen mit euch, liebe Gäste.«

Vereinzelte erleichterte Seufzer sind zu hören. Ich schiele um die Ecke und sehe, wie David sich neben Madeleine stellt (er sieht sogar in schwarzen Jeans und Wollpullover umwerfend gut aus) und ihre Schulter streichelt.

»So, und jetzt finde ich, wir sollten das tolle Spa-Angebot nutzen, das ihr in dem kleinen Fahrplan auf euren Zimmern findet. Und um acht Uhr heute Abend treffen wir uns wieder hier zu einem schönen Abendessen. Morgen ist Samstag, da findet die eigentliche Hochzeit statt. Lasst uns die Liebe feiern.«

Sie lächelt zaghaft in das nickende Publikum.

»Das hätte Agneta sicher auch so gewollt.«

Vorsichtiger Applaus. Ich verlasse rückwärts den Festsaal, um unentdeckt zu bleiben, vergesse aber nicht, mir auf dem Weg einen Vorrat von den köstlichen Schokokeksen zu sichern.

»Agneta kann nicht wirklich etwas dazu sagen«, murmelt Rosie. »Die liegt im Leichenschauhaus.«

24

Es ist sechs Uhr, als wir die Flasche Cava mit einem Knall entkorken. Rosie meint, sie sehe kein Problem darin, »die Ermittlung mit ein bisschen Sekt im Blut fortzusetzen«. Mir gefällt diese Einstellung.

Sie hat zwei Gläser bis zum Rand gefüllt, die wir auf dem Bett zu uns nehmen. Frisch geduscht und in strahlend weiße Bademäntel gehüllt, sitzen wir vor meinem Laptop. Ich habe gerade Agneta Westerlund gegoogelt, und wir gehen die Treffer durch.

»Hmmm … ich weiß zwar nicht, was sie beruflich gemacht hat, aber offenbar war sie kontaktfreudig und viel auf Partys und Events unterwegs. Und dann kommen ziemlich oft Porträts in Schwarz-Weiß?«

»Aha? War sie vielleicht Schauspielerin?«

Ich ergänze die Suche *Agneta Westerlund + Madeleine Svensson.* Auch diese Kombination liefert viele Fotos.

»Da!«, ruft Rosie und zeigt auf ein Foto, das ich sofort vergrößere.

Madeleine und Agneta stehen bei einer Werbeveranstaltung für eine Luxusseife nebeneinander. Madeleine sieht aus wie immer, nur eben nicht im Brautkleid. Sie trägt eine weiße Hose und Lederjacke. Aber unser Interesse gilt Agneta. Sie ist groß und breit. Dem Anlass angemessen, trägt sie einen dunkelblauen Chanel-Blazer.

»Lies mal den Text unter dem Foto«, sagt Rosie.

Madeleine Svensson mit ihrer Freundin Agneta Westerlund, der angesagten Psychologin.

Wir sehen uns an.

»Psychologin?«, platzt es gleichzeitig aus uns heraus.

»Aber, wie bitte wird man eine *angesagte* Psychologin?«, fragt Rosie.

»Vielleicht ist sie besonders in den feinen Kreisen populär«, schlage ich vor. »Du weißt schon, dass alle nur zu ihr wollen.«

Die nächste Suchanfrage steht fest: *Agneta Westerlund Psychologin*. Schnell landen wir auf ihrer Webseite, die aussieht, als hätte sie die Anfänge des Internetzeitalters noch erlebt. »Psychologin Agneta Westerlund« steht in der obersten Zeile.

»Interessant«, sage ich. »Glaubst du, unter den Hochzeitsgästen waren auch Klienten von ihr?«

»Das ist nicht undenkbar«, sagt Rosie. »Nach dem, was ich so aufgeschnappt habe, scheint mir die Oberschicht eine kleine eingeschworene Gemeinschaft zu sein. Jeder kennt jeden, eine Hand wäscht die andere …«

»Einer therapiert den anderen?«

»Ja, vielleicht. Kannst du noch mehr über sie herausbekommen?«

Ich schließe die Webseite wieder und scrolle durch die Ergebnisse meiner Suche. Rosie gibt anerkennende Brummlaute von sich, als wir auf wissenschaftliche Artikel stoßen, an denen Agneta mitgewirkt hat. Interessante Kombi, stelle ich fest. Tagsüber gefragte Psychologin und abends Partyqueen. Auf der anderen Seite ist es doch nur gerecht, wenn eine Seelenklempnerin auch ab und zu ein bisschen Spaß haben darf.

»Sieh dir das an, Cilla!«

Rosie zeigt auf einen Link, der auf die Webseite des größten Wochenblatts des Landes verweist. Der führt zu einem Artikel.

»*So habe ich mit dem Trinken aufgehört – ohne auf den Spaß verzichten zu müssen!*«, liest Rosie laut vor.

Und wieder treffen sich unsere Blicke, und wir stoßen an.

»Bingo!«, sagt Rosie. »Sieh mal einer an.«

»Hoffentlich ist der nicht so alt.«

Rosie zeigt auf das Datum.

»Geht so, Februar 2017 steht unter der Überschrift.«

Schweigend lesen wir den Beitrag, dann schenkt Rosie uns nach. Ich setze mich in den Schneidersitz.

»Okay. Agneta Westerlund ist also …«

»War«, korrigiert mich Rosie.

»War Alkoholikerin. Am Anfang hat sie getrunken, um nach der Arbeit abzuschalten, aber aus einem Glas wurden zwei, dann drei und so weiter …«

»Am Ende war sie zertifizierte Trinkerin und Psychologin.«

»Ganz genau. Aber dann ist es ihr gelungen, trocken zu werden.«

»Vor zwei Jahren etwa. Und seitdem genießt sie das Leben ohne Alkohol. Aber …«

»… gestern war sie sturzbetrunken. Was die Braut vorhin ja bestätigt hat.«

Wir nehmen schweigend einen Schluck von unserem Cava. Die Stimmung in unserem Hotelzimmer und zwischen uns, während draußen der Nordwind wütend an den Baumwipfeln rüttelt und über das Meer peitscht, hat etwas regelrecht Magisches. Die Leute würden uns für verrückt erklären, wenn sie wüssten, was wir hier machen. Wahrscheinlich würden sie denken: Lasst doch diese arme Frau in Ruhe. Trinkt euren Sekt und hört auf, alles zu überdramatisieren.

Und wahrscheinlich hätten sie damit sogar recht.

Aber weder Rosie noch ich können etwas dagegen unternehmen. Wenn wir uns ansehen, können wir quasi sehen, was die andere denkt. Wie das Gehirn rattert. Ich bin Kriminalreporterin, und sie ist pensionierte Kriminalkommissarin. Und gemeinsam sind wir ein unschlagbares Duo.

»Glaubst du, dass gestern Abend etwas passiert ist und sie deshalb zur Flasche gegriffen hat?«, frage ich Rosie nach einer Weile.

»Wie meinst du das?«

»Hatte sie einen Rückfall, weil gestern Abend etwas vorgefallen ist? Oder genügte es vielleicht schon, hier auf der Insel zu sein? Oder glaubst du, das alles war einfach nur ein unglücklicher Zufall?«

Rosie schüttelt gemächlich den Kopf.

»Als Polizistin habe ich gelernt, niemals an Zufälle zu glauben. Es gibt für fast alles eine Erklärung.«

»Hm, sie hat gestern Abend etwas zu mir gesagt, was mir den ganzen Tag nicht aus dem Kopf gegangen ist.«

»Als ihr draußen eine rauchen wart?«

»Genau.«

»Und, was hat sie gesagt?«

»Es ging um das Brautpaar. Sie hat gesagt, dass ihre Ehe auf Lügen aufbaut.«

Rosie reißt die Augen weit auf, und Sekunden später starrt sie auf den Zimmerschlüssel, den ich vor Stunden an der Rezeption ausgeliehen habe und der ein paar Meter weiter auf dem schwarzen Schreibtisch liegt. Nachdem wir ihn entwendet hatten, schämte ich mich dafür. Was hatten wir uns eigentlich dabei gedacht? War es der Plan, in Agnetas Zimmer herumzuschnüffeln, obwohl wir nichts mit dem Fall zu tun hatten? Der Schlüssel blieb unberührt, wir wussten nicht, was wir damit anfangen sollten, und hatten das Gefühl, zu weit gegangen zu sein. Ich hatte vorgehabt, ihn zurückzubringen, sobald die Rezeption nicht mehr besetzt ist.

Aber wenn ich Rosies Blick richtig deute, hat sie etwas ganz anderes vor.

»Wir sollten Agnetas Zimmer mal einen Besuch abstatten, Cilla.«

*

Das Barsch-Hotelzimmer liegt am Ende eines langen Ganges. Die Fenster zeigen auf den Parkplatz. Ein typisches Singlezimmer, wenn man mich fragt. Singles bekommen nie Meerblick.

Rosie und ich schleichen vorsichtig den Flur hinunter, und ich fühle mich wie in *Drei Engel für Charlie* aus den Achtzigern. Mein Puls wird immer schneller, je näher wir dem Zimmer kommen.

»Bist du dir ganz sicher, Rosie?«

»Nein.«

»Okay, die Antwort gibt mir Zuversicht.«

»Alle Gäste der Hochzeitsgesellschaft sind unten im Spa-Bereich. Du hast doch gehört, wie Madeleine von dem *kleinen Fahrplan* gesprochen hat. Die sind jetzt alle unter heißen Steinen begraben. Die könnten gar nicht raufkommen, selbst wenn sie wollten.«

»Okay, aber das hier ist und bleibt …«

»Nein, das ist kein Tatort. Würde es sich um einen Tatort handeln, wäre unser Verhalten in der Tat falsch. Aber du hast die Polizei gehört, sie hat es als Unfall deklariert, und deshalb sind wir fein raus. Wir tun nichts Dummes.«

Ich nicke. Trotzdem fühle ich mich schuldig, als wir schließlich vor der Zimmertür stehen. Der Schlüssel wiegt schwer in meiner Hand, ich sehe mich mehrmals um, bevor ich ihn ins Schloss stecke.

Vorsichtig schiebe ich die Tür auf. Uns empfängt Dunkelheit. Es dauert einen Augenblick, bis wir den Lichtschalter gefunden haben. Als der Raum schließlich vor uns zum Leben erwacht, wächst mein Unbehagen. Wir stehen in einem Zimmer, in dem vor weniger als einem Tag eine Frau gestorben ist. Das fühlt sich komisch an. Was passiert mit einem Raum, in dem jemand gestorben ist? Bleibt dieser Moment für immer in den Wänden haften? Oder kriecht es in die Fugen und verweilt dort ein Leben lang?

»Dort«, sagt Rosie und zeigt auf die Badezimmertür.

Die steht offen, die Polizei hat Absperrband in den Türrahmen geklebt, damit niemand das Zimmer betritt. Plötzlich schießt mir ein Gedanke in den Kopf: Hat Adam das Absperrband angebracht? Oder ist es Tilly gewesen? Als wir näher kommen, sehen wir auf den weißen Fliesen neben der Badewanne einen dunklen, ölig aussehenden Fleck. Blut.

Instinktiv wende ich das Gesicht ab und spüre, wie sich mir der Magen umdreht. Mein Blick fällt auf den Schreibtisch, der unter dem Fenster mit Blick auf den Parkplatz steht. Eine schwarze Ledertasche steht auf dem Tisch. Auf einem Bügel an der Wand hängt ein rotes Kleid. Das Bett ist ungemacht, die Bettlaken sind zerknäult.

Ich spüre, dass auch Rosie die Tasche gesehen hat und mich fixiert.

»Ist es falsch, die Tasche einer Toten zu durchwühlen?«, flüstert sie.

»Nicht wenn sie … etwas Wichtiges enthält.«

»Recht hast du.«

Da klingelt mein Handy, wir zucken beide zusammen, und um das Klingeln so schnell wie möglich zum Schweigen zu bringen, gehe ich ran.

Erst als ich schon gedrückt habe, sehe ich den Anrufer.

Adam. *Oh-oh.*

»Hallo?«, flüstere ich.

»Ähm, hallo. Ich bin es, Adam.«

»Hallo.«

»Schläfst du schon? Habe ich dich geweckt?«

»Nein, nein, ich …«

»Es ist ja auch erst sechs Uhr. Wie geht es euch da draußen in der *Villa Meeresperle*?«

»Joa, doch, wir …«

»Warum flüsterst du?«

»Ja, also …«

»Aha!«, ruft Rosie laut, während sie einen Gegenstand aus der Tasche hebt. Einen Kalender, den sie wie einen geborgenen Schatz ins Licht hält. Sofort fängt sie an, darin herumzublättern. Ich schiele zur Tür. Müsste uns nicht spätestens jetzt jemand entdecken …

»Ist das meine Mutter?«, fragt Adam am anderen Ende der Leitung.

»Ja.«

»Grüß sie von mir. Was macht ihr gerade?«

»Wir … wir …«

Normalerweise bin ich nicht so schlecht im Lügen. Aber mein Hirn ist wie Karamell, weil ich in diesem Hotelzimmer stehe. Der Regen rieselt auf den Parkplatz, die sanfte Loungemusik aus der Rezeption meine ich bis hier oben im ersten Stock zu hören, und … außerdem telefoniere ich mit Adam. Er macht mich immer nervös. Gleichzeitig beruhigt es mich wahnsinnig, seine Stimme zu hören. Das ist er für mich – Nervosität und Ruhe in einem.

Ich drehe mich zur Eingangstür, um mich zu vergewissern, dass niemand plötzlich reinkommt. Aber wer sollte das sein? Vielleicht jemand, der den gruseligen Auftrag bekommen hat, die Blutlache zu entfernen? Oder jemand vom Personal, der Agnetas Sachen zusammenpacken und sie an die Angehörigen schicken soll? Wenn sie denn welche hat.

»Wir … uns geht es gut«, stammle ich.

Adam lacht.

»Habt ihr schon zu viel Sekt getrunken, oder was? Du klingst ganz verwirrt.«

»Ähm …«

»Solange ihr dabei eure Nasen nicht in den Todesfall steckt, bin ich mit allem einverstanden.«

Er lacht erneut, und mein Herz pocht mir fast unter der Zunge. Ich blicke über die Schulter. Werde gleich paranoid. *Er kann mich doch nicht sehen?*

»Nein, also …«

Was ist denn nur los mit dir, Cilla? Sag gefälligst was!

»Ich habe was gefunden!«, ruft Rosies heisere Stimme vom anderen Ende des Zimmers. Leider etwas zu laut.

Oh Gott. Sie hält den Kalender in die Luft und sieht mich verwirrt an.

»Mit wem redest du da?«, formt sie lautlos mit den Lippen.

»War das gerade wieder meine Mutter?«, fragt Adam gleichzeitig. »Was hat sie gefunden?«

»Einen … freien Termin im Spa-Bereich.«

»Ihr schnüffelt, stimmt's?«

Das Lachen in seiner Stimme ist versiegt, nur mein Herzschlag ist unverändert hoch.

»Hab ich recht, Cilla? Mensch, ihr seid doch nicht mehr ganz dicht. Ich wollte dich nur anrufen und fragen, wie es dir geht, und dann …«

»Wir wollten nur … warum wurde ihr Tod eigentlich so schnell als Unfall deklariert? Ich meine … so schnell?«

»Weil sie in der Badewanne ausgerutscht ist, Cilla! Weil sie betrunken war. Weißt du, in wie vielen Todesfällen wir ermitteln, an denen nichts auffällig ist? Und … Himmel, was mache ich hier eigentlich? Ich sollte mit dir überhaupt nicht über so etwas reden. Ihr seid aber nicht in ihrem Zimmer, oder?«

Ich erstarre. Mein Schweigen war ihm Antwort genug.

»Das glaube ich jetzt nicht. Ihr seid in ihrem Zimmer? Was tut ihr da? Habt ihr den Boden rausgerissen und sucht nach verborgenen Schätzen?«

»Mach dich nicht lächerlich«, sage ich, beobachte aber Rosie aus dem Augenwinkel, die sich hingekniet hat und den fliederfarbenen Teppich hochhebt.

»*Ihr* macht euch lächerlich, ihr seid so davon besessen, etwas zu finden, dass ihr sogar …«

»Ich muss jetzt auflegen, wir sprechen später.«

»Nein, nicht auflegen …«

»Tschüss!«

Rosie starrt mich an, den Kalender noch in der Hand.

»War das Adam? Weiß er, wo wir sind?«

»Nein, alles in Ordnung. Schöne Grüße.«

Das Handy klingelt erneut, aber ich drücke den Anruf weg und schalte es aus.

Mein Herz hat sich noch nicht beruhigt. Hat Adam recht? Machen wir uns lächerlich?

»Unter dem Teppich ist nichts«, stellt Rosie zufrieden fest und steht auf.

Ich schlucke. Adam ist der ermittelnde Beamte und weitaus qualifizierter, als ich es bin. Ich sollte das Ermitteln der Polizei überlassen. Sie sind fast täglich mit solchen Unfällen konfrontiert. Warum also bin ich hier? Das hat mit meiner Neugier zu tun. Die mich wie ein kleiner Ausschlag juckt, wenn so etwas passiert. Und Rosie ist Polizistin gewesen. Etwas daran ist verdächtig. Wie kann eine Frau, nüchtern oder nicht, so schwer in der Badewanne stürzen, dass sie darin ertrinkt? In einem topmodernen

Hotel. Als Gast einer Hochzeitsgesellschaft. Wie wahrscheinlich ist das?

Außerdem klingeln mir ihre Worte im Ohr. *Und ihre Ehe baut auf Lügen auf.* Was meinte sie damit? Wer von den beiden lügt? Und warum?

Ich stecke mein Handy in die Tasche. Jetzt wird es nicht mehr klingeln. Und wenn es sich – laut Polizei – nicht um einen Tatort handelt, kann es nicht so verboten sein, dass wir uns hier ein bisschen umsehen. Zumindest versucht mein Kopf, mir das einzureden. Was mein pochendes Herz dazu meint, ist eine andere Sache.

»Agneta hat einen vollen Terminkalender«, sagt Rosie.

»Ach ja? Etwas Interessantes dabei?«

»Allerdings. Vor weniger als einer Woche hatte sie eine Klientin, die seit mehreren Monaten wöchentlich gekommen ist.«

»Jemand, den wir kennen?«

Rosies Augen funkeln. Sie nickt.

»Oh ja, sie heiratet dieses Wochenende.«

Ich starre sie an.

»Die Braut? Madeleine?«

»Ja. Vorausgesetzt, es gehört nur eine Madeleine Svensson zu ihrer Kundschaft.«

»Shit.«

»Ja. Die beiden waren nicht nur Freundinnen. Agneta war auch Madeleines Psychologin.«

Da hören wir draußen auf dem Gang plötzlich Geräusche. Ein Knarren, als würde jemand vor der Tür auf und ab gehen. Wir sehen uns an, und ich lege Rosie eine Hand auf die Schulter.

»Wir müssen gehen, Rosie.«

»Ja, aber was machen wir mit dem Kalender? Wir können ihn doch nicht mitnehmen?«

»Fotografiere die Seiten ab.«

Rosie zückt ihr Handy und fotografiert ein paar der Kalenderseiten ab. In der Zeit wage ich einen Blick in Agnetas große Ledertasche. Sie ist eher ein Weekender als eine Tasche. Vorsichtig hebe ich einen Gegenstand in einem mauvefarbenen Etui hoch. Agnetas Laptop.

»Gehen wir jetzt zu weit?«, flüstere ich.

Ich kenne die Antwort schon. Wir wühlen in dem Gepäck einer Toten. Ich habe gerade ihren Rechner aus der Tasche geholt. Gleichzeitig aber … wächst die Überzeugung, dass hier etwas nicht stimmt. Rosie zuckt mit den Schultern.

»Weißt du was, Cilla? Mein Vater hat immer gesagt, es ist einfacher, um Vergebung zu bitten als um Erlaubnis.«

»Und was heißt das jetzt für uns?«

»Sieh im Computer nach.«

Ich klappe ihn auf.

»Der ist nicht passwortgeschützt«, sage ich überrascht. Rosie hebt den Daumen.

Das Hintergrundbild ist ein Steg im Sommer. Ich muss schlucken. Das Foto ist kein professionelles, wurde vielleicht in den Ferien aufgenommen. Möglicherweise hat Agneta ein Sommerhaus? Oder sie lebt am Meer? Mein schlechtes Gewissen zerreißt mich förmlich. Trotzdem scanne ich den Desktop systematisch ab. Ein Ordner erregt meine Aufmerksamkeit. *PATIENTENDATEN*.

»Hm.«

Ich öffne den Ordner, in dem sich ein Haufen Worddokumente befinden. Sie sind nach den Nachnamen der Klienten benannt, ich husche über die Reihen auf der Suche nach Svensson. *Svensson.* Aber ich bleibe an einem anderen Namen hängen. Einen, den ich ganz und gar nicht erwartet hatte.

Patientenakte_Frost_D.docx.

David Frost. Madeleines Zukünftiger.

Ging David etwa auch zu Agneta in die Sprechstunde?

Da höre ich ausgelassenes Gelächter vor der Tür.

Ängstlich sehe ich zu Rosie, die ziemlich gestresst wirkt.

»Vielleicht kommen die alle langsam aus dem Spa-Bereich zurück«, flüstert sie.

»Ich beeile mich!«

Ich öffne die Akte und sehe, dass es sich um ein langes Dokument handelt. Verdammt. Das kann ich mir nicht mailen, weil ich keine digitalen Spuren hinterlassen will. *Oder?* Laut Polizei liegt kein Verbrechen vor, wer also sollte Agneta Westerlunds Rechner überprüfen? Kurz entschlossen, öffne ich Safari und bin sehr dankbar, dass sich Agneta schon in das kostenlose Wi-Fi des Hotels eingeloggt hat. Ich öffne meinen Mailaccount und schicke mit zitternden Händen das Dokument an meine Adresse.

Danach lösche ich den Verlauf, logge mich aus, schließe den Ordner, klappe den Laptop zu und stecke ihn zurück ins Etui.

»Hilfe«, stöhne ich und wische mir den Schweiß von der Stirn. »Das war aufregend.«

Wir gehen zur Tür und stecken vorsichtig unsere Köpfe in den Gang.

»Die Luft ist rein«, sagt Rosie.

Als wir leise die Tür von Agnetas Zimmer hinter uns zuziehen, fühle ich mich ein wenig kriminell. Aber auch neugierig. Ich bin sehr neugierig, warum das zukünftige Brautpaar bei derselben Psychologin war.

25

Portrush, Nordirland

Ella liegt wach, obwohl es schon tiefe Nacht ist. Patrick schnarcht leise neben ihr. Ihr ist unwohl bei dem Gedanken, auf der Matratze ihrer Eltern zu schlafen, unter ihren Bettdecken. Sie sind tot, und Ella lebt. Ihr Geheimnis haben sie mit ins Grab genommen.

Ihre Eltern waren sonderbar. Ellas Familie entsprach nicht gerade dem Typus *Eine himmlische Familie,* den sie bei anderen Kindern an der Schule sah. Zumindest fühlte es sich so an. Ansonsten hatten Ella und ihre Schwester alles, was andere Kinder auch hatten. Ein Reihenhaus in einer sicheren Gegend von Stockholm, einen kleinen Garten, der ab und zu gemäht werden musste, und warmes Essen auf dem Tisch.

Trotzdem stimmte etwas nicht in dieser Familie.

Als Kind hinterfragt man die Welt um einen herum nicht. Sie ist, wie sie ist. Erst wenn man die Kindheit hinter sich lässt, kann man zurückblicken und erkennen: *Ach so, so war das also damals.*

Ihr Vater war ein schweigsamer Mann. Er war Arzt, liebte klassische Musik und fuhr manchmal zum Angeln raus. Ihre

Mutter Karin hingegen war alles andere als ein schweigsamer Mensch, sie redete pausenlos. Aber scheinbar nie über etwas Wichtiges. Es war vielmehr ein niemals versiegender Monolog über dies und das. Vielleicht hatte sie Angst, zu schweigen. Vielleicht hatte sie Angst vor der Stille.

Als Ella ihre Mutter vor ein paar Wochen im Hospiz besuchte, stellte sie fest, dass es eines der wenigen Male war, ohne das unaufhörliche Gebabbel in den Ohren zu haben. Ihre Mutter lag schweigend auf ihrem Bett und hielt ihre Hand. Als Ella ein Kind war, ging es ihrer Mutter nicht besonders gut. Sie ließ sich oft krankschreiben, fast jede Woche einmal, und konnte ihrer Arbeit als Hebamme nicht nachgehen. Grund dafür war Migräne, Übelkeit oder Zittern. Erst später begriff Ella, dass ihre Mutter wirklich krank war. Aber die Krankheit saß nicht in ihren Händen oder zwischen ihren Schläfen, sondern in ihrem Gehirn.

Seit Ella und ihre Schwester klein waren, trank ihre Mutter. Sie war nie betrunken, bedrohte sie oder brach unvermittelt in Tränen aus. Aber sie war Alkoholikerin. Aufgeräumt und ruhig, aber dennoch Alkoholikerin.

Ella kann sich sehr gut daran erinnern, nachts aufgewacht zu sein und Angst vor der Dunkelheit gehabt zu haben. Auf der Suche nach Trost war sie ins elterliche Schlafzimmer getapst, hatte aber nur ihren Vater im Bett vorgefunden. Sie schlich dann die Treppe hinunter, blieb aber auf den letzten Stufen sitzen. Von dort konnte sie ihre Mutter am Küchentisch sitzen und aus dem Fenster starren sehen. In der Hand hielt sie einen Gin Tonic. So saß sie stundenlang, was Ella noch größere Angst machte.

Warum tat sie das? Was war passiert? Warum sah sie so

niedergeschlagen und traurig aus? Fragen, auf die Ella nie eine Antwort bekam, weil sie sich nicht traute, sie zu stellen.

Etwas hatte ihre Mutter bedrückt, ein Leben lang, bis zu ihrem Tod vor ein paar Wochen. Es muss etwas Dunkles und Tückisches gewesen sein, das sie von innen aufgefressen hatte. Aber was war es?

Ella steht der Schweiß auf der Stirn, läuft ihr am Haaransatz herunter. Obwohl sie das Haus nachts nicht heizen, ist ihr heiß. Sie glüht geradezu. Diese Ungewissheit, die vielen Gedanken, die Angst erzeugen, diese innere Hitze. Sie steht auf, kann nicht mehr liegen bleiben und läuft auf Zehenspitzen durchs Schlafzimmer, um Patrick nicht zu wecken.

Langsam formt sich ein Gedanke, der so … so bizarr ist, dass sie es kaum wagt, ihn zu formulieren. Vielleicht ist sie wirklich im Begriff, verrückt zu werden. Vielleicht sind Patricks Sorgen berechtigt?

Oder aber … oder sie ist im Begriff, den Mantel des Schweigens zu lüften, der über ihrer Kindheit lag.

Der Umschlag ist sicher in Ellas Koffer verstaut, der neben dem Bett steht, damit Patrick keine weiteren Fragen dazu stellen kann. Mit dem Umschlag in der Hand stellt sie sich ans Fenster, das zur Straße zeigt, begegnet ihrem Spiegelbild. Am liebsten würde sie die Augen schließen, aber stattdessen holt sie den Zeitungsausschnitt aus dem Umschlag. Sie kann die Augen nicht länger vor dem verschließen, was so offensichtlich ist.

Sie sieht ihrer Mutter zum Verwechseln ähnlich.

Aber nicht der Mutter, die im Hospiz außerhalb von Stockholm gestorben ist.

Sondern ihrer leiblichen Mutter.

Laila Damm.

Ella hebt den Blick. Ihr Spiegelbild löst sich auf, dafür sieht sie etwas anderes. Den Mann auf der anderen Straßenseite. Er steht dort. Schon wieder. Unter der Straßenlaterne. Und sieht zu ihr hoch.

Ihr Körper erstarrt. Sie ist wie gelähmt. Aber nur für Bruchteile einer Sekunde. Dann wird die Angst durch Wut ersetzt. Ihr ganzer Körper kribbelt, das Herz rast, ihr Gesicht ist feucht vom Schweiß.

Wenn hier jemand Angst haben sollte, dann du. Warum verfolgst du mich? Damit wirst du nicht davonkommen. Du wirst mich nicht von hier verjagen.

Sie dreht sich um, rennt aus dem Schlafzimmer und stürmt die Treppe hinunter.

26

»Ich bin klitschnass von diesem Detektivkram«, verkündet Rosie, als wir wieder unbemerkt in unserem Zimmer sind. »Ich brauche eine Dusche.«

Ich nicke und lasse mich aufs Bett fallen.

»Wann haben wir den Tisch im Restaurant reserviert? Um acht, oder?«, fragt Rosie.

»Richtig. Du hast also genug Zeit, ausgiebig zu duschen.«

»Wie herrlich, Wellness ohne Ende.«

Ich lächle und sehe ihr zu, wie sie ihre Sachen schnappt und in unserem luxuriösen Badezimmer verschwindet. Kurz darauf höre ich, wie das Wasser aus dem tellergroßen Duschkopf rauscht.

Während ich auf Rosie warte, hole ich mein Handy raus und schalte es wieder ein. Ich erwarte die Benachrichtigung, dass Adam mehrmals versucht hat anzurufen. Vielleicht sogar SMS, die er mir geschickt hat. Aber es gibt ein kaltes Erwachen, nachdem ich meinen Pin eingetippt habe. Denn es ist nichts passiert. Ich bemühe mich, meine Enttäuschung zu unterdrücken, die ich nicht leugnen kann. Schließlich habe *ich* das Gespräch beendet und das Handy ausgeschaltet.

Ich hole tief Luft, schüttle mich einmal und öffne dann die Mail und das Dokument, das ich mir von Agnetas Rechner geschickt habe. Es regnet, kleine und große Regentropfen laufen an den großen Fenstern hinunter, die aufs Meer zeigen. Im Hintergrund höre ich Rosies Stimme unter der Dusche. In den vergangenen Tagen hat sich herauskristallisiert, dass sie eine Duschsängerin ist. Ich mag das. Und muss grinsen, als ich die Strophe aus dem Musical *Dreamgirls* erkenne, die durchs Badezimmer hallt. *I've got one night only, one night only, come on, baby, come on!*

Ich öffne die Patientenakte direkt auf meinem Handy und scrolle hinunter bis zur Aufzeichnung der letzten Sitzung.

Der Patient greift gleich zu Beginn der Sitzung die Diskussion über die Untersuchung auf, die schon bei den vorherigen Sitzungen Gegenstand war. Der Patient hat große Sorge und kreist die gesamten fünfzig Minuten unaufhörlich um diese Untersuchung – so wie die vergangenen Sitzungen auch.

Ich reibe mich am Kinn. Was mache ich hier gerade? Ich lese vertrauliche Informationen über einen Patienten. Das ist doch bestimmt illegal, oder? Man darf doch nicht einfach die Akten von wildfremden Leuten einsehen?

Der Patient gibt an, dass er vor Kurzem ein ernstes Wort mit seiner Freundin darüber gewechselt hat, sie sich aber nicht einsichtig zeigt. Er hat mir außerdem anvertraut, den Suchverlauf auf ihrem Rechner überprüft zu haben und sich jetzt noch mehr Sorgen zu machen. Denn sie hat Seiten aufgerufen, auf denen man – so der Patient – die Dienste von Leuten kaufen kann, um jemanden zu bedrohen oder ihm Angst einzujagen.

Ich runzle die Stirn. *Jemanden bedrohen?*

Der Patient hat ursprünglich um einen Termin bei mir gebeten, weil er einen Rat will, wie er sich seiner Zukünftigen gegenüber verhalten soll. Seit die beiden ein Paar sind, leidet sie phasenweise unter Angstzuständen und Zwangsgedanken. Dagegen nimmt sie zwar Tabletten, aber ihr Zustand hat sich nach Aussage des Patienten in letzter Zeit verschlimmert. Sie hat Schlafstörungen, Wutausbrüche und eine – wie er es nennt – »Untersuchung« in die Wege geleitet. Seine Lebensgefährtin ist der Überzeugung, dass ihre Eltern nicht ihre leiblichen sind.

Ich hole tief Luft und muss mich kurz daran erinnern, dass ich gerade die Patientenakte von David Frost durchlese, in der nicht nur persönliche Details über seine zukünftige Frau Madeleine stehen, sondern auch ihre Theorie, dass ihre Eltern nicht ihre richtigen Eltern sind. Eine sehr gewagte, sonderbare Theorie. Und vor allem eine sehr beängstigende.

Ich schließe das Dokument und gebe »Madeleine Svensson« in die Suchmaske ein. Es tauchen haufenweise Fotos von ihr auf. Sie ist zwar kein Promi, dafür aber ein immer wiederkehrendes Gesicht in den feineren Kreisen von Stockholm. Sie reitet offensichtlich auch regelmäßig. Vielleicht sogar auf Wettkämpfen? Sie hat diese unverkennbare Zielstrebigkeit, die man oft bei Pferdemädchen sieht. Es würde mich nicht überraschen, wenn sie in der Schule früher zu den Mobbern gehörte.

Ich finde ein Foto, das bei der Wiedereröffnung des Spa-Hotels *Yasuragi* in Nacka gemacht wurde. Sie trägt einen blau-weiß geblümten Bademantel und steht neben einer Freundin.

Wie hypnotisiert, starre ich auf Madeleines Gesicht. Kein Zweifel, sie ist eine sehr schöne Frau. Eine klassische Schönheit. Trotzdem hat sie ein paar markante Gesichtszüge. Hohe Wangenknochen, große ausdrucksstarke Augen und ein schiefes Lächeln.

Ich kenne dieses Gesicht.

Als hätte ich sie schon einmal irgendwo gesehen.

So ging es mir schon, als ich sie auf dem Parkplatz das erste Mal gesehen habe. Aber mein Kopf konnte bis jetzt keinen Zusammenhang herstellen. Dabei ist die Ähnlichkeit unverkennbar, fast aufdringlich.

Wahrscheinlich wäre mir das niemals aufgefallen, wenn mich nicht ein anderer Fall in der letzten Woche so in seinen Bann gezogen hätte. Ich hole meinen Ordner aus meiner Reisetasche, ziehe ein Foto heraus und lege es auf meine Bettdecke. Daneben lege ich mein Handy mit dem Foto von Madeleine. Mein Blick springt von einem zum anderen Foto, als würde ich einem spannenden Tennismatch folgen. Und jetzt weiß ich, warum mir Madeleine vom ersten Augenblick so bekannt vorgekommen ist. Ich hatte das Gefühl, dass ich sie kenne. Und das tue ich auch.

Die Braut in der *Villa Meeresperle* umgibt ein Geheimnis.

Madeleine Svensson ist eine moderne Kopie von Laila Damm.

Ich falle fast vom Bett, als es plötzlich ohne Vorwarnung an der Zimmertür klopft.

27

Mein Körper wird von elektrischen Wellen durchströmt, als ich die Tür öffne.

»Adam?«

Er lehnt nonchalant und mit hochgezogener Augenbraue mit dem Ellenbogen im Türrahmen. Sein Gesicht ist leicht gerötet, als wäre er gerannt.

»Wie … warum … wann …«

»Ich bin schnell, Cilla. Außerdem kann ich den Fährfahrplan auswendig. Wir beide müssend dringend reden, und zwar jetzt sofort.«

»Deine Mutter steht unter der Dusche.«

»Vielen Dank für die Info. Los, komm!«

Er nimmt meinen Arm und zieht mich hinaus in den Gang. Ich stolpere hinter ihm her und höre noch, wie die Tür hinter mir zufällt. Im gelblichen Licht der Flurlampe sehe ich, dass seine dunklen Haare und die Wildlederjacke nass vom Regen sind. Es scheint zu gießen.

»Du hättest nicht kommen müssen, wir haben nichts Gesetzeswidriges getan.«

Ich trete nervös von einem Fuß auf den anderen und

hoffe inständig, dass Adam nicht sieht, dass ich am Hals rote Flecken bekomme.

»Was ihr tut…«

Adam verstummt, als eine Frau mit einem weißen Bademantel den Flur hinunterläuft. Sie lächelt uns verlegen zu, bevor sie in ihrem Zimmer verschwindet.

»Komm, wir gehen woandershin«, sage ich.

Wir nehmen die große, elegante Holztreppe, die hinunter ins Erdgeschoss und zur Rezeption führt. Sie ist nicht besetzt, aber die bewährte Plingplong-Musik läuft. Die machen sie wohl nie aus? Wird man nicht irre, wenn man dort arbeitet?

»Ich wünschte mir, ich könnte euch Umgangsverbot erteilen«, stöhnt Adam. »Ihr beide seit füreinander Gift und lebensgefährlich.«

»Jetzt hör aber mal auf.«

»Ich glaube, du verstehst den Ernst der Lage nicht, Cilla. Was ihr da macht, ist nicht normal.«

Als wir das Hotel durch den Haupteingang verlassen wollen, kommt uns ein Schwall Gäste entgegen. Wahrscheinlich gehören die auch noch zu der Hochzeitsgesellschaft, und in ihren schwarzen Koffern liegen festliche Kleider und Anzüge. *Himmel, hat man an diesem Ort denn nirgendwo seine Ruhe?* Wir warten geduldig, aber der menschliche Festzug scheint kein Ende zu nehmen.

»Komm, wir gehen hier lang«, sage ich zu Adam und ziehe ihn zur Treppe in den Spa-Bereich im Keller.

Hier herrscht Ruhe, es ist auch schon nach halb acht. Wahrscheinlich gibt es um diese Uhrzeit keine Anwendungen mehr, und die Gäste sind auf ihre Zimmer zurückgekehrt und machen sich frisch fürs Abendessen.

»Ich verstehe nicht, wo das Problem liegt. Was stört dich denn an unserer Freundschaft so sehr?«

»Mich stört, dass ihr euch so rücksichtslos in eine polizeiliche Ermittlung einmischt. Es ist erst ein paar Stunden her, seit wir hier waren, Tilly und ich. Und die Kriminaltechniker. Agneta Westerlunds Tod war ein Unfall. Sie ist ertrunken, weil sie mit großer Wahrscheinlichkeit ausgerutscht, mit dem Hinterkopf auf den Rand der Badewanne geschlagen und dann ohnmächtig ins Wasser gefallen ist. Das ist tragisch, ja. Aber leider nichts Ungewöhnliches.«

»Und wie könnt ihr euch so sicher sein, dass sie nicht jemand gestoßen hat? Und sie dann unter Wasser gedrückt hat?«

»Wie kommt ihr darauf, dass ihr jemand nach dem Leben trachtete?«

»Weil …«

»Lass ruhig, ich kenne die Antwort schon. Weil ihr überall eure Nase reinstecken müsst. Weil ihr die Sache nicht auf sich beruhen lassen könnt und euch ein Verbrechen zusammenbastelt, das nie stattgefunden hat. Wollt ihr unbedingt, dass diese Frau umgebracht wurde?«

Wir stehen vor der Männerumkleide, deren Tür offen steht. Ich höre das Tropfen einer Dusche, ansonsten ist es ganz still. Wir sind offenbar ganz allein.

Ich fahre mir mit der Hand durch meine zotteligen Haare und sehe Adam in die Augen.

»Natürlich wollen wir *nicht*, dass sie ermordet wurde.«

»Bist du sicher? Ich weiß nicht, ob ich dir das glaube.«

»Wie meinst du das?«

»Ich glaube, dass ihr …«

»Ich habe keine Lust, jetzt mit dir darüber zu streiten, Adam. Ich weiß, dass wir neugierig sind, aber wenn es wirklich nur ein Unfall war und kein Verbrechen, was macht es dann, dass wir uns das ein bisschen genauer ansehen? Ich bin Kriminalreporterin, und deine Mutter war mal Polizistin. Was kümmert dich das überhaupt?«

Er kommt einen Schritt auf mich zu, ich kann seinen warmen Atem auf meinem Gesicht spüren.

»Was es mich kümmert?«

Die Wasserleitungen in der Wand rauschen, wir hören Schritte über uns. Ansonsten ist es ganz still hier unten.

Er kommt noch näher, und jetzt kann ich meine Atemzüge hören. Was hat er vor? Wir hatten diese Unterhaltung doch schon einmal. Als ich mich letzten Sommer in den Caroline-Fall eingemischt habe, hatten wir darüber unseren ersten Streit. Er fand mich unvorsichtig, dummdreist, aber das Schlimmste war: Ich hätte durch meine Einmischung die Arbeit der Polizei erschwert.

Aus seinen nassen Haaren löst sich ein Tropfen, der auf sein eng anliegendes weißes Hemd fällt. Ich wandere mit meinem Blick an seiner Brust hinunter, dann wieder hoch. Wir sehen uns in die Augen.

»Was meinst du, warum es mich kümmert?«

Da flimmert das Bild der Halskette von seinem Nachttisch durch meine Gedanken. *Sabina.* Aber ich kann nicht anders, stelle mich auf die Zehen und küsse seine vollen, warmen Lippen.

Einen Moment lang weiß ich nicht, was mich erwartet.

Seit dieser Sommernacht bin ich verwirrt.

Es ist sehr verwirrend, nicht zu wissen, was da läuft. Was

der andere denkt. Jetzt zum Beispiel. Wird er zurückweichen? *Nein.* Adam zögert nicht lange. Plötzlich gleiten seine Hände in meine Haare, und er presst sich gegen mich.

»Komm«, sagt er.

Seine warme Hand greift nach meiner und zieht mich in die Männerumkleide. Kaum ist die Tür hinter uns zugefallen, hat er mir schon die Klamotten vom Leib gerissen. *Was, wenn jemand reinkommt? Wenn uns jemand überrascht?* Himmel, Adam ist Polizist. Darf er so etwas überhaupt?

Aber diese Gedanken verstärken nur meine Erregung. Ich ziehe ihm seine feuchte Anzughose aus, dann drückt er mich gegen die kühlen Kacheln.

Alles geht so schnell und gleichzeitig so langsam. Es ist perfekt.

Er ist perfekt. In diesem Augenblick ist er perfekt.

Die Fliesen kratzen an meinem Rücken, aber das macht nichts.

Genau so will ich es haben.

28

Portrush, Nordirland

Ella sprintet durch den Regen über die nassen, asphaltierten Straßen. Sie hatte sich keine Jacke übergezogen, als sie aus dem Haus gestürmt ist. Der Mann vor ihr ist schnell, aber das ist sie auch. Ihre Schritte hallen durch die Nacht, und sie kommt immer näher und näher.

Du weißt wohl nicht, dass ich regelmäßig laufe, du Idiot. Ich werde dich einholen, das ist ein Leichtes für mich. Du wirst mir nicht entkommen.

»Bleib stehen«, schreit Ella.

Ihr schriller Schrei hallt von den grauen dunklen Häuserwänden wider.

»Anhalten, sage ich!«

Plötzlich biegt der Mann von der Hauptstraße in eine kleine Gasse ab. Ella folgt ihm, nimmt eine Abkürzung über eine kleine Grünfläche. Da erkennt sie, dass es eine Sackgasse ist. Hat er das nicht gesehen? Oder wird er über die hohe Mauer hinter den Müllcontainern am Ende der Gasse springen? Sie wird das nicht können, der Mann ist wesentlich größer als sie.

Kurz vor der Mauer bleibt der Mann unvermittelt stehen und dreht sich langsam zu ihr um. Er trägt einen Kapuzenpulli. Es regnet. Ellas Herz rast. Die Wut überwiegt ihre Angst. *Ist er bewaffnet? Hat er ein Messer in seiner Jackentasche?*

Sie geht auf ihn zu.

»Wer bist du? Wer zum Teufel bist du?«

Schweigen. Das gibt Ella Zeit nachzudenken. *Patrick weiß nicht, wo ich bin. Er hat bestimmt noch nicht bemerkt, dass ich nicht mehr neben ihm im Bett liege. Was, wenn dieser Mann mich tötet – hier in der Sackgasse? Wird mir jemand helfen? Wird jemand meine Schreie hören?*

Der Mann steht reglos vor der Mauer. Ella stellen sich die Nackenhaare auf. Denn er streift sich die Kapuze vom Kopf und sieht ihr ins Gesicht.

Aber sie kennt ihn nicht, hat ihn noch nie gesehen.

Genau genommen, ist er mehr Junge als Mann. Er ist jung, sehr viel jünger, als sie gedacht hatte.

Sie macht noch einen Schritt auf ihn zu. *Ich habe keine Angst vor dir. Ich habe keine Angst vor dir.*

»Und warum verfolgst du mich?«

Er antwortet nicht. Aber sie kann seinen Atem hören. Und stellt fest, dass er nicht gefährlich und bedrohlich klingt. Sondern vielmehr ängstlich.

»Antworte mir«, brüllt ihn Ella an. »Warum verfolgst du mich?«

»Das ist mein Auftrag«, flüstert er.

Seine Stimme ist nicht besonders dunkel, und er spricht tatsächlich Schwedisch. Ella versucht, zu begreifen, was er soeben gesagt hat. Sie mustert ihren Stalker. Das glatte, weiche Gesicht gehört einem Grünschnabel, der höchstens zwanzig Jahre alt ist.

»Das verstehe ich nicht«, sagt Ella. »Hast du mir die SMS im Gruselkabinett geschickt? Und hast du seit unserer Ankunft unser Haus beobachtet?«

»Ich wohne in Belfast. Und …«

Seine Stimme hat überhaupt nichts Beunruhigendes, im Gegenteil. Sie ist weich. Jungenhaft. *Belfast.* Das ist nur knapp eine Stunde von hier.

»Was meinst du mit *Auftrag*?«, fragt Ella und kommt noch einen Schritt näher. Sie stehen jetzt ganz nah beieinander. Und dieser junge Schwede aus Belfast sieht viel ängstlicher aus, als Ella es ist.

»Ich nehme manchmal solche Aufträge an«, sagt er.

»Was denn? Leute zu stalken?«

»Ja. Aber … bisher hat mich nie jemand erwischt. Das ist schnelles Geld, musst du wissen. Aber ich gehe in keine Häuser und bedrohe auch niemanden.«

Ella ballt ihre Hände zu Fäusten. Sie versteht gar nichts mehr. Die SMS im Gruselkabinett hatten auf jeden Fall etwas Bedrohliches.

Es regnet in Strömen, kleine Bäche laufen an den Häuserwänden herunter.

»Was sagst du da?«

»Das hier ist mein Job.«

»Wie Job? Dich hat also jemand dafür *bezahlt*, dass du mir folgst?«

Der Junge nickt. Ella spürt eine kalte Faust im Magen. Einige Regentropfen verirren sich in ihren Mund. Sie schmecken süß und eklig zugleich. Sagt der Junge die Wahrheit? Welcher Wahnsinnige würde so etwas in Auftrag geben? Aus welchem Grund? Und warum hier? Warum in Portrush?

»Wer hat dich bezahlt?«

Der Junge hat den Kopf gesenkt, antwortet nicht. Aber Ella hat keine Geduld, sie wird lauter.

»Wer, will ich wissen? Wer hat dich bezahlt?«

»Das darf ich nicht sagen.«

»Das ist mir scheißegal, was du darfst und nicht darfst! Du sagst mir jetzt sofort, wer das war!«

Für einen kurzen Augenblick hört Ella nur das Geräusch des Regens. Dann hebt der Junge den Kopf und sieht sie an. Sein Blick hat etwas Kindliches, Verängstigtes. Kümmerliches. *Ich habe keine Angst vor dir, du kleines Stück Scheiße. Kein bisschen.*

»Cindy«, flüstert er. »Ihr Name ist Cindy.«

Mit diesen Worten schiebt er sich an Ella vorbei und rennt davon, so schnell er kann.

Ella bleibt wie gelähmt stehen.

Die Wut ist verflogen und wird wieder von Angst ersetzt.

Cindy.

Es ist lange her, dass sie diesen Namen gehört hat.

29

Laila

Plitsch, platsch, plitsch, platsch …

Lailas Handgelenk tut weh. Die Finger sind taub, als hätte sie auf ihnen geschlafen. Als sie die Augen aufschlägt und sich umsieht, weiß sie, dass sie *wirklich* geschlafen hat.

Jetzt sitzt sie auf einem schmutzigen Boden in einem Kellerraum. Oben unter der Decke ist ein kleines Fenster, aber es ist mit Karton zugeklebt worden. Das Licht schafft es trotzdem, sich an den Rändern des Kartons vorbeizudrängen, und fällt als schmale, glimmende Streifen der Hoffnung auf den dreckigen, harten Boden.

Laila inspiziert ihre Hand und begreift sofort, warum ihr Handgelenk so schmerzt. Sie ist gefesselt.

Sie muss sich das Absurde dieser Situation laut vorsagen: Jemand hat ihr eine Handschelle angelegt. Sie muss darüber lachen. Nicht laut, eher ein leises, mädchenhaftes Kichern.

Ich werde in einem Keller gefangen gehalten und bin gefesselt.

Sekunden später geht das Kichern in Tränen über. Stumme, ängstliche Tränen laufen ihr die kalten Wangen hinunter. Was passiert hier gerade? Wer hat sie entführt? Sofort taucht ein Name auf.

Leffe. Hat Leffe sie entführt?

Bei diesem Mann hatte sie schon immer ein ungutes Gefühl. Leffe ist zehn Jahre älter als sie und arbeitet als Barkeeper im *Kajan* – der Bar in der Dalagatan, in die Laila schon öfter mit ihren Freundinnen gegangen ist, um was zu trinken, zu tanzen und mit Typen zu flirten. Leffe hat von Anfang an mit ihr geflirtet, wollte sie auf einen Drink einladen. Halte dich von ihm fern, hatten ihre Freundinnen gesagt. Der Typ ist unangenehm.

Laila hingegen hatte sich keine großen Sorgen gemacht.

Aber vor ein paar Wochen bemerkte sie, dass ihr jemand nachstellte, als sie in den Supermarkt ging. Ein Mann. Als sie sich schließlich umdrehte, erkannte sie Leffe. Er kam auf sie zu und fing an, zu plaudern. »Ach, sieh mal einer an, du bist auch hier?« Aber das hörte sich nicht echt an. Er war ihr gefolgt, da war sich Laila ganz sicher.

Hatte er sie hier eingesperrt? Und wenn ja: aus welchem Grund bloß? Was wollte er von ihr?

Ihr Handgelenk brennt. Sie will diese Handschelle loswerden. Es tut auch weh, den Arm die ganze Zeit hochhalten zu müssen. Die freie Hand legt sie auf ihren Bauch, streichelt ihn, spürt das Leben in sich.

»Wie geht es euch, ihr Süßen?«, fragt sie schluchzend. »Seid ihr gesund und munter?«

Da hört sie Schritte, ihr Herz rast. Erik, schießt es ihr durch den Kopf. *Es wird doch nicht Erik sein …?* Erik ist der Vater der Zwillinge. Sie hatten sich im Winter in den Bergen kennengelernt, als Laila mit ihren Mädels in die Skiferien gefahren war. Er war groß, gut aussehend, mit Dreitagebart am perfekt geformten Kinn. Laila konnte ihm nicht widerstehen. Deshalb ist sie nach dem Aprés-Ski mit zu ihm gegangen. Die ganze Nacht hatten sie eng umschlungen im Bett verbracht, während der Wind die Schneeflocken durch die Luft wirbelte. Sie haben sich nur dieses eine Mal gesehen. Erst Monate später, sie war wieder zurück in Stockholm, und der Frühling erwachte wie ein Versprechen auf eine bessere Zukunft, begriff Laila, dass sich in jener kalten Nacht in den Bergen etwas ganz Besonderes ereignet hatte. Erik und Laila hatten zwar ihre Nummern ausgetauscht, aber als sie ihn anrufen wollte, hatte sie ein Sägewerk am Apparat. Sie hatte in die Hände geklatscht und die Augen verdreht. Wie oft hatte sie uninteressanten Typen eine falsche Nummer gegeben. Jetzt war sie selbst auf diesen Trick reingefallen.

Aber die Unsicherheit war groß. Tagelang lief sie in ihrer Wohnung in der Luntmakargatan auf und ab und grübelte. Weinte. Rief ihre Freundinnen an. Am Ende ging sie zum Frauenarzt und bekam ihre Befürchtungen bestätigt.

Sie wusste, dass ein Abbruch noch möglich und erlaubt war. Sie wollte noch keine Mutter sein. Sie hatte keine Lust, zu stillen und in einer verdreckten, zu kleinen Wohnung zu versauern, anstatt mit ihren Freundinnen zu feiern. Sie wollte das nicht. Auf keinen Fall.

Die Wochen verstrichen, und sie brachte es nicht über sich, einen Termin für eine Abtreibung zu vereinbaren. Als würde sie sich darauf verlassen, dass sich die Natur schon selbst um dieses Missgeschick kümmern würde. Sie ging feiern, trank Alkohol und rauchte, obwohl sie wusste, wie schädlich das war. Und sie träumte weiter von ihrem Durchbruch in Hollywood. *Das wird schon*, sagte sie sich die ganze Zeit. Aber das tat es nicht. Beim zweiten Termin beim Frauenarzt Ende Mai geschah etwas mit ihr. Sie lag auf der Behandlungsliege und hatte blaue Pampe auf dem Bauch, als die Hebamme auf den Monitor zeigte und lächelte.

»Na, den beiden geht es ja gut bei Ihnen.«

Lailas Herz blieb beinahe stehen.

»Den beiden?«

»Ja, Sie bekommen Zwillinge.«

Laila starrte wie gelähmt auf den Bildschirm. Zwillinge. Nicht *ein* Baby, *zwei*.

»Sehen Sie mal, es sieht fast so aus, als würden sie sich an den Händen halten.«

Die Hebamme lächelte. Laila auch. Obwohl sie nicht wollte. Vielen Dank auch, dachte sie wütend. *Jetzt werde ich sie nicht wegmachen lassen können.*

Ein Schauder fährt Laila den Rücken hinunter und bringt sie unsanft in die Wirklichkeit zurück. Sie hört ein Knarren, dann Schritte. Eine Treppe. Da kommt jemand. Am liebsten würde sie sich übergeben.

Sekunden später taucht eine schwarze Gestalt in der Tür auf. Ein Mann. Sie kann ihn kaum sehen, weil es so dunkel ist. Laila weint. Was haben die mit ihr vor? Wird er sie töten? Oder etwas anderes tun? Etwas, was sie sich nicht einmal vorstellen will?

Da erscheint eine zweite Gestalt hinter ihm. Mit vor Panik aufgerissenen Augen sieht Laila, wie die zweite Person sich neben den Mann stellt. Sie ist zwei Köpfe kleiner und hat langes welliges Haar. *Es ist eine Frau.*

Für einen Moment hat Laila so etwas wie Hoffnung. *Es*

sind nicht zwei Männer. Sondern ein Mann und eine Frau. Aber sie kann nur ihre Silhouetten sehen, nicht ihre Gesichter.

»Wie geht es dir?«, fragt die Frau.

Ihre leise, sanfte Stimme erzeugt bei Laila Gänsehaut. Irgendwie kommt sie ihr bekannt vor.

»Bitte … Sie müssen mich gehen lassen. Bitte. Ich werde niemandem etwas davon erzählen. Ich schwöre es. Und …«

Fieberhaft denkt Laila nach.

»Ich habe Geld, ich gebe Ihnen Geld!«

Sie hat kein Geld, aber ihr ist nichts Besseres eingefallen.

Die Frau kommt zaghaft auf sie zu, einen Schritt nach dem anderen. Ihr Gesicht ist noch im pechschwarzen, nach Erde riechenden Schatten verborgen. Erst jetzt sieht Laila, was sie in den Händen hält. Ein Tablett. Mit Essen? Sie stellt das Tablett vor sie auf den Boden.

»Da ist ein bisschen Grütze und zwei belegte Brote«, sagt die Frau.

Der Mann bleibt schweigend im Hintergrund, aber auch seine Silhouette kommt Laila bekannt vor.

»Iss auf. Es ist wichtig, dass du isst. Wenn es losgeht, rufst du uns, ja?«

Ihre Stimme. Sie kann ihre Gesichter nicht sehen, aber sie erkennt die Stimme. *Nein. Das kann nicht sein.*

Oder doch?

Die Frau zeigt auf Laila. Nein, sie zeigt auf Lailas Bauch. Dann drehen sich die beiden wie auf Kommando um, gehen die knarrende Treppe wieder hoch und schließen die Tür hinter sich.

Laila starrt auf die graue, klumpige Pampe auf dem Tablett und die ovalen Brotscheiben mit dünnen Käsescheiben.

Eine Träne rollt ihr die Wange herunter und fällt auf das mit Blumen verzierte Tablett.

Jetzt weiß Laila, warum sie hier ist. Und sie weiß auch, wer sie entführt hat und sie hier gefangen hält.

30

Portrush, Nordirland

Ella läuft am Strand entlang. Es ist kalt und windig, und das Meer spült schäumende Wellen auf den dunklen Sand.

Cindy.

Cindy.

Cindy.

Cindy und Mindy.

Ellas Kindheit war so grau wie der Himmel über ihr. Ihre Mutter war mit ihrer Sucht und ihren schwachen Nerven beschäftigt, ihr Vater war selten da. Aber sie hatte wenigstens immer einen Trost an ihrer Seite gehabt.

Ihre Schwester.

Madeleine.

Sie hatten einander, schließlich waren sie Zwillinge. Sie verstanden einander, konnten den anderen ohne Worte lesen. Immer. Heute war das zwar überhaupt nicht mehr so, sie sprachen kaum noch miteinander. Aber damals in ihrer Kindheit waren sie quasi ein Herz und eine Seele. Und wenn der Alltag in dem schlichten, kleinen Reihenhaus in Täby zu grau wurde, sind sie in ihre Traumwelten entflohen. Sie erschufen sich Figuren, in die sie dann schlüpften und deren

Leben sie führten, wie ein Rollenspiel. Madeleine war Cindy, und Ella war Mindy. Sie waren zwei erfolgreiche Frauen, denen die Welt zu Füßen lag. Und sie wollten genauso werden wie sie. Sie wollten erfolgreich, schön und beliebt werden.

Und das ist ihnen auch gelungen.

Ella wurde eine erfolgreiche Schauspielerin und Madeleine eine hoch dotierte Produzentin eines Fernsehsenders. Ella wurde zu der Mindy, die sie sich ausgemalt hatte. Und Madeleine wurde zu ihrer Cindy.

Einer Cindy, die einen Stalker anheuerte, um ihre Schwester auszuspionieren.

31

Ich liege auf seiner warmen Brust.

Meine Augenlider sind tonnenschwer, ich könnte sofort einschlafen. Mein Körper ist ausgelaugt, als hätte ich gerade auf einem Heimtrainer eine besonders anstrengende Einheit absolviert. Meine Beine sind ganz taub.

Ich hebe träge den Kopf. Adam lächelt mich an. Ich lächle zurück.

Wir liegen auf dem harten Boden in der Männerumkleide, seit mindestens fünf Minuten. Wir sind beide ziemlich geschafft. Ich streichle seine Brust, schnuppere an seiner Haut. Er riecht immer so gut. Fast *zu gut*, als hätte ihn jemand entworfen, damit er unwiderstehlich wird.

»Ich hätte nie gedacht, dass ich mal in der Männerumkleide Sex haben werde«, sagt Adam.

»Da habe ich ja Glück gehabt.«

Er lacht, fährt sich mit der Hand durch die Haare. Dabei spannt er seinen Oberarm an, und ich könnte gleich noch mal. *Wenn es überhaupt ein »nächstes Mal« gibt.* Dieser Gedanke umschwirrt mich wie eine Wespe, die ich am liebsten verjagen will. War das hier eine weitere Ausnahme? Eine schöne Ausnahme unserer üblichen Verabredungsroutine: Kino, Essen gehen und dann ein paar Wochen später eine SMS. Hat nach wie vor Sabina den größten Platz in seinen Gedanken? Schon wieder sehe ich die Halskette funkeln.

Ich beiße mir auf die Zunge, überlege, ob ich etwas sagen soll oder nicht. Aber mein Mund hat offenbar schon eine Entscheidung gefällt, denn ich höre mich sagen:

»Was machen wir hier eigentlich?«

Adam sieht mich überrascht an, seine Bartstoppeln kitzeln mich.

»Was meinst du?«

»Das hier … was ist das?«

»Das nennen wir Sex. In der Männerumkleide. Und es war sehr schön, finde ich.«

Ich schüttle den Kopf.

»Ja, doch. Das fand ich auch. Aber … warum?«

»Was meinst du?«

»Ich verstehe nicht, warum wir das so selten machen.«

Ein Lächeln deutet sich an.

»Wir können das auch häufiger machen, wenn du willst.«

»Aber das meine ich nicht.«

Ich setze mich auf. Adam bleibt liegen.

»Mag…«

Ich halte inne. Adam grinst.

»Mag?«

»Magst du mich, Adam?«

Jetzt runzelt er die Stirn, fährt sich durch die Haare. Und schon wieder spannt sich sein Oberarm und schwillt auf die doppelte Größe an. Bitte hör auf damit, bettle ich stumm, damit ich mich konzentrieren kann.

»Ob ich dich mag? Kannst du das nicht selbst beantworten? Spürst du das nicht?«

»Doch, obwohl … wir sehen uns so selten. Du arbeitest so viel. Natürlich weiß ich, wie wichtig dir deine Arbeit ist, und das will ich auch gar nicht ändern. Ich frage mich nur, was wir … sind sozusagen.«

»Wir sind Adam und Cilla«, sagt Adam und gibt mir damit eine typische Männerantwort.

Ich seufze. Adam setzt sich auf und umarmt mich. Ich will, dass diese Umarmung niemals endet.

»Ich weiß, dass wir Adam und Cilla sind«, sage ich. »Aber sind wir mehr als das?«

Bin ich deine Cilla?, will ich ihn fragen. *Bist du mein Adam?* Aber das tue ich nicht. Weil es zu verzweifelt klingt.

»Ich weiß, dass ich manchmal nicht ganz einfach bin«, sagt Adam. »Ich arbeite zu viel, ich verschwinde morgens einfach so und melde mich zu wenig. Aber das bedeutet nicht, dass ich dich nicht will, Cilla. Denn das will ich. Ich habe dich sehr gern.«

»Ich dich auch.«

Auf einmal fühlt sich das alles viel heller und hoffnungsvoller an. Aber dann taucht schon wieder diese Halskette auf. Bin ich für ihn nur eine, mit der er so etwas hier zwischendurch mal macht? Komme ich damit klar? Ist es das wert, um ab und zu in den Genuss seines warmen, wunderbaren Körpers zu kommen?

»Ich habe die Halskette gesehen.«

Die Worte rutschen mir einfach so raus, ich hätte sie nicht aufhalten können.

Adam hebt eine Augenbraue.

»Halskette? Welche Halskette?«

Ich merke, wie ich rot werde. Hätte ich bloß den Mund gehalten.

»Die Halskette mit Sabinas Namen auf deinem Nachttisch.«

Einen Augenblick runzelt er perplex die Stirn, dann plötzlich grinst er übers ganze Gesicht. Ich verschränke die Arme vor der Brust, weil ich nicht sehen kann, was daran so lustig ist.

»Was?«, frage ich etwas ungehalten.

»Warst du deshalb gestern so sauer auf mich?«

»Was? Wovon redest du?«

»Hier vor der Tür. Du hast dich umgedreht und bist einfach weggestampft.«

Ich fühle mich wie ein ganzer Tomatenstrauch. Kann man noch röter anlaufen als ich?

»Ich war nicht sauer.«

»Und wie.«

»Und was ist jetzt damit? Mit der Halskette? Seid ihr wieder zusammen, oder wie?«

Ich spüre Adams warme Haut an meiner. Auch sein Lächeln hat sich noch nicht verabschiedet.

»Sabina und ich sind *wirklich* nicht mehr zusammen. Das verspreche ich dir hoch und heilig.«

»Aber …«

Adam schüttelt den Kopf und seufzt mitten im Lachen.

»Aber die Halskette? Ich weiß. Das war dumm von mir, die dort liegen zu lassen. Ich hätte mir denken können, dass es komisch aussieht, aber ich habe es leider total vergessen. Die Halskette habe ich ihr vor vielen Jahren gekauft. Als

Geschenk. Zu unserem Einjährigen. Sie hat die Kette geliebt. Was nicht besonders überrascht, Sabina liebt alles, was glitzert.«

Ich verziehe den Mund zu einem Lächeln.

»Aber dann haben wir uns getrennt, und dann kam der Krebs, und die Kette ist bei mir liegen geblieben. Vor nicht einmal einer Woche hatte sie mich gebeten, ihr die Kette zu bringen. Sie wollte nicht vorbeikommen und sie sich abholen, ich sollte sie ihr nach Hause bringen. Sie war der Überzeugung, dass sie die Kette braucht, um wieder hundertprozentig gesund zu werden.«

Er sieht müde aus, aber ich muss grinsen, als er dramatisch mit den Augen rollt.

»Sind in diesen Fällen Zellgifte nicht wirkungsvoller?«

»Doch, klar. Sabina war schon immer sehr spirituell. Für sie hat sich in der Kette eine geballte Kraft und Energie aus der Zeit gespeichert, als sie noch gesund war. Oder so ähnlich. Ich weiß nicht, damit habe ich mich nie weiter beschäftigt. Aber selbstverständlich wollte ich ihr da entgegenkommen, und deshalb lag sie da. Am Tag bevor du zu mir zum Essen gekommen bist, hatte ich ihr die Kette bringen wollen. Aber dann …«

Er holt sein Handy aus der Jackentasche. Ruft Tilly ihn zurück aufs Festland? *Nein, nicht jetzt, ich will noch den Rest der Geschichte hören.*

»Aber dann?«

Er tippt mit dem Finger auf das Display, dann reicht er mir das Telefon. Er hat die Facebook-App geöffnet. Sabina hat ein Foto gepostet, auf dem sie sich zurechtgemacht und mit einer aufwendigen Frisur in einem Restaurant zu sehen ist. Es sieht fast aus wie auf dem Set eines Fotoshootings. Auf dem Tisch steht ein Kühler mit einer Flasche Champagner. Neben ihr sitzt ihr Onkologe, in den sie sich verliebt hat. Ihre Augen funkeln, beide tragen einen glitzernden Ring am Finger. Unter dem Foto steht: *Wir sind verlobt. ENDLICH!!! Dieser Mann hat mir das Leben gerettet. In mehrerlei Hinsicht. #SabinaundRudolf.*

Ich zucke zusammen.

»Rudolf? Der arme Mann heißt Rudolf?«

»Ja.« Adam seufzt. »Frohe Weihnachten, Sabina.«

Ich kann ein Kichern nicht unterdrücken, als ich ihm sein Telefon zurückgebe.

»Also, die beiden sind jetzt verlobt. Mir hingegen hat sie immer gesagt, dass sie nicht heiraten will. Niemals. Das wäre nicht ihr *Stil*.«

Er zeichnet mit den Fingern Anführungszeichen in der Luft.

»Deshalb habe ich beschlossen – obwohl ich weiß, wie albern sich das anhört –, ihr die Kette nicht zurückzugeben. Ich stand bei ihr im Hausflur, Cilla. Morgens, auf dem Weg zur Arbeit. Hatte die Kette in der Hand. Ich weiß, wie kindisch das ist, aber … ich hatte das Gefühl, dass sie die Kette nicht verdient hat. Sie ist Teil unserer Zeit zusammen. Und ich wollte mich selbst aus der Helferrolle befreien.«

Ich nicke und spüre, wie mein Herz überquillt vor Empathie. Rosie hat mir erzählt, dass er Sabina täglich im Krankenhaus besucht hat, als es ihr so schlecht ging. Auch nachdem sie mit ihm Schluss gemacht hatte, weil ihre Liebe zu ihrem behandelnden Arzt entbrannt war. Er wollte ihr helfen und sie nicht im Stich lassen.

»Oha, jetzt verstehe ich. Verstehe. Also diese Kette, die hätte ich wahrscheinlich im Klo heruntergespült, wenn ich du wäre.«

Er lacht.

»Vielleicht sollte ich das wirklich tun. Aber die war ziemlich teuer. Wir Polizisten verdienen nicht das große Geld. Ich hatte überlegt, sie zu einem Pfandhaus zu bringen und das Geld für etwas anderes zu verwenden.«

»An was hast du da gedacht?«

»An eine Reise. Mit einer netten jungen Dame.«

Willkommen Gesichtsröte! *Heute Tomaten im Sonderangebot – zum Schnäppchenpreis, nur heute!*

»Aha? Mit einer netten jungen Dame?«

»Hm.«

Er streichelt mir über den Arm.

»Also sag mir bitte unbedingt Bescheid, wenn dir da eine einfällt.«

Ich knuffe ihn in die Seite, was ihn nur noch mehr zum Lachen bringt. Meine Erleichterung ist riesengroß. Warum habe ich ihn nicht sofort gefragt, nachdem ich die Kette gesehen habe? *Warum bin ich so vorsichtig?*

»So, jetzt weißt du alles über diese Halskette. Und fürs Protokoll: Ich *will*, dass das mit uns weitergeht, dass wir uns besser kennenlernen. Ich finde, zwischen uns ist etwas. Etwas Besonderes. Du musst mir nur ein bisschen Zeit geben. Das … das hier ist nicht leicht für mich. Ich tue mich damit schwer.«

»Womit?«

»Jemanden nah an mich heranzulassen. Das tut mir aufrichtig leid, ich will so nicht sein, aber ich kann nichts dagegen tun. Eines Tages werde ich dir erzählen, warum ich so bin, wie ich bin.«

Ich nicke, und er küsst mich mit seinen wundervollen warmen Lippen.

»Aber du bemühst dich redlich, mich hierherzulocken«, sagt er.

»Sorry«, kichere ich.

»Ihr müsst mir versprechen, eure Detektivarbeit einzustellen.«

»Das kann ich dir nicht versprechen.«

»Warum nicht?«

»Weil wir was gefunden haben. Etwas Großes.«

Adam nimmt mein Gesicht in seine Hände und sieht mich nachdenklich an.

»Etwas Großes?«

»Ja … Shit. Wie spät ist es?«

Adam sieht auf die Uhr.

»Kurz nach acht, warum?«

»Verdammt. Rosie und ich haben einen Tisch im Restaurant reserviert. Sie sitzt bestimmt schon da und wartet auf mich. Komm doch mit!«

»Was, jetzt gleich? Meine Mutter weiß doch gar nicht, dass ich hier bin.«

»Dann wird die Freude umso größer sein.«

Sekunden später sind wir auf den Beinen und ziehen uns in Höchstgeschwindigkeit an. Wir überprüfen uns gegenseitig, ob alles sitzt und gut aussieht, dann schleichen wir uns Hand in Hand aus der Männerumkleide. Ich werfe noch einen letzten Kontrollblick zurück, ob wir auch nichts vergessen haben. Aber das haben wir nicht.

Die Dusche tropft nach wie vor, und das weiche Licht der Deckenlampen spiegelt sich in den blauen Kacheln wider.

Während ich die Tür hinter mir zuziehe, denke ich an Adams Satz von vorhin: *Eines Tages werde ich dir erzählen, warum ich so bin, wie ich bin.*

Was er wohl damit meint?

*

»Das gibt es doch nicht. Adam!«

Rosie springt vom Stuhl auf, als sie uns in den Speisesaal kommen sieht.

»Was für eine herrliche Überraschung!«

Sie klatscht fröhlich in die Hände und umarmt ihren Sohn innig.

»Hallo, Mama.«

»Was machst du denn hier? Ist wieder jemand in der Badewanne ausgerutscht? Ich hoffe, das Hotel ist gut versichert. Die Gäste sterben ja wie die Fliegen.«

»Bisher gab es nur einen Todesfall«, korrigiert Adam sie.

»Bleibst du zum Essen?«

»Wenn ich darf?«

»Selbstredend! Ist das für dich auch okay, Cilla?«

»Klar«, sage ich und lächle Adam an.

Die Kellnerin deckt für eine zusätzliche Person ein, wir setzen uns und sehen ihr zu, wie sie eine Kerze auf unserem Tisch anzündet.

Am Flügel in der Ecke sitzt ein Pianist und spielt zur großen Freude der Gäste sanfte Jazzmusik im Hintergrund. Die Kellnerin erläutert uns, woraus das abendliche Dreigängemenü besteht. Kartoffelpuffer mit gebratenen Pfifferlingen als Vorspeise, Rentierfilet auf Kartoffelgratin als Hauptgang und eine in Butter geschwenkte Birne mit Eis als Nachspeise.

»Hm, das klingt wunderbar«, schwärmt Rosie. »Und welchen Wein empfehlen Sie uns dazu?«

Wir erfahren, dass die Weinbegleitung aus einem vollen weißen Bourgogne besteht, einem klassischen Amarone sowie einem kleinen Glas Sauternes zur Nachspeise. Allein die Beschreibungen der Tropfen lassen mir das Wasser im Mund zusammenlaufen. Zacke nennt den Amarone immer »geschmolzene Schokotarte« – vulgär, bombastisch und *too much*. Vielleicht hat er sogar recht damit. Aber der Herbst steht vor der Tür, und dann müssen die Weine auch ein bisschen aufrüsten, finde ich. Im Sommer liebe ich einen schönen Rosé und frische, leichte Weine, aber mit zunehmender Kälte und Dunkelheit braucht man etwas anderes im Glas. Amarone trinken ist wie ein Bad in einer Wanne mit goldenen Löwenfüßen. Oder wie ein loderndes Kaminfeuer. In solchen Momenten könnte ich mir nichts Besseres vorstellen.

»Ein Traum!«, ruft Rosie begeistert. »Los geht's. Einmal für alle das Ganze!«

»Ich hätte lieber ein Bier«, sagt Adam. »Haben Sie das Wisby Pils?«

Die Kellnerin nickt.

»Ein Bier?«, fragt Rosie enttäuscht. »Warum das denn? Es ist Freitag Abend, da darfst du doch ein Glas Wein trinken?«

Aber Rosie gelingt es nicht, ihren Sohn zu überzeugen, und so stoßen wir kurz darauf mit Bourgogne und Bier an, das Adam direkt aus der Flasche trinkt.

»Okay, Karten auf den Tisch«, sagt Rosie, an Adam gewandt. »Warum beehrst du uns mit deinem Besuch?«

Er lächelt und wirft mir einen Blick zu.

»Ich wollte mal sehen, wie es euch geht. Und sicherstellen, dass ihr keinen Unfug treibt.«

Ich nehme einen Schluck und freue mich einfach nur, dass er da ist. Er sitzt tatsächlich bei uns am Tisch. Adam Ångström. Er ist nicht in der Stadt geblieben, was er durchaus hätte machen können. Er hätte nach dem Job mit ein paar toughen Kollegen ein Bier trinken gehen oder einfach weiterarbeiten können. Aber das hat er nicht getan. Er ist auf die Insel gekommen. Zu uns.

»Keinen Unfug?«, wiederholt Rosie lachend. »Das würden wir doch niemals tun.«

»Würdet ihr nicht? Cilla hat mir erzählt, dass ihr etwas herausgefunden habt. In Sachen …«

Er sieht sich um.

»… Agneta Westerlund«, flüstert er.

Jetzt wechseln Rosie und ich Blicke.

»Okay, Adam.« Jetzt bin ich an der Reihe. »Wir haben in der Tat etwas herausgefunden. Aber wenn du hören willst, was es ist, dann benötigen wir eine Gegenleistung.«

»Eine Gegenleistung? Was denn? Meine Dienstwaffe?«

»Coolness.«

Adam runzelt die Stirn.

»Coolness?«

»Du musst cool bleiben und darfst nicht aufbrausen, wenn du erfährst, dass wir …«

Ja, wie sagt man das am besten? Weiter geschnüffelt haben? Polizei gespielt haben?

»... unsere Nachforschungen fortgesetzt haben.«

Adam sieht äußerst skeptisch aus.

»Versprichst du uns das?«

»Was habt ihr herausgefunden?«

»Versprichst du mir, dass du cool bleibst?«

Er nimmt einen Schluck von seinem Bier und lacht.

»Versprochen!«

»Okay.«

Ich hole tief Luft. Noch einen Schluck Wein, dann bin ich bereit.

»Ich oder wir glauben, dass Agnetas Tod kein Unfall gewesen ist.«

»Ja, das habe ich schon lange begriffen. Aber habt ihr dafür Beweise?«

»Nein. Noch nicht. Aber wir haben ein Gefühl.«

»Aha, ein Gefühl also. Staatsanwälte lieben nichts so sehr wie Gefühle. *Nehmen Sie ihn ruhig fest, wir haben ein sehr gutes Gefühl.*«

»Jetzt hör bitte zu, Adam«, beschwört ihn seine Mutter. »Wir haben uns in Agnetas Zimmer umgesehen und ihren Laptop gefunden.«

Adam schweigt, aber sieht zunehmend besorgt aus. Die Pianoklänge im Hintergrund untermalen Rosies Worte.

»Und ...?«

»Wir haben ihn geöffnet«, springe ich ein. »Und haben uns ihre Patientenakten angesehen.«

Adams Mund steht offen.

»Ihr habt was getan ...?«

»Stopp-topp-topp-stopp, schön cool bleiben«, unterbricht ihn Rosie.

Adam verstummt, schließt den Mund und holt hörbar Luft durch die Nase.

»Okay. Was habt ihr gefunden?«

Rosie lehnt sich über den Tisch und reißt dramatisch die Augen auf.

»Es stellt sich heraus, dass zu Agnetas Klienten keine Geringere als die Braut gehörte. Und zwar die von der Hochzeit, die hier dieses Wochenende stattfindet. Madeleine Svensson.«

Adam kratzt sich am Hinterkopf, nimmt noch einen Schluck von seinem Bier.

»Okay, ist das alles?«

Rosie lehnt sich wieder zurück.

»Nein, das ist es nicht. Agneta war ziemlich betrunken, als sie *ausgerutscht* ist …«

Rosie zeichnet mit den Fingern Anführungszeichen in die Luft.

»Das wurde uns noch nicht bestätigt«, sagt Adam. »Die Rechtsmedizin wird ihren Bericht erst nächste Woche fertig haben.«

»Aber die Braut hat es gesagt. Cilla und ich haben zugehört, als Madeleine es heute Nachmittag ihren Hochzeitsgästen gegenüber erwähnt hat. Agneta hätte an dem Abend sehr viel getrunken. Zu viel.«

»Außerdem bin ich Agneta begegnet, sie stand draußen und hat eine geraucht. Und ich kann das bestätigen, sie hatte ordentlich einen sitzen.«

»Aber das ist doch nicht weiter verwunderlich, das war ein Fest. Da trinken die Leute eben.«

»Aber trockene Alkoholiker sollten das nicht tun«, sage ich.

Adam dreht sich zu mir. Seine großen, schönen Augen

lösen in mir etwas ganz anderes aus. Ich will schnell das Thema wechseln und ihn nach unten in die Männerumkleide zerren.

»Wir haben dann ein bisschen recherchiert und sind auf einen Artikel in einer Wochenzeitschrift gestoßen. Ein Interview mit Agneta Westerlund darüber, wie es ihr gelang, sich von ihrer Alkoholsucht zu befreien. Sie hat aufgehört, zu trinken.«

»Aber Rückfälle sind doch auch nicht selten, oder?«, wirft Adam ein.

»Das kann schon sein«, sage ich. »Aber auf so einer Veranstaltung wie einer Society-Hochzeit? Wäre es nicht logischer, sich bei einem Rückfall zu Hause zu verkriechen? Viele der Gäste kennen wahrscheinlich Agnetas Alkoholproblem. Würde sie wirklich ausgerechnet *diesen Ort* für einen Rückfall wählen? Unter so vielen neugierigen Blicken? In diesen Kreisen?«

Adam scheint über meine Worte nachzudenken.

»Es sei denn, es hat hier im Hotel irgendeinen schwerwiegenden Auslöser gegeben«, sagt Rosie. »Aber irgendetwas stimmt mit diesem sogenannten Unfall nicht, Adam. Das stinkt, das stinkt gewaltig.«

»Agneta hatte auch irgendetwas gegen das Brautpaar«, ergänze ich. »Bevor sie ging, sagte sie, dass diese Ehe auf Lügen aufgebaut sei.«

»Und was habt ihr in der Patientenakte der Braut entdeckt?«, fragt Adam.

»Cilla hat die Datei«, sagt Rosie. »Sie hat sie sich gemailt.«

Adam schlägt sich mit der Hand auf die Stirn und seufzt. »Oh nein. Himmel.«

»Nicht ganz richtig«, sage ich.

Mutter und Sohn starren mich fragend an.

»Wie meinst du das?«

»Wir haben ursprünglich nach der Akte der Braut gesucht, aber ich bin nicht so weit gekommen. Dafür habe ich eine mindestens genauso interessante Akte gefunden. Die ihres Zukünftigen nämlich.«

Rosies Augen werden immer größer. Bald haben sie den Durchmesser der Brotteller erreicht.

»Die Akte von David?«

»Ganz genau. David Frost war auch Klient bei Agneta Westerlund.«

»Das hier wird immer merkwürdiger«, sagt Rosie.

»Hast du die Akte durchgelesen?«, fragt Adam mich.

»Zum Teil. David hat sich um seine Zukünftige Sorgen gemacht. In einer Sitzung hat er Agneta von Madeleines Angstzuständen und Zwangsgedanken erzählt.«

»Auch das ist nichts Ungewöhnliches.« Adam zuckt mit den Schultern.

»Nein, aber *das* hier ist ungewöhnlich: Madeleine scheint eine – wie er es nennt – Art ›Untersuchung‹ in die Wege geleitet zu haben. Denn sie ist offenbar davon überzeugt, dass ihre Eltern nicht ihre leiblichen sind.«

Schweigend starren wir in die flackernde Flamme der Kerze. Die Wellen werfen sich auch heute Abend mit großer Wucht gegen die Felsen. Und ich muss an den Ausdruck denken, den Rosie für verschwundene Menschen benutzt hat. *Stumme Wellen.*

»Nicht ihre leiblichen?«, wiederholt Rosie, als hätte sie das Detail erst jetzt begriffen.

»Ganz genau. Und als ich das gelesen habe, fielen bei mir die Puzzlestücke an ihren Platz. Ich hatte die ganze Zeit das Gefühl, dass mich die Braut an jemanden erinnert, eine große Ähnlichkeit mit jemandem hat. Aber erst jetzt weiß ich auch, wen ich meinte.«

»Und wer ist es? Wem sieht sie so ähnlich?«

Auf meinem Handy habe ich das ikonische Foto von ihr, das alle Zeitungen verwendeten, als sie damals spurlos verschwand. Ich halte es Adam und Rosie hin, die scharf die Luft einzieht.

»Du lieber Himmel«, flüstert sie.

»So, hier sind die Kartoffelpuffer!«

Wir drei fallen fast von den Stühlen vor Schreck, als die aufgeräumte und fröhliche Kellnerin an den Tisch kommt und uns die Vorspeise serviert.

32

Die Kartoffelpuffer sind himmlisch gut. Knusprig und salzig. Die angebratenen Pfifferlinge und die säuerliche Creme fraîche sind wie das Tüpfelchen auf dem i. Der Bourgogne passte hervorragend dazu, jetzt steht schon der Hauptgang vor uns. Butterweiches Rentierfilet mit Kartoffelgratin. Rosie und ich haben dazu ein Glas Amarone bekommen.

Normalerweise kann ich alle Sorgen beiseitelassen, wenn es um den bevorstehenden Genuss von Essen und Wein geht. Aber heute fällt es uns allen schwer, es unbeschwert zu genießen.

Der rätselhafte Fall beschäftigt uns und dämpft die Stimmung. Wir haben Fotos von Laila Damm und Madeleine Svensson gegoogelt und uns immer wieder gesagt, wie verrückt und verschwörungstheoretisch das ist. Aber mit jedem Foto verfestigte sich die Erkenntnis: Madeleine und Laila sehen sich verblüffend ähnlich.

»Verstehe ich das richtig? Was ihr, oder vielmehr du, Cilla, mir damit sagen wollt, ist, …«

Adam hat sein zweites Bier bestellt und hält die kalte Flasche in der Hand.

»... dass die Laila Damm, die vor vielen Jahren spurlos verschwunden ist, eigentlich die leibliche Mutter von Madeleine Svensson ist?«

Ich nicke.

»Das ist doch total verrückt, oder?«

»Allerdings, das hört sich total verrückt an. Aber ...«

»Aber?«

»Aber ich muss in der Tat zugeben, dass die beiden sich wahnsinnig ähnlich sehen. Geradezu unheimlich ähnlich.«

Unsere Entdeckung hat etwas Beklemmendes, aber in mir überwiegt die Freude, dass Adam mir ausnahmsweise zu glauben scheint.

»Natürlich kann es sich hier nach wie vor um einen Zufall handeln«, sagt Adam.

»Aber es könnte auch *eine Spur* sein«, entgegne ich. »Eine Spur, um herauszufinden, was wirklich mit Laila Damm passiert ist. Sie ist vor ziemlich genau dreißig Jahren verschwunden, was mit dem Alter der Braut übereinstimmt. Und meinen Informationen nach war Laila hochschwanger, als sie verschwand.«

Rosie nickt eifrig.

»Ganz genau. Daran kann ich mich auch erinnern. Obwohl es in den Zeitungen nie erwähnt wurde. Es ist also durchaus möglich, dass Laila das Kind auch zur Welt gebracht hat, nachdem sie verschwunden ist.«

»Wir müssen unbedingt mit Madeleines Eltern sprechen«, sage ich.

»Müssten wir die nicht unter den Hochzeitsgästen finden?«, sagt Adam.

Die Hochzeitsgesellschaft hält sich wie an den anderen

Abenden auch hinter den cremefarbenen Vorhängen auf, und wir haben wie gestern den Rest des Speisesaals quasi für uns allein.

»Hast du die Möglichkeit, in Erfahrung zu bringen, wie ihre Eltern heißen?«, frage ich Adam. »Ich habe versucht, es herauszubekommen. Aber erfolglos.«

»Natürlich kann er das«, sagt Rosie. »Er ist Polizist. Komm, ruf deine Leute an, Adam.«

Er zögert. Sein Gesicht arbeitet, die Lachgrübchen zucken, aber ich sehe ihm auch an, dass er uns – zumindest an diesem Abend – nicht für die nervigen Privatdetektivinnen hält, die ihn bei der Arbeit stören. Er weiß, dass wir etwas Wichtiges herausgefunden haben.

»Okay. Ich rufe an. Gebt mir einen Moment.«

Adam verlässt das Restaurant, und Rosie wirft mir einen spitzbübischen Blick zu.

»Wir sind auf dem besten Weg, ihn auf unsere Seite zu ziehen«, sagt sie.

»Ja. Das ist fast unheimlich. Was passiert wohl als Nächstes?«

Rosie grinst und hebt ihr Glas.

»Wenn du ein Schwein am Fenster vorbeifliegen siehst, sag mir Bescheid.«

Da klingelt es hinter den Vorhängen. Jemand aus der Hochzeitsgesellschaft will eine Rede halten. Rosie und ich halten die Luft an und lauschen gespannt. Aber wir hören nur undeutliches Gemurmel, wir sitzen zu weit weg.

»Wollen wir ein bisschen aufs Meer schauen?«, fragt Rosie mit einem vielsagenden Blick.

Ich nicke, und wir gehen ans Fenster am anderen Ende

des Raumes, das sich zufälligerweise neben dem Vorhang befindet. Wir tun so, als würden wir verträumt auf die stürmische See schauen, dabei lauschen wir nur dem Redner. Von hier aus können wir viel besser hören, was er sagt.

»Wie meine geliebte Frau … ähm, meine *zukünftige* Frau …«

Vereinzeltes Gelächter.

»… schon gesagt hat, sind wir wahnsinnig dankbar, dass ihr gekommen seid. Diese Insel, Bullholmen, bedeutet uns sehr viel.«

Rosie und ich nicken uns wissend zu. David Frost hat das Wort ergriffen.

»Allerdings ist es eine sehr junge Liebe. Auf jeden Fall für Madeleine. Ich war als Junge ein paar Mal in Segelcamps auf Bullholmen, aber danach nicht wieder. Meine Frau ist vor einem Jahr das erste Mal nach Bullholmen gefahren. Sie hatte gehört, wie schön es hier sein soll. Ich hatte gerade um ihre Hand angehalten, und sie wollte den perfekten Ort für unsere Hochzeit finden. Sie wohnte in einer schlichten Pension unten am Hafen und erkundete die Insel. Bullholmen hat etwas Magisches, oder?«

Zustimmendes Gemurmel aus dem Publikum. Alle sind offenkundig einverstanden.

»Als Madeleine zurückkam, hatte sie schon eine Entscheidung gefällt: Wir heiraten auf Bullholmen! Es gab keine Alternative. Und wie viele von euch wissen: Wenn meine Frau sich etwas in ihren schönen Kopf gesetzt hat, dann wird es auch so gemacht. Die letzten Jahre sind nicht leicht gewesen für uns.«

Ich bekomme Herzrasen, wie immer, wenn ich etwas höre, was eigentlich nicht für meine Ohren gedacht war. Auch

Rosie wirkt angespannt. David hat die Stimme gesenkt, die so klingt, als würde er gleich in Tränen ausbrechen.

»Madeleine und ich sind jetzt seit fast sieben Jahren zusammen. Viele von euch sind schon wesentlich länger in ihren Beziehungen, das weiß ich. Aber sieben Jahre sind trotzdem eine lange Zeit. Wir haben schon einiges zusammen durchgemacht. Ich freue mich, dass meine Eltern an unserer Hochzeit teilnehmen können …«

Die Gäste raunen alle ein zustimmendes *Nahhh.*

»… aber leider hat Madeleine vor ein paar Wochen ihre Mutter verloren.«

Rosie greift nach meiner Hand, ich nicke ihr zu.

»Jetzt ist sie bei deinem Vater im Himmel, mein Schatz. Wir vermissen sie, hätten sie beide gerne heute dabeigehabt. Aber ich bin davon überzeugt, dass sie uns zusehen. Sie sitzen dort oben zusammen und lächeln uns zu. Was meinst du, Madeleine?«

Jemand im Publikum schluchzt laut auf.

»Das Leben ist voller Freude und Trauer – das mussten wir heute früh schmerzlich erkennen, als wir von Agnetas Tod erfuhren –, aber ich finde trotzdem, dass wir unsere Gläser auf die Freude erheben sollten. Und auf die Liebe. Schön, dass ihr da seid.«

Gläser klirren, es ertönen zustimmende Rufe und Applaus. Auf einmal haben Rosie und ich es sehr eilig, zu unserem Tisch zurückzukehren. Sekunden später sehen wir Adam, der sein Handy unterwegs in seine Hosentasche steckt.

»Ich habe die Infos von Tilly bekommen. Was für ein Glück, dass überhaupt jemand da war an einem Freitagabend. Madeleines Eltern sind beide tot.«

Rosie genehmigt sich einen Schluck Amarone und legt ihren Unterarm auf die Stuhllehne.

»Wissen wir schon«, sagt sie.

Adam hebt eine Augenbraue und sieht sie fragend an.

»Ich … was?«

»Das wissen wir schon«, wiederholt Rosie.

»Aber … woher zum Teufel wisst ihr das?«

»Intuition«, ärgert ihn Rosie.

Adam lässt sich auf den Stuhl fallen und holt sein Handy wieder hervor.

»Wir haben die Rede des Bräutigams hinter dem Vorhang gehört«, erkläre ich ihm.

»Hat er auch die Schwester erwähnt?«

»Welche Schwester?«

Adam tippt auf sein Display und hält uns dann sein Telefon hin.

»Madeleine hat eine Zwillingsschwester«, sagt er mit gesenkter Stimme. »Vielleicht kennt ihr sie ja, sie ist Schauspielerin.«

Rosie und ich starren auf das Display, auf dem ein Foto von Madeleine zu sehen ist. Nein, das ist nicht Madeleine. Sie sieht ihr nur zum Verwechseln ähnlich. Jetzt weiß ich auch, warum ich die Braut nicht sofort mit Laila Damm in Verbindung gebracht habe. Offenbar hatte ich an jemand anderen gedacht. Jemanden, den ich aus dem Fernsehen kannte.

Ella Svensson.

33

Portrush, Nordirland

Ella ist leise zurück ins Haus geschlichen. Patrick liegt schnarchend im Bett und hat nicht einmal bemerkt, dass Ella einen kleinen Ausflug gemacht hat. Aber statt sich zu ihm zu legen, nimmt sie einen Stuhl und setzt sich ans Fenster.

Sie wartet darauf, dass ihr Handy klingelt. Wenn es denn jemals klingeln wird.

Sie hat ihrer Schwester eine SMS geschickt.

Ihrer Schwester, die an diesem Wochenende den Mann heiraten wird, mit dem sie seit sieben Jahren zusammen ist. Ella ist nicht auf der Hochzeit. Denn sie wurde nicht eingeladen. Das hatte wehgetan. Mehr, als sie erwartet hatte. Obwohl Ella geahnt hatte, dass sie keine Einladung erhalten würde, tat es weh, als die Hochzeit angekündigt wurde und sie keine Einladung erhielt.

Das wäre noch vor zwanzig Jahren undenkbar gewesen. Als sie sich bedingungslos liebten und alles miteinander teilten. Davon träumten, wie ihre Hochzeit später einmal aussehen würde. Sollte es eine große Hochzeit werden in der Kirche mit allem Drum und Dran? Oder lieber eine kleine, romantische Feier an einem exotischen Strand? Würden sie weiße Kleider tragen oder etwas Außergewöhnliches? Ein Ballettkleid mit Tutu? Oder einen Anzug und Baskenmütze? Wen würden sie heiraten? Filmstars mit viel Geld? Zumindest Madeleine hat sich an diese Vorgabe gehalten. Ella nicht wirklich. Patrick ist auf seine Art gut aussehend, aber ganz und gar kein Filmstar oder Filmsternchen. Und sein Gehalt als Tischler beträgt nur ein Fünftel des Honorars, das Ella verdient, wenn sie eine Staffel einer Fernsehserie dreht. Aber das macht nichts. Als Ella ihn damals in einer Kneipe am Hornstull sah, wo sie mit einer Freundin hingegangen war, da wusste sie sofort, dass er der Richtige war. *Neben diesem Mann will ich morgens aufwachen. Jeden Morgen aufs Neue.*

Wann war das Band zwischen ihr und ihrer Schwester zerbrochen? Das ist schwer zu sagen.

War das, als Madeleine ihr in der Oberstufe den Freund ausspannte? War das, als Ella eine bereits gebuchte Charterreise absagte, weil sie unbedingt zu einem Vorsprechen für eine große Rolle gehen wollte? War das, als Madeleine mit David zusammenkam, dem Ella vom ersten Augenblick an nicht über den Weg traute?

Nein. Natürlich nicht. Keiner dieser Anlässe konnte das auslösen. Geschwister – insbesondere Zwillinge – brechen nicht einfach so den Kontakt ab wegen solcher Kleinigkeiten. Ella weiß genau, wann es losging. Mit dem Tod ihres Vaters vor zwei Jahren.

Es war eine schwere Zeit für sie beide, voller gemischter Gefühle. Wer war dieser rätselhafte Mensch, der ihr Vater gewesen ist? Hatte er sie jemals wirklich geliebt? Hatten sie jemals sein wahres Gesicht gesehen, ihn kennengelernt?

Oder hatte er sein ganzes Leben nur mit Arbeit verbracht? Ella hatte viele offene Fragen, als er starb. Fragen, die Madeleine beantwortet haben wollte. Ella erinnert sich an einen Abend, an dem sie im *Capri Due* essen waren, einem sehr gemütlichen, aber noch ziemlich unbekannten Italiener in der Tomtebogatan in Vasastan. Sie hatte gerade die zweite Staffel von *Die Galerie* abgedreht und wurde überall erkannt. Deshalb fiel die Wahl auf dieses Restaurant.

Bei Bruschetta und Carpaccio brachte Madeleine Themen aufs Tapet, mit denen sich Ella nicht beschäftigen wollte. Dinge über ihre Eltern. Obwohl sie gleich alt sind, war Madeleine schon immer die Aufmerksamere, in gewisser Hinsicht Reifere. An jenem Abend hatte Madeleine ihr anvertraut, dass sie bei einer bekannten Psychologin in Therapie gehen würde. David hatte ihr sie empfohlen. Mit anderen Worten eine Therapeutin der Oberschicht. Sie leistete offensichtlich hervorragende Arbeit und holte aus Madeleine Erinnerungen hervor, die sie längst vergessen hatte.

Von Gesprächen zwischen ihren Eltern.

»Du hast doch auch immer geahnt, dass da etwas nicht stimmt, oder?«, fragte Madeleine. »Nachts lagen die im Bett und haben geflüstert. Ich habe sie gehört.«

Ella gefror das Blut in den Adern. Sie wollte das nicht hören. Sie wollte nichts infrage stellen, es sollte sich nicht falsch und komisch anfühlen. Aber Madeleine ließ nicht locker, behauptete, dass sie sich auch an Gespräche über sie beide erinnerte. Über ihre Kinder Ella und Madeleine.

Wie es dazu gekommen ist. Wer sie eigentlich waren.

Aber da schaltete Ella auf taub. Das wollte sie nicht hören.

Aber Madeleine war fest entschlossen. Sie hatte etwas losgetreten und weigerte sich, damit aufzuhören. Sie rief immer häufiger an, weil die Therapiesitzungen neue Erinnerungen hervorgerufen hatten. *Du bist verrückt geworden*, hatte ihr Ella schließlich gesagt. *Völlig durchgeknallt! Merkst du überhaupt noch was?* Nein, Madeleine war anderer Meinung, sie bohrte tiefer und immer tiefer, war wie besessen davon.

Eines Tages führten sie das Gespräch, vor dem sich Ella gefürchtet hatte. Madeleine überbrachte ihr die entscheidende Nachricht: *Wir sind nicht die Kinder unserer Eltern.*

Ella hatte wütend aufgelegt, aber Madeleine ließ nicht locker und rief immer wieder an. Schickte SMS. Aber Ella schottete sich ab. Sie war nicht bereit. Ihre Schwester war psychisch krank geworden, das war die einzige Wahrheit. So brach der Kontakt zwischen ihnen ab. Als ihre Mutter im Sterben lag, wählten sie unterschiedliche Besuchszeiten. Ella erfuhr zwar, dass Madeleine im Krankenhaus vorbeikam, aber der Grad an Demenz machte es schwierig, mehr von ihrer Mutter zu erfahren.

Der Stuhl knarrt unter ihr, als sie sich anders hinsetzt.

Sie wartet. Madeleine hat noch nicht geantwortet. Aber Ella hat mittlerweile andere Sachen recherchiert. Tickets für einen Flug, der Nordirland sehr früh am nächsten Morgen verlässt.

Eine kleine Träne läuft ihr die Wange herunter. Sie will nicht weinen. Sie könnte Patrick wecken, schließlich war er es, der schon früher nach Hause aufbrechen wollte. Aber das geht nicht. Sie muss Portrush heute Nacht verlassen. Allein. Denn das, was sie vorhat, muss sie allein machen.

Seit dem Abend im *Capri Due* hatte sich in Ella die Überzeugung gefestigt, dass ihre Schwester recht hatte.

Aber erst jetzt war sie bereit, es anzunehmen. Sich damit auseinanderzusetzen. *Es aussprechen zu können,* ohne das Gefühl zu haben, dass der Boden unter ihr nachgab. Warum aber hatte Madeleine ihre Meinung geändert und diesen jungen Typen angeheuert? Denn das konnte die einzige Erklärung dafür sein: Sie wollte Ella verjagen, damit sie nach Schweden zurückkehrt. Ella weiß, wie ihre Schwester tickt. Madeleine geht es vor allem um ihre Außenwirkung. Um ihre und Davids.

Wie würden die Leute reagieren, wenn sie die Wahrheit erfahren? Davor muss Madeleine Angst bekommen haben. Nach dem Tod ihres Vaters hatte sie mit ihrer Suche begonnen. Nach dem Tod ihrer Mutter dann muss Madeleine erkannt haben, wie nah sie der Wahrheit war. Und als Ella ihr verkündete, dass sie nach Portrush fahren würde, um das Elternhaus aufzulösen, muss sie Todesangst bekommen haben.

Will sie mich in Wirklichkeit beschützen? Oder will sie sich selbst schützen? Eigentlich spielt das keine Rolle, denn Ella sieht die Zusammenhänge jetzt immer klarer. Sie seufzt leise und schaltet das Display aus. Der Raum versinkt im Dunkeln.

Ich bin nicht das Kind meiner Eltern.

Und morgen fliege ich zurück nach Hause. Zur Hochzeit meiner Schwester.

34

Ich warte, bis Rosie eingeschlafen ist. Zum Glück dauert das nicht lange. Schon fünf Minuten nachdem sie ihr weißes, krauses Haupt auf das Kissen gebettet hat, höre ich ihr anständiges und zuverlässiges Schnarchen. Ein schneller Blick in den Spiegel, kurz am Haar gezupft, dann verlasse ich unser Hotelzimmer.

Adam war es gelungen, ein freies Zimmer für eine Nacht zu ergattern. Rosie hatte ihn dazu überredet. Und er war auch daran interessiert, länger zu bleiben, nachdem wir alle begriffen haben, wie die Dinge zusammenhingen.

Der Flur, über den ich zum Zander-Zimmer schleiche, ist sanft beleuchtet.

Ich klopfe leise an, Adam öffnet die Tür.

Er trägt – nur – Boxershorts. Blau-weiß von Gant.

»Willst du mich umbringen?«, frage ich.

Er lacht und lässt mich herein.

*

Das Bett ist warm, aber Adam ist wärmer. Wir liegen eng umschlungen unter der Decke, er hält mich in seinen

Armen. Ich bin müde, aber es ist so schön, dass ich nicht einschlafen will. Draußen stürmt es, ich kann die Zweige im Wind tanzen sehen.

»Hast du beim Einwohnermeldeamt nachgefragt?«

Adam grinst, das spüre ich, weil er mich mit den Bartstoppeln im Nacken kitzelt.

»Ist das hier deine Version von Bettgeflüster?«

Ich kichere.

»Sorry. Ich bin nur so neugierig.«

»Ja, habe ich. Tilly hat mir dabei geholfen. Madeleines und Ellas Eltern heißen Karin und Roger Svensson.«

»Hast du noch mehr über sie herausgefunden?

»Nicht viel. Sie besitzen ein kleines Haus in Täby und eins in Nordirland.«

»Nordirland?«

»Hm. Ja, das gehörte Karin. Wahrscheinlich hat sie es geerbt, das habe ich nicht überprüft. Aber sie ist dort geboren, als Karen Collins, ihr Vater war Ire, ihre Mutter Schwedin.«

»Und was haben die beiden beruflich gemacht?«

»Sie haben beide im Krankenhaus gearbeitet. Im Löwenströmska im Norden von Stockholm. Roger war bis zu seiner Pensionierung Allgemeinmediziner, und Karin war Hebamme.«

»Dann haben die sich bei der Arbeit kennengelernt?«

»Das ist nicht unwahrscheinlich.«

Ich nicke in mein Kissen. Gehe im Kopf verschiedene Alternativen durch. Was kann Laila Damm zugestoßen sein? Und wie sind dann die Kinder, die sie vielleicht zur Welt gebracht hat, bei Roger und Karin Svensson gelandet?

»Was, wenn Laila ihre Kinder im Löwenströmska-Krankenhaus zur Welt gebracht hat, und die beiden haben die Kinder … entführt?«

»Es gibt nirgendwo einen Hinweis darauf, dass Laila nach ihrem Verschwinden entbunden hat.«

»Vielleicht hat sie die Kinder unter einem anderen Namen bekommen?«

»Das halte ich für unwahrscheinlich.«

Ich seufze. Adam zieht mich dichter an sich heran. Seine Brust wärmt meinen Rücken, sein Atem bauscht meine Haare auf. So könnte ich eine Weile liegen bleiben. Ein paar Tage. Eine Woche, vielleicht. Bis zum Sommer?

Da fällt mir eine Sache ein, über die ich mir auch viele Gedanken gemacht habe. Ich drehe mich zu Adam um.

»Du …«

»Ja?«

»Da ist noch was an dieser ganzen Geschichte, das ich komisch finde.«

»Okay, was denn?«

»Lailas Schwester lebt hier auf der Insel.«

Adam runzelt die Stirn und ist aufrichtig überrascht.

»Ach wirklich?«

»Ja. Ingrid heißt sie. Sie lebt hier auf der Insel, nicht weit von hier. Ich habe sie besucht.«

Adam verdreht die Augen.

»Natürlich hast du das getan.«

»Sie ist überraschend nett. Ein bisschen reserviert, aber sehr nett. Aber eins ist doch komisch. Was ist das für ein Zufall, dass Lailas Schwester hier auf Bullholmen lebt und dann …«

»… Madeleine ihre Hochzeit hier feiern will«, beendet Adam meinen Satz.

Ich nicke. Unsere Nasen berühren sich.

»Genau. Wir müssen morgen noch mal Ingrid befragen, oder?«

Adam lächelt mich an. Ich liebe es, wenn er mich so anlächelt.

»Wir?«

»Ja, das ist doch kein Verhör oder so? Nur zwei Menschen, die dort vorbeikommen und sich mit ihr unterhalten wollen. Keine polizeiliche Ermittlungsarbeit oder so. Ja?«

Er küsst mich.

»Du bist verrückt«, flüstert er.

*

Mitten in der Nacht wache ich auf. Ich weiß zwar nicht, wie viel Uhr es ist, aber mein Gefühl sagt mir, dass es sehr spät ist. Draußen ist es pechschwarz, man kann das Meer nicht sehen.

Ich kann nicht erklären, was mich geweckt hat, aber ich merke, dass ich allein im Bett liege.

Adam ist nicht da.

Langsam setze ich mich auf, schiebe ein paar der übertrieben luxuriösen Kissen beiseite. Ob er auf die Toilette gegangen ist? Nein, die Tür steht offen, und das Licht ist aus. Ich bin allein in Adams Zander-Zimmer.

Diese Einsamkeit ist echt, greifbar. Da höre ich ein Knarren.

Langsam gleite ich aus dem Bett. Als ich eine Gestalt auf dem Balkon stehen sehe, bleibt mir fast das Herz stehen. Dann erkenne ich sie. Mit weißem Bademantel, den Blick aufs Meer gerichtet.

Ich schüttle den Kopf.

Adam.

Aber warum steht er auf dem Balkon? Es muss dort draußen doch schweinekalt sein? Ich werfe mir meinen Bademantel über und klopfe zaghaft an die Balkontür. Adam dreht sich um. Ich gehe zu ihm nach draußen.

Der Wind zerrt an meinem Gürtel und schleudert meine blonden Haare in alle Richtungen.

»Was machst du denn hier draußen?«, sage ich. »Frierst du gar nicht?«

Die Luft brennt in meiner Lunge, so kalt ist sie.

Schweigend stehen wir nebeneinander, den Blick auf die Wellen gerichtet, die gegen die Felsen schlagen.

»Ist dir das zu anstrengend?«, frage ich ihn.

»Anstrengend?«, fragt er mich verwundert.

»Nebeneinander zu schlafen, meine ich.«

»Was meinst du damit?«

»In unserer ersten Nacht im Sommer hast du auf dem Sofa übernachtet. Und vor ein paar Tagen in deiner Wohnung hast du nachts noch gearbeitet. Und jetzt stehst du hier auf dem eiskalten Balkon.«

Er lacht leise. Ich drücke mich an ihn.

»Ist es wirklich so gefährlich, eine ganze Nacht nebeneinander zu schlafen?«

Er sieht mich an. Obwohl es ziemlich dunkel ist, kann ich seine großen Augen sehen, jedes noch so kleine Detail in ihnen.

»Das verstehst du nicht, Cilla. Ich … ich will nichts lieber, als bei dir zu sein. Aber … ich weiß auch nicht. Vielleicht habe ich Angst.«

Mir entweicht ein kleiner Seufzer. Dann wende ich mich wieder dem Meer zu.

»Angst? Vor der Liebe?«

»Nein, ganz und gar nicht.«

Er nimmt meine Hand in seine.

»Cilla, davor habe ich keine Angst. Oder vor dir. Ich habe Angst, mich an jemanden zu binden, den ich verlieren könnte.«

Ich nicke.

»So wie Sabina?«

Er atmet tief ein.

»Nicht nur so. Wie ich schon gesagt habe, gibt es da eine Sache, die du noch nicht weißt. Die weder ich noch meine Mutter dir erzählt haben.«

Mir ist auf einmal innerlich so kalt wie die Luft auf meiner Haut. Was hat mir Rosie vorenthalten? Wir quatschen doch über Gott und die Welt?

»Und was ist das?«

Er lässt sich Zeit mit der Antwort. Der Wind heult und keucht in meinen Ohren, als hätte er Atembeschwerden.

»Wenn ich es dir erzähle, musst du mir versprechen, nicht mit meiner Mutter darüber zu sprechen.«

»Okay … aber wir reden über praktisch alles.«

»Ich weiß, aber glaub mir, sie wird *nicht* wollen, dass du dieses Thema ansprichst.«

Meine Neugier tanzt Ballett in mir. *Lieber Himmel, worum geht es hier?*

»Worum geht es, Adam?«

»Um meinen Vater. Es geht um meinen Vater.«

»Der an Krebs gestorben ist.«

Wir stehen so nah beieinander, dass wir uns auch in den Arm nehmen könnten.

»Genau. Nur … er hatte gar keinen Krebs.«

»Wie bitte?«

»Cilla, mein Vater … wurde ermordet.«

Meine erste Reaktion ist, in schallendes Gelächter auszubrechen. Als wäre das ein böser Witz. Aber Adam sieht todernst aus. Genau genommen, habe ich ihn noch nie so ernst gesehen. Sein Schmerz liegt wie eine eiserne Maske auf seinem sonst so gelösten Gesicht. Ich zermartere mir das Hirn, um das Richtige zu sagen.

»Ermordet?«

»Ja.«

»Aber … von wem?«

»Das ist eine total verrückte Geschichte. Und sie hatte mit meiner Mutter zu tun.«

»Weil sie Polizistin war?«

»Hm. Sie war in eine Ermittlung involviert, eine richtig miese Geschichte, die sich schon lange hinzog. Und dann in einem Chaos und Fiasko endete.«

»Und in diesem Chaos hat dein Vater sein Leben verloren?«

»Leider.«

»Oh Gott, Adam. Ich hatte ja keine … Ich wusste …«

»Nein, natürlich nicht. Du musst nichts sagen. Das ist jetzt auch zehn Jahre her.«

»Warum habt ihr gesagt, dass er an Krebs gestorben ist?«

»Weil meine Mutter nicht über den eigentlichen Vorfall sprechen wollte. Sie macht sich selbst die größten Vorwürfe. Sie wirft sich vor, dass sie Polizistin geworden ist, dass sie sich zu sehr in die Ermittlung gekniet hat, und … sie gibt sich die Schuld an seinem Tod.«

»Aber Rosie …«

»Hm. Ich habe versucht, sie zu überreden, zu einem Psychologen zu gehen. Um darüber zu reden. Aber sie will nicht. Ihre Vorgesetzten haben ihr das immer wieder gesagt. Aber sie ist stur geblieben: *Nicht in diesem Leben!*«

Ich nicke. Und höre förmlich die Worte, wie sie aus Rosies Mund kommen. Ich kann es noch gar nicht fassen, was ich da eben gehört habe. *Ermordet?* Wie schrecklich. Ich platze fast vor Neugier, aber will nicht fragen. Ich kann Adam ansehen, wie sehr ihn das mitnimmt. Ich will ihn nicht unnötig damit quälen.

»Ich kann verstehen, dass du viele Fragen hast«, sagt er, als würde er meine Gedanken lesen können. »Ich kann dir ein anderes Mal mehr darüber erzählen, versprochen. Ich *werde* dir davon erzählen. Aber es fällt mir noch immer schwer.«

Ich schlinge meinen Arm um ihn und lege meinen Kopf auf seine Brust. Der flauschige Stoff des Morgenmantels kitzelt mich.

»Adam …«

Er steckt seine Nase in mein Haar. Auf einmal passt alles zusammen. Wird verständlich. Mich wundert nicht mehr, dass er nervös wird, wenn Rosie und ich uns in laufende Ermittlungen einmischen. Da geht es nicht um Arbeitsethos und Stolz, obwohl auch das verständlich wäre. Er macht sich Sorgen. Um uns. Um *mich*.

»Wie alt warst du, als das passierte?«, flüstere ich in den Bademantel.

»Ich war schon erwachsen, war gerade von zu Hause ausgezogen. Hatte Pläne. Aus denen dann nichts wurde.«

»Was hattest du denn für Pläne?«

»Ich wollte nach Australien, wollte dort surfen lernen, neue Menschen kennenlernen, als Barkeeper arbeiten. Mich vielleicht verlieben.«

Einfach jung sein.

»Aber als das passierte, hat sich auch alles andere geändert. Mein Blick auf die Welt hat sich verändert. Und da habe ich beschlossen, Polizist zu werden.«

Er lacht.

»Verrückt, oder? Wenn man die Vorgeschichte kennt.«

»Oder ganz verständlich.«

»Ja, vielleicht. Ich erzähle dir das nicht, damit du Mitleid mit mir hast. Ich will, dass du mich verstehst. Cilla, ich will mit dir zusammen sein. Nichts lieber als das. Du bist … großartig, wunderbar. Du bist schön und lustig und verrückt und … ich *will* die ganze Nacht mit dir verbringen.«

Er kann mich nicht sehen, aber ich lächle übers ganze Gesicht, meine Nase tief in seinen Morgenmantel gebohrt. Ich schließe die Augen und sauge seinen Duft ein.

»Aber ich habe Angst. Und ich weiß, dass Angst nicht sexy ist. Aber so ist es. Ich habe Angst, mich auf jemanden einzulassen, den ich verlieren kann, der plötzlich verschwindet. Denn ich weiß, wie sich das anfühlt. Und ich weiß, wie es einem dann geht.«

Ich nicke.

»Das verstehe ich, Adam.«

Und das tue ich wirklich. Gleichzeitig verwundert es mich, wie unterschiedlich man sein und reagieren kann. Ich war noch ein Kind, als ich meine Mutter verloren habe, und bin seitdem besessen von der Idee, immer in einer Beziehung sein zu müssen. Ein Freund löste den nächsten ab, aber sie hatten alle eins gemeinsam: Sie waren *mein Anker*. Meine Geborgenheit, meine Liebe, mein Leben. Adam hat seinen Vater verloren und hat seitdem eine solche Angst davor, jemanden zu verlieren, dass er zum Balkonfröstler geworden ist. Vielleicht können wir voneinander lernen? Vielleicht können wir uns in der Mitte begegnen?

Er streicht mir den Pony aus der Stirn und streift mit seinen Lippen meine Haut.

»Wenn ich mich also manchmal eigenartig benehme, musst du das bitte entschuldigen«, flüstert er. »Ich bin ein bisschen eigenartig. Und habe Angst. Aber das hat nichts mit dir zu tun. Deinetwegen will ich weniger ängstlich sein.«

Ich lächle ihn an.

»Ich bin verrückt, und du bist eigenartig«, sage ich.

Er nickt.

Das klingt doch nach einer hervorragenden Kombi!

Und dann küssen wir uns. In der Kälte.

35

Als Adam und ich den Frühstücksraum betreten, sitzt Rosie schon am Tisch und hat ihre Teller mit Leckereien vom Buffet vollgepackt (ja, *Teller* im Plural). Rührei, Bacon, drei Scheiben Brot, vier Sorten Aufschnitt sowie ein Croissant und zwei Zimtschnecken. Neben den Tellern stehen zwei Gläser – eins mit Grapefruitsaft, in dem anderen ist Orangensaft drin.

»Guten Morgen«, sagen wir.

»Morgen!«, sagt Rosie und schiebt sich ihre Lesebrille in ihre weißen, krausen Locken. »Als ich heute Nacht wach geworden bin und du nicht neben mir in deinem Bett lagst, gab es für mich zwei Möglichkeiten. Erstens: dass du auch ermordet wurdest …«

Adam verdreht die Augen.

»Mama.«

»Oh Verzeihung, dass du auch einen *Unfall* hattest, meine ich natürlich. So nennt man das hier in der *Villa Meeresperle*. Oder zweitens: dass du zu meinem Sohn aufs Zimmer geschlichen bist.«

Ich spüre, wie mir die Röte ins Gesicht steigt. Als Adam

und ich heute Morgen nebeneinander aufwachten (ganz genau: *nebeneinander* – großer Fortschritt, Cilla!), war uns beiden klar, dass es albern war, verheimlichen zu wollen, dass wir die Nacht zusammen verbracht haben. Ich kichere bloß, und wir setzen uns.

»Aber am Ende hast du dich für die zweite Option entschieden, oder?«, frage ich.

»Ja, bei näherem Nachdenken erschien die mir am logischsten.«

»Wie schön wäre das, wenn du bei allem erst einmal nachdenken würdest.«

»Mein lieber Sohn, du bist dreißig Jährchen alt und ich einhundertfünfzig. Wenn du in mein Alter gekommen bist, *dann* darfst du mir Ratschläge geben.«

Adam wirft mir einen amüsierten Blick zu. Die Kellnerin kommt und fragt, ob wir Kaffee oder Tee wollen. Wir wählen beide Tee. Dann geht Adam zum Buffet, um Toast mit Käse und Marmelade (meine Bestellung) zu holen. Ich stütze mein Kinn auf die Hände und lächle Rosie zu.

»Und, schöne Nacht gehabt?«, fragt sie. »Du siehst aus, als würdest du auf Wolke sieben schweben, wie eine Boeing 747.«

Ich lache.

»'tschuldige.«

»Auf mich musst du keine Rücksicht nehmen. Ich freue mich für euch. Ihr seid wie Ross und Rachel in *Friends*. On, off, on, off. Und jetzt gerade seid ihr … on.«

Ich grinse. Und muss aufpassen, dass meine Mundwinkel davon nicht einreißen.

»Eindeutig *on*.«

»Herzlichen Glückwunsch. Ihr habt meinen Segen. Aber bitte keine Details – ich bin seine Mutter.«

Ich räuspere mich und konzentriere mich auf den Tee, den die Kellnerin gebracht hat, und nehme einen Schluck. *Himmlisch, wie lecker.*

»Auf keinen Fall, Rosie. Versprochen.«

»Gut.«

»Und, hast du schon Zeitung gelesen? Gibt es etwas Spannendes zu berichten?«

Rosie schnaubt und klopft auf die dicke Wirtschaftsbeilage der *Dagens Nyheter.*

»Du meinst das hier? Das ist nur eine Requisite. Ich mache mir nichts aus Aktien.«

Sie lehnt sich über den Tisch und sieht mir in die Augen.

»Ich beobachte die Hochzeitsvorbereitungen, Cilla. Heute ist der große Tag, das merkt man daran, dass gestresste Assistenten überall Blütenblätter verteilen und das Soundsystem testen, als würde Michael Jackson auftreten …«

»Der ist schon seit zehn Jahren tot.«

»Da siehst du mal. Noch ein Grund, sich darüber nicht den Kopf zu zerbrechen. Hier ist Halligalli angesagt, Cilla. Vielleicht auch wegen dem da …«

Rosie zeigt zum Fenster, und erst da bemerke auch ich es. Als ich heute früh aufgewacht bin, war ich viel zu beschäftigt damit, dass ich in Adams Armen lag. Ganz genau: *in seinen Armen.* AUDIOKOMMENTAR: IN SEINEN MUSKULÖSEN, WARMEN UND WUNDERBAREN ARMEN, *thank you very much! Endlich.* Ich war so von seinem Körper und seiner Nähe abgelenkt gewesen, dass ich gar nicht wahrgenommen hatte, was ich jetzt sehe: Es regnet in Strömen.

Ich muss unweigerlich an einen alten Alanis-Morissette-Song denken. *It' like rain on your wedding day.*

Natürlich ist das nicht superungewöhnlich. Viele Paare heiraten an regnerischen Tagen. Es kann nicht immer Vogelgezwitscher und strahlenden Sonnenschein geben, schon gar nicht Ende Oktober. Trotzdem hat es etwas Unheilverkündendes, wenn man bedenkt, was schon alles an diesem Wochenende passiert ist.

Adam kommt mit einem Teller Joghurt und Müsli für sich (typisch Polizist) und zwei Toast mit Käse und dicker Marmelade darauf für mich (halleluja) zurück.

»Vielen Dank.«

»Gern geschehen«, sagt er und zwinkert mir zu.

»Ich habe mir heute Nacht ein paar Gedanken gemacht.«

»Aha?«, sagt Adam.

»Ja, nachdem ich begriffen hatte, dass Cilla ausgebüxt war wie ein Teenager, lag ich eine Weile wach, bis ich wieder einschlafen konnte. Und bei der Gelegenheit habe ich über Laila Damm und das Rätsel ihres Verschwindens nachgedacht.«

»Okay. Und was ist dabei herausgekommen?«

»Nun, also diese beiden …«

Ein paar der Hochzeitsgäste kommen auf dem Weg zum Frühstücksbuffet an unserem Tisch vorbei. Rosie senkt sofort ihre Stimme und lehnt sich so weit vor, dass ihre Brust fast in der Kaffeetasse hängt.

»… Schwestern, Madeleine und diese Schauspielerin … ähm …«

»Ella«, ergänze ich.

»Genau, Ella, die beiden sind ja Kopien von Laila Damm,

so ähnlich sehen sie ihr. Und Madeleine scheint sich ja offensichtlich schon länger damit zu beschäftigen und Nachforschungen anzustellen und dabei herausgefunden zu haben, dass ihre Eltern … wie hießen die noch gleich?«

»Roger und Karin Svensson«, sagt Adam.

»Genau, dass Roger und Karin nicht ihre leiblichen Eltern sind. Könnte *das* der Grund dafür sein, dass die Zwillingsschwester nicht zur Hochzeit eingeladen wurde?«

»Das finde ich einleuchtend«, sage ich. »Es ist doch ungewöhnlich, die Hochzeit seiner Schwester zu verpassen – vorausgesetzt, dass es keinen großen Streit gab. Vielleicht dachte Ella, nachdem Madeleine ihr von ihrem Verdacht erzählt hat, dass sie verrückt geworden ist?«

»Ganz genau«, sagt Rosie. »So hätte wahrscheinlich jeder reagiert. Außer es gibt die Möglichkeit, oder sogar das *Risiko*, dass Madeleine recht hat.«

»Ja, vor allem, *weil* sie Laila Damm so wahnsinnig ähnlich sehen.«

»Die Frage bleibt, was Laila Damm zugestoßen ist«, sagt Adam mit vollem Mund. »Sie ist an einem Abend im Oktober 1988 spurlos verschwunden. Sie war auf dem Weg in eine Bar, um dort Freundinnen zu treffen, kam dort aber nie an. Seitdem wurde sie nie wieder gesehen. Das Einzige, was wir wissen … oder *glauben zu wissen,* ist, dass sie nach ihrem Verschwinden Kinder zur Welt gebracht hat, vielleicht sogar Zwillinge.«

»Ella und Madeleine.«

»Genau. Aber wo? Warum? Hatte sie vor unterzutauchen? Hat sie die Kinder im Krankenhaus zur Welt gebracht, sie dann dort zurückgelassen und sich ins Ausland abgesetzt?«

»Das muss die Polizei 1988 doch ermittelt haben.« Rosie schüttelt den Kopf. »Wenn sie die Kinder in Schweden bekommen hat, muss es darüber Dokumente geben.«

»Du hast recht, Mama. Aber es gäbe auch noch eine andere Erklärung.«

Rosie und ich sehen Adam neugierig an.

»Und die wäre?«

»Das es sich hier um einen Zufall handelt. Ella und Madeleine sehen Laila durch Zufall *sehr ähnlich*. Viele Menschen sehen einander ähnlich.«

»Hmm.«

Rosie ist von dieser Alternative nicht zu überzeugt. Da fällt mir ein, dass ich Rosie Informationen vorenthalten habe, die nicht unerheblich sind.

»Rosie, es gibt noch jemanden auf der Insel, der uns ein paar Antworten geben könnte.«

Sie runzelt die Stirn. An ihrem Mundwinkel hängt ein winziges Stück Salami.

»Ach ja? Und wer ist das?«

»Ingrid Damm, Lailas Schwester.«

»Was, echt?«

»Ja, sie lebt auf der Insel. Entschuldige, ich habe dir das nicht erzählt und weiß gar nicht mehr, warum nicht. Ich habe herausgefunden, dass die Familie Damm ein Sommerhaus auf Bullholmen hat, und bin dort auf einem Spaziergang vorbeigelaufen. Das Häuschen gehört jetzt Ingrid. Ich habe natürlich die Gelegenheit genutzt, ihr ein paar Fragen über ihre Schwester zu stellen. Sie war sehr entgegenkommend und hilfsbereit. Aber die Geschichte setzt ihr auch heute noch zu.«

Das Salamistück bewegt sich. Wie wird Rosie darauf reagieren? Ist sie sauer auf mich, weil ich sie nicht mitgenommen habe?

»Ich hätte dir sagen sollen, dass ich dorthin gehe. Aber das war, bevor wir die Verbindung zwischen Laila und der Braut hergestellt hatten. Es war ein kleiner Rechercheausflug für meine *Blutspur*-Reportage über Laila Damm, weil ich den Hinweis gefunden hatte, dass Lailas Familie ein Sommerhäuschen auf Bullholmen hatte.«

Das Salamistück verschwindet in Rosies Mund, der mich anlächelt.

»Cilla, Liebes, du musst dich doch nicht entschuldigen. Ich bin eine alte Frau, der man ab und zu ihre Grenzen aufzeigen muss. Außer mein Sohn tut das, da mag ich das nicht.«

Adam hat sich hinter seinem Teebecher versteckt und verdreht die Augen.

»Aber diese Neuigkeit macht alles ja nur noch interessanter … Lailas Schwester lebt also auf Bullholmen. Meinst du, dass Madeleine und David davon wissen?«

Ich zucke mit den Schultern.

»Das wird immer verworrener. Was ist Laila Damm bloß zugestoßen?«

Ich will gerade in meinen Toast beißen, als mir ein Gedanke durch den Kopf schießt. Ich sehe alte, körnige Zeitungsbilder vor mir. Grausige Bilder.

»Verdammt …«

»Was ist denn?«, fragt Rosie.

»Ach nichts, da ist bestimmt nichts dran. Das klingt auch zu … abgefahren.«

»Jetzt sag schon!«

»Ich musste an eine Reportage denken, die Marga damals bei der *Chance* über ein neuseeländisches Paar geschrieben hat. Sie war unsere True-Crime-Reporterin. Drei Seiten war der Artikel lang und wirklich gruselig.«

»Erzähl«, fordert mich Rosie auf, mit Augen so groß wie die Zimtschnecken auf ihrem Teller.

»Das Paar hatte eine junge Frau entführt. Eine junge, *schwangere* Frau. Sie haben sie im Keller angekettet und sie dort entbinden lassen. Danach haben sie sie kaltblütig ermordet und ins Meer geworfen.«

Rosie schlägt sich die Hand vor den Mund.

»Oh, wie schrecklich. Aber … *warum*?«

»Die wollten halt ein Kind.«

»Und warum haben sie es nicht selbst bekommen?«

»Vielleicht konnten sie nicht? Das war in den Neunzigern. Da steckte die künstliche Befruchtung noch in den Kinderschuhen und war auch nicht überall bekannt, und vermutlich hatten sie kein Geld, um ein Kind zu adoptieren. Oder sie waren einfach …«

Ich verstumme. Jetzt beiße ich endlich von meinem Toast ab und genieße die perfekte Mischung aus Knusper und Butter und Käse und Marmelade. Himmlisch.

Rosie runzelt die Stirn.

»Oder sie waren einfach …?«

»… vollkommen wahnsinnig.«

36

Es ist drei Uhr, und der Regen fällt nach wie vor großzügig auf die Wälder von Bullholmen. Es ist unser letzter Tag in der *Villa Meeresperle*, und Rosie und ich haben zur Feier des Tages dem Spa-Bereich einen zweiten Besuch abgestattet. Allerdings dieses Mal ohne heiße Steine, stattdessen gab es eine klassische Ganzkörpermassage mit viel Öl. Wunderschön und bitter nötig. Adam hatte sich derweil auf sein Zimmer zurückgezogen, um zu arbeiten, während wir uns verwöhnen ließen.

Wir haben gerade ein spätes Mittagessen zu uns genommen, gepökelten Dorsch auf fluffigem Kartoffelmus, und haben nun Kaffeetassen und kleine süße Kekse vor uns auf dem Tisch stehen.

Die Hochzeit ist in vollem Gange. Die Vorhänge sind in dem Teil des Restaurants zugezogen, der durch eine große Flügeltür mit dem prunkvollen Festsaal mit seinen raumhohen Fenstern verbunden ist, in dem die Trauung stattfinden wird. Neugierig, wie wir sind, haben wir unsere Plätze nicht verlassen, sondern den Hochzeitsmarsch angehört (auf einem Flügel statt auf einer Orgel gespielt) und auch Bruchstücke der Ansprache des Pastors. Jeden Augenblick werden die Vorhänge entfernt werden und das Brautpaar feierlich aus dem Saal ausziehen. Die Kellnerin hatte uns mitgeteilt, dass wir noch höchstens zehn Minuten sitzen bleiben dürfen, denn danach würde das ganze Restaurant für die Party am Abend vorbereitet werden.

Unsere Gespräche drehen sich nach wie vor um das rätselhafte Verschwinden von Laila Damm.

»Okay«, sagt Adam. »Lasst uns mal mit dem Gedanken spielen, dass Laila Damm *entführt* wurde. Und sie gezwungen wurde, an einem uns unbekannten Ort ihre Kinder zur Welt zu bringen. Können Karin und Roger wirklich die Täter gewesen sein? Dieses gewöhnliche Mittelklassepaar aus Täby?«

»Warum nicht?«, fragt Rosie.

»Weil es so … schwer vorstellbar ist. In meiner bisherigen Laufbahn ist mir so etwas noch nie untergekommen. Nicht einmal annähernd.«

»Aber manchmal geschieht auch das Undenkbare«, entgegnet Rosie. »Das habe ich in meiner Laufbahn durchaus erlebt.«

»Das wäre aber äußerst ungewöhnlich. Eine Hebamme und ein Arzt kidnappen eine fremde Schwangere, um an ihre Kinder zu kommen.«

»Ungewöhnlich, aber nicht unmöglich«, sage ich. »Ich erinnere an die Geschichte von dem neuseeländischen Paar.«

Rosie nimmt einen Schluck Kaffee und erstarrt mit der Tasse in der Hand.

»Was, wenn sie gar keine Fremde war? Wenn Laila Damm dieses Paar kannte?«

»Wie soll das denn gehen?«, widerspreche ich. »Eine umtriebige Partynudel und ein Arzt und eine Hebamme aus Täby?«

»Du sagst es – Arzt und Hebamme!«

Rosie sieht uns beide erwartungsvoll an, aber weder Adam noch ich können ihr folgen.

»Was meinst du?«

»Na, vielleicht haben sich die drei im Krankenhaus kennengelernt. Vielleicht war Laila im Löwenströmska zur Untersuchung. Wer weiß denn, wo sie betreut wurde während ihrer Schwangerschaft?«

»Das werden die zuständigen Beamten damals doch bestimmt überprüft haben?«, sagt Adam.

»Nicht notwendigerweise«, gibt Rosie zu bedenken. »Nicht, wenn sie gar nicht wussten, wonach oder vielmehr *nach wem* sie suchen sollten.«

Adam nickt und zückt sein Handy.

»Was tust du?«, frage ich.

»Es kann ja nicht schaden, mal im Löwenströmska nachzufragen, ob sie Unterlagen von Laila Damm in ihrem Archiv haben.«

»Dürfen die denn diese Angaben herausgeben?«, frage ich.

»Ich bin doch Polizist.«

Mit einem Zwinkern steht er auf und geht, um ungestört zu telefonieren. Ich lächle in mich hinein. *Und was für ein Polizist.*

In diesem Augenblick setzt der Hochzeitsmarsch ein zweites Mal ein, und die Vorhänge öffnen sich. Rosie und ich bewundern die festlich gekleideten Gäste – ein menschlicher Blumenstrauß aus weißem Raschelstoff, schwarzen

Anzügen und vereinzelten Farbtupfern in gedämpften und eleganten Farben. Das Brautpaar schreitet an der applaudierenden Menge vorbei hinaus ins Foyer des Hotels, wo auf einem großen Tisch alles für einen Champagnerempfang vorbereitet ist. Madeleine und David. Es besteht kein Zweifel, dass es sich hier um ein besonders schönes Paar handelt. Schöner als der Durchschnitt. Das war Laila Damm auch.

Als sie an uns vorbeikommen, sieht Madeleine zu uns. Ich lächle ihr zu, um meine Glückwünsche auszudrücken, und sie erwidert das Lächeln. Aber da ist etwas in ihrem Blick, was meine Aufmerksamkeit erregt. Ist es die Sorge über die Wahrheit ihrer Herkunft? Vielleicht ist das der Grund, warum ihre Schwester nicht dabei ist? Wahrscheinlich fragt sie sich auch, wer diese beiden Tanten sind, die ihr das ganze Wochenende auf den Fersen sind.

Als das Brautpaar und mit ihm der Großteil der Hochzeitsgesellschaft an uns vorbeigezogen ist, lehnt sich Rosie zu mir.

»Was meinst du, wer von ihnen hat dafür gesorgt, dass Agneta ›ertrunken‹ ist?«, flüstert sie mir ins Ohr.

Ich denke nach.

»Madeleine oder David? Ich glaube ja, es war Madeleine«, sagt Rosie.

»Wirklich?«

»Hm. Madeleine hat ein bisschen herumgeschnüffelt und herausbekommen, was ihre Eltern getan haben. Dann hat sie ihrer Psychologin davon erzählt. Vielleicht hat Agneta damit gedroht, zur Polizei zu gehen. Psychotherapeuten haben eine Meldepflicht, wenn der Verdacht einer Straftat besteht. Und hier handelt es sich *eindeutig* um eine Straftat.«

»Du glaubst also, dass Madeleine ihre Therapeutin umgebracht hat, weil sie ihr Geheimnis nicht verraten sollte?«

»Ja. Um sich und ihren zukünftigen Mann zu schützen. Um dafür zu sorgen, dass das niemals ans Licht kommt. Agneta hat wieder angefangen, zu trinken, und Madeleine konnte sich nicht auf ihr Stillschweigen verlassen.«

»Wenn das unser Motiv ist, kann auch David der Schuldige sein. Er ist noch erfolgreicher als Madeleine und steht sehr viel mehr im Rampenlicht als sie. Außerdem hatte er auch Sitzungen bei Agneta Westerlund. Es ist üblicher, dass Männer solche Taten begehen.«

»Ja, du hast recht. Wie auch immer …«

Rosie nimmt einen großen Schluck von ihrem Kaffee und nickt zu der ausgelassenen Hochzeitsgesellschaft im Foyer, die sich zuprostet.

»… *einer* von ihnen ist schuldig.«

Adam kommt zurück, und wir teilen ihm unsere Überlegungen und Verdächtigungen mit.

»Hm«, sagt er. »Vielleicht sollten wir unser Brautpaar heute ein bisschen im Auge behalten.«

»Und?«, fragt Rosie. »Wie lief es? Was hast du herausbekommen?«

»Das Löwenströmska wird die Akten von 1988 zusammenstellen. Die sind nicht digitalisiert, sondern befinden sich in ihrem Archiv im Keller. Sie rufen mich im Laufe des Tages zurück.«

»Dann können wir nur warten«, sage ich resigniert und ungeduldig.

Oder vielleicht doch nicht? Mir kommt eine kleine graue Hütte unten am Meer in den Sinn.

»Meint ihr, die können uns ein paar Regenschirme ausleihen?«

»Warum?«, fragt Rosie.

»Es gibt noch jemanden, den wir zu Lailas möglichen Krankenhausaufenthalten befragen können.«

37

Es gab tatsächlich Regenschirme im Hotel, die wir ausleihen durften. Zwei blau-weiß gestreifte mit dem Logo der Hotelanlage (einer dunkelblauen, stilisierten Welle) auf einer Seite.

Rosie und ich machten uns sogleich auf den Weg, an der Küste entlang zu Ingrid Damms Sommerhäuschen. Adam wollte, dass wir auf ihn warten und zu dritt gehen, aber dafür hatten Rosie und ich keine Zeit. Er würde im Hotel bleiben und das Brautpaar im Auge behalten.

Es schüttet, als handelte es sich um eine gigantische Wasserinstallation, die niemals aufhört. Aber so ist das nun einmal im Herbst. Und eigentlich mag ich das auch. So soll das Wetter im Herbst sein: nass, stürmisch, kalt und ungemütlich. Damit man danach in den Winter übergeht mit Schnee und Kälte und sich dann eine Ewigkeit nach Grün und den heißen Sommermonaten sehnt.

Die Zweige der Kiefern und Tannen übernehmen die Funktion von zusätzlichen Regenschirmen. Das Wasser wird von den Ästen abgeleitet und landet auf dem Weg, der sich unter unseren Füßen in eine schlammige Lehmstraße verwandelt und das Gehen erschwert.

»Geht es?«, frage ich Rosie.

»Doch, doch, ich sehe es als Trainingseinheit an.«

Wir erreichen eine freie Stelle mit Aussicht auf die schöne Ostsee. Und wenn Rosie und ich irgendwo freie Sicht auf den Strand haben, müssen wir einfach stehen bleiben.

Da spüre ich plötzlich ihre Hand, die mein Handgelenk umklammert.

»Ich glaube es nicht«, stöhnt sie.

Wir starren beide auf das Bootstaxi, das unten am Ufer angelegt hat. Wir starren vor allem die blonde Frau an, die mit ihrem geschulterten Rucksack von Bord klettert und auf uns zukommt.

Es ist Laila Damm.

Nein, das ist sie natürlich nicht. Es ist nur jemand, der ihr zum Verwechseln ähnlich sieht. Trotzdem fühlt es sich an, als würden wir eine Erscheinung, einen Geist sehen. Als wäre die Frau, deren Verschwinden mir seit zwei Wochen im Kopf herumspukt, von den Toten auferstanden und würde mich hier auf meiner Insel heimsuchen.

Mich und Rosie.

Mein Herz rast. Ihr blondes Haar fällt rechts und links von ihrer Kapuze über ihre schmalen Schultern.

»Ella«, wispert Rosie.

Ja, das ist Ella Svensson, die verlorene Schwester. Rosie lässt mich wieder los, wir stehen wie versteinert nebeneinander und beobachten sie, wie sie langsam auf uns zukommt. Sie hingegen bemerkt uns erst, als sie den Hang erklommen hat, und zuckt zusammen. Das kann ich gut verstehen. Wir sehen bestimmt unheimlich aus, wie wir in der Dämmerung, mit Regenschirmen bewaffnet, stehen und sie anstarren.

Vielleicht denkt sie, dass wir Fans sind und jetzt wie verhext sind.

»Hallo?«, sagt sie zögernd.

»Hallo, Ella?«

»Ja, kennen wir uns?«

»Äh, nein, aber wir kennen Sie.«

Ich gehe auf sie zu und strecke ihr meine Hand hin.

»Ich bin Cilla Storm, Kriminaljournalistin, und das ist meine Freundin Rosie, eine pensionierte Kriminalbeamtin.«

Ella schüttelt uns beiden die Hand, aber ihr Gesichtsausdruck bleibt skeptisch.

»Ist etwas passiert?«, fragt sie.

»Nein, ganz und gar nicht. Oder, wie man es nimmt … sind Sie wegen der Hochzeit Ihrer Schwester gekommen?«

Sie zögert mit einer Antwort, schließlich sind wir zwei vollkommen Fremde.

»Kennen Sie meine Schwester?«

»Nein, aber wir sind übers Wochenende in der *Villa Meeresperle*, wo sie ihre Hochzeit feiert.«

»Hat die Trauung schon angefangen?«

»Ja, beziehungsweise, sie ist schon vorbei. Jetzt findet gerade der Champagnerempfang statt.«

Sie nickt, und mir wird klar, dass die eigentliche Trauung nicht der Anlass ihres Kommens ist. Ich überlege, wie ich mich am besten ausdrücken könnte, aber da haben sich die Worte schon auf den Weg gemacht.

»Ella, kennen Sie eine Laila Damm?«

Sie starrt mich entgeistert an, ihre hellen Augen sind vor Angst weit aufgerissen.

»Kennen? Wie meinen Sie das?«

Sie weiß es. *Sie weiß alles*. Und sie hat die Zusammenhänge begriffen.

»Sind Sie deshalb nach Bullholmen gekommen? Um mit Ihrer Schwester darüber zu sprechen, was Laila Damm zugestoßen ist?«

»Ich weiß gar nichts ... ich wollte nur ...«, stammelt sie und sieht erst mich, dann Rosie an. »Ich weiß, dass etwas Schreckliches passiert sein muss. Meine Schwester hat immer wieder versucht, es mir zu erzählen. Schon damals, als mein Vater starb. Aber ich wollte es nicht hören. Erst jetzt ...«

Rosie und ich sehen uns an, wir können die Gedanken der anderen lesen.

»Cilla, hast du dein Handy dabei?«, fragt mich Rosie.

»Ja.«

»Sehr gut. Ich gehe mit Ella und zeige ihr den Weg zum Hotel. Dann kann sie sich mit Adam unterhalten.«

»Und ich gehe zu Ingrid und rede noch mal mit ihr. Ich bringe sie dann danach mit ins Hotel.«

»Prima. Dann sehen wir uns nachher. Sei vorsichtig und rutsch nicht auf den Felsen aus!«

»Ich gebe mein Bestes.«

Ella lässt sich sprachlos und verwirrt von Rosie unterhaken und mitnehmen. Ich kontrolliere, ob mein Handy noch genug Akku hat, und mache mich dann auf meinen matschigen Weg zu der kleinen Hütte auf den Felsen.

*

Das Häuschen sieht wirklich aus wie ein Pilz. Ein kleiner grauer Pilz im Moos. Ich höre die Wellen, die an den Felsen brechen, als ich das quietschende Gartentor öffne.

Es muss einsam sein, hier zu leben. Tagein, tagaus. Vor allem in den Wintermonaten, wenn die Touristen die Insel verlassen haben. Wenn ich ehrlich bin, gefällt mir diese Inselseite nicht besonders. Sie ist karger und wirkt abweisender und dunkler. Natürlich lässt es sich an so einem stürmischen, ungemütlichen Tag nicht damit vergleichen, wie es im Sommer unten am Hafen auf meiner Seite der Insel ist. Trotzdem … diese Seite von Bullholmen strahlt etwas Trauriges aus. Wie in Vergessenheit geraten.

Ich bin darauf vorbereitet, dass der große Hund wieder bellend um die Ecke geschossen kommt, warte auf das Schnaufen und Tapsen seiner Pfoten. Aber nichts dergleichen passiert. Vermutlich hält sich Ingrid im Haus auf, was ich ihr nicht verdenken kann.

Auf dem Weg liegt eine Harke neben einem feuchten Laubhaufen, über die ich hinwegsteige. Ich klopfe.

Keine Antwort. Ich warte einen Moment, klopfe erneut. Stille.

»Ingrid?«

Vielleicht ist sie nach Stockholm gefahren, um etwas zu erledigen. Ich gebe meinem Impuls nach und drücke die Türklinke herunter.

Nicht verschlossen.

Ich senke meinen Regenschirm, schüttle ihn aus und gehe ins Haus.

»Hallo?«

Es ist dunkel in der Hütte und still. Das einzige Geräusch ist das Trommeln der Regentropfen gegen die Fenster.

»Ingrid? Sind Sie zu Hause?«

Das ist unheimlich, die Hütte strahlt etwas Beklemmendes aus. Ob Ingrid etwas zugestoßen ist? Werde ich gleich Leiche Nummer zwei finden?

Mein Herz schlägt schneller, als ich die Küche betrete. Auf dem Tisch liegt die Tageszeitung, daneben steht ein Teller mit Krümeln.

Ich drehe mich um, und mir bleibt fast das Herz stehen.

»Oh, hallo, mein kleiner Freund …«

Der große, drahtige Hund liegt vor einer Tür, die Leine ist am Türgriff befestigt. Er winselt leise. Armes Hundchen.

»Was machst du denn hier? Wo ist dein Frauchen?«

Ich löse den Knoten der Leine, gleichzeitig befällt mich eine unerklärliche Nervosität, meine ganze Haut kribbelt.

Ich höre ein Knarren, kann aber nicht ermitteln, woher das Geräusch kommt. Von der anderen Seite der Wand? Von draußen?

Nein. Es knarrt direkt *hinter* mir.

Weiter komme ich nicht. Mein Hinterkopf explodiert vor Schmerz, der Hund bellt laut, dann falle ich zu Boden.

38

Laila

Laila weiß nicht, ob sie noch lebt oder nicht.

Es fühlt sich an, als wäre sie schon tot.

Ist sie das? Fühlt es sich so an, tot zu sein?

Es ist dunkel, es muss Nacht sein, denn die Lichtstreifen, die sich durch die Ritzen gezwängt haben, sind nicht zu sehen. Nein, sie lebt und befindet sich nach wie vor in dem Keller, in dem sie schon eine ganze Woche verbracht hat.

Nach wie vor angekettet, zur Bewegungslosigkeit verdammt.

Nicht ganz. Sie kann ihre Finger spreizen, sie lassen sich bewegen. Sie spürt die Erde an den Fingerspitzen. Sie lebt. Sie ist nicht tot. *Noch nicht.*

Aber ihre Atemzüge scheinen gezählt zu sein. Jeder Einzelne fällt ihr schwer, ihr ganzer Körper brennt vor Schmerzen. Sie hebt langsam die freie Hand, es dauert eine gefühlte Ewigkeit, und legt sie auf ihren Bauch. Er ist rund, viel runder als vor ihrer Schwangerschaft. Aber als sie ihn streichelt, weiß sie, dass sie nicht mehr da sind.

Beide.

Die zwei Leben, die bis vor Kurzem noch in ihr gewachsen sind.

Sie haben sie mir weggenommen. Sie haben mir meine Babys weggenommen.

Sie würde am liebsten wieder in Tränen ausbrechen, aber sie hat keine mehr. Ihr Körper ist ausgetrocknet. Die vergangenen Tage hatte sie damit verbracht aufzuwachen, zu weinen, einzuschlafen und dann alles wieder von vorne.

Sie weiß jetzt, dass sie noch am Leben ist, aber spürt, dass ihr nicht mehr viel Zeit bleibt. Sie weiß das, weil sie in einer riesigen Blutlache liegt. Sie weiß es, weil ihr Herz immer langsamer schlägt und der ganze Körper wehtut.

Was ihr nach wie vor zu schaffen macht, ist das Warum. Ihre Gedanken überschlagen sich, lassen sich nicht festhalten. Warum sie? Wie ist sie hier gelandet? Warum?

Aber Laila ist wild entschlossen, das war sie schon immer.

Bevor sie stirbt, will sie wissen, warum sie in diesem Kellerloch liegt. Vielleicht werden sie niemals dafür zur Rechenschaft gezogen werden, vielleicht wird das niemand jemals erfahren. Aber Laila weigert sich, zu sterben, ohne die ganze Wahrheit zu kennen.

Deshalb verbringt Laila die letzten Minuten ihres Lebens damit, ihre Erinnerung zu befragen. *Denk nach, Laila, denk nach.*

Sie rekonstruiert ihren letzten Moment in Freiheit. Auf der Kungsgatan. Es regnet. Sie ist mit ihren Freundinnen im *Riche* verabredet, aber es regnet in Strömen, und jeder Schritt ist eine Herausforderung.

An der Ampel Ecke Norrlandsgatan – hier lässt sie die Erinnerung immer wieder im Stich. *Was ist danach passiert?*

Plötzlich hört sie etwas. In weiter Ferne hört sie ein Rauschen. Oder ist es das Blut in ihren Ohren? Oder ist das … *der Tod*? Ist er schon gekommen, um sie zu holen?

Nein.

Sie hört das Meer.

Sie ist in der Nähe des Meeres.

Und da, als hätte sich die Sonne zwischen den dunklen Wolken hindurchgeschoben und den Nebel gelüftet, versteht sie endlich, was passiert ist. Sie erinnert sich wieder an alles.

Sie weiß wieder, dass sie an der Ampel gestanden und darauf gewartet hat, dass aus dem roten Männchen ein grünes wird. Sie erinnert sich an den roten Volvo, sieht den Mann die Fensterscheibe herunterkurbeln.

»Laila!«, ruft er ihr zu.

Sie muss die Augen zusammenkneifen, erkennt ihn nicht sofort.

»Steig ein!«, sagt er. »Das regnet ja in Strömen.«

»Ich habe es nicht weit.«

»Wo willst du denn hin?«

»Ins *Riche*!«

»Komm, ich fahr dich das Stück.«

Eigentlich ist das unsinnig, sie ist ja praktisch schon da. Sie riecht fast schon das köstliche Essen, hört das Lachen ihrer Freundinnen und spürt den Sekt in ihrem Mund perlen. Außerdem will sie mit dem Mann auch nichts mehr zu tun haben. Er macht ihr zunehmend mehr Angst.

Aber es regnet … und der Regen ist kalt und fies.

Es ist auch nicht weit.

Sie öffnet die Tür und setzt sich auf den Beifahrersitz.

»Hallo, Roger«, sagt sie.

Obwohl sie sich in seiner Nähe nicht wohlfühlt, ist sie sich sicher, dass er ihr niemals etwas antun würde. Laila hatte ihm und Karin gegenüber erklärt, warum sie die Vereinbarung nicht mehr einhalten wollte. Dass sich der Plan geändert hatte und sie jemand anderen würden suchen müssen.

Roger wird sie jetzt wohl kaum entführen. Sie hatten noch vor ein paar Tagen zusammen zu Abend gegessen. Außerdem arbeitet er in demselben Krankenhaus wie ihre Schwester. Im Löwenströmska.

39

Ich sehe das Flackern einer kleinen Flamme.

Meine Handgelenke tun weh.

Als ich meine schweren Augenlider mühsam öffne, weiß ich auch warum.

Ich sitze auf einem der Stühle in Ingrids Küche, meine Hände sind hinter meinem Rücken gefesselt, und das Seil scheint auch am Stuhl befestigt zu sein. Ihr Hund ist nicht mehr an der Kellertür angeleint, denn er läuft aufgeregt schnüffelnd um meine Beine herum.

Auf der anderen Seite des Tisches, auf dem die Kerze als einzige Lichtquelle im Raum flackert, sitzt die Person, die mich niedergeschlagen und gefesselt hat. Ich kann den Schlag jetzt noch spüren, die Stelle am Kopf ist feucht und warm. *Blute ich?*

Ingrid sitzt an derselben Stelle wie bei meinem ersten Besuch gestern.

Sie hat einen Hammer in der Hand, den sie wie einen Kreisel ruhig und gleichmäßig auf der Tischplatte dreht. Je länger ich ihn ansehe, desto stärker wird der Schmerz an meinem Hinterkopf.

»Sagen Sie, wie haben Sie es herausgefunden?«, flüstert sie.

Ich weiß nicht, ob ich schon wieder sprechen kann. Ob es mir gelingt, mit den Lippen Worte zu formen.

»Was meinen Sie damit?«

Meine Stimme klingt zischelnd und trocken, wie eine alte Schallplatte.

»Sie wissen genau, was ich meine, Cilla. Warum sind Sie zurückgekommen? Ich habe befürchtet, dass sie eins und eins zusammenzählen werden. Und ich wusste auch, dass ich das hier tun muss, wenn Sie nicht lockerlassen und zurückkommen.«

»Was tun müssen?«

»Sie töten.«

Nie im Leben wäre ich darauf gekommen, dass Ingrid hinter allem steckt. Aber auf einmal ist es nicht mehr so unvorstellbar. Und auch nicht weiter kompliziert. Natürlich. Lailas Schwester war es.

Aber warum? Die Angst hat sich in meiner Brust festgesetzt, trotzdem sehe ich Ingrid in die Augen.

»Sie waren das?«, sage ich leise.

Sie schweigt.

»Sie haben Laila entführt?«

Sie gluckst vor Lachen, schüttelt den Kopf.

»*Entführt.* Ich habe niemanden *entführt.* Vielleicht habe ich mich geirrt, und Sie haben doch nicht alles durchschaut.«

Sie seufzt, reibt ihre Knie mit den Händen und sieht zum Herd.

»Wollen Sie einen Tee?«

Die Frage überrumpelt mich so sehr, dass ich nicht antworte. Ich bin wie gelähmt.

»Nein? Ich wollte nur nett sein. Ein bisschen Gastfreundschaft zeigen.«

Ich schüttle den Kopf.

»Meinetwegen, dann lassen wir das mit dem Tee sein.«

In meinem Kopf dreht sich alles, was nicht nur mit der blutenden Wunde zu tun hat. Wie hängt das alles zusammen? Womit hat sich diese Frau schuldig gemacht?

Schweigen.

Als Ingrid anfängt zu erzählen, scheint es für sie ironischerweise eine große Erleichterung zu sein.

»Sie müssen wissen … Laila war schon immer der Star. Von Anfang an.«

Sie will ihre Geschichte erzählen. Sich erklären. Ich lasse sie gewähren. Als sie aber unvermittelt anfängt, zu lachen, zucke ich zusammen.

»Wissen Sie, woran ich oft denken muss?«

Ich schlucke, antworte aber nicht.

»Meine kleine Schwester kam, sah und siegte. Vom Tag ihrer Geburt an waren die Scheinwerfer auf sie gerichtet. Nicht auf mich. Nur auf sie. Meine, Verzeihung, *unsere* Eltern waren nicht besonders diplomatisch. Nicht besonders … korrekt und gerecht. Ihre Liebe zu Laila überstrahlte alles. Sie war riesengroß.«

Ich zermartere mir das Hirn, was ich darauf erwidern soll. Ob ich überhaupt etwas sagen soll. Vielleicht sollte ich Ingrid einfach reden lassen, ohne sie zu unterbrechen.

»Das Ironische ist, dass meine Schwester sogar als Tote mehr Aufmerksamkeit bekam als ich. Wenn nicht sogar noch viel mehr als vorher.«

Bei ihrem Blick stellen sich mir die Nackenhaare auf.

»Das ist so typisch für Laila. Natürlich musste sie das geheimnisumwobenste Rätsel des ganzen Landes werden. Und wissen Sie auch warum, Cilla?«

Ich schüttle zaghaft den Kopf.

»Weil sie so schön war. Wenn eine Frau spurlos verschwindet, ist das eine Tragödie. Wenn eine schöne Frau verschwindet, wird daraus etwas viel Größeres. Etwas Rätselhaftes, Unerklärliches, Unsterbliches. Laila ist tot, aber sie ist lebendiger, als ich es bin.«

»Haben Sie deshalb Ihre Schwester umgebracht?«

Meine Stimme ist noch spröde und jämmerlich, aber wenigstens funktioniert sie. Ingrid hat die Lippen aufeinandergepresst, ihr Atem rasselt.

»Ich habe niemanden getötet. Glauben Sie wirklich, dass ich das meiner eigenen Schwester antun könnte, nur weil sie ein schöneres Leben hatte als ich?«

Wieder muss ich schlucken, dabei schüttle ich den Kopf.

»Gut. Denn ich habe Laila nicht umgebracht. Aber ... ich habe etwas ins Rollen gebracht, was ich sehr bereue, Cilla. Bis heute. Ich würde es so gerne ungeschehen machen. Aber das kann ich nicht. Das hier habe ich noch keiner lebenden Seele erzählt. Obwohl, manchmal einer toten Seele. Wenn ich das Bedürfnis habe, eine Beichte abzulegen. Dann gehe ich den Garten, zu der großen Eiche in der Ecke, der letzte Baum vor den Felsen. Dort liegt sie.«

Mir bricht kalter Schweiß aus, er läuft mir die Wangen und den Hals hinunter.

»Wie ... Laila ist dort begraben?«

»Ja.«

Ich versuche, an meinen Fesseln zu zerren, aber sie hat

die Knoten fest zugezogen. Ich werde mich niemals aus eigenen Stücken befreien können. Ich werde das hier nicht überleben. *Außer ich kann genug Zeit schinden.*

»Erzählen Sie mir bitte die ganze Geschichte, Ingrid. Alles. Wenn ich schon hier sitzen muss und ich die Einzige bin, der Sie das jemals erzählen werden. Erzählen Sie mir alles, erzählen Sie mir, was mit Ihrer Schwester passiert ist.«

Ingrid steht auf und setzt einen kleinen Topf mit Wasser auf.

»Ich brauche Tee. Ich muss jetzt einen Tee trinken.«

Schweigend steht sie am Herd. Als das Wasser kocht und die Blasen im Topf zischen, beginnt sie ihren Bericht.

»Wenn Sie mich fragen, wie es zu dieser Katastrophe kommen konnte, kann ich Ihnen da keine eindeutige Antwort geben. Das ist nicht so einfach, Cilla. Ich habe viel über Wahnsinn nachgedacht. Ob man … damit schon geboren wird oder ob sich das erst im Laufe des Lebens entwickelt. Ich weiß es nicht.«

»Wen meinen Sie? Wer ist wahnsinnig?«

Aus einer kleinen Zinndose holt sie einen Teebeutel, hängt ihn in einen großen Becher und gießt Wasser auf.

»Wir waren von Anfang an grundverschieden, Laila und ich. Sie wollte schon als kleines Mädchen ein Filmstar werden. Sie liebte es, im Mittelpunkt und auf der Bühne zu stehen. Sie sang, tanzte, sie … nahm sich einfach den Platz. Sie hatte kein großes Talent, die Schauspielschulen lehnten sie ab. Aber dafür war sie umso beliebter bei den Herren. Und so gelang ihr der Zutritt in die besseren Kreise von Stockholm. Sie machte sich einen Namen. Und ich …«

Sie verstummt, es wird geradezu beängstigend still, ich höre nur das Schnaufen des Hundes zu meinen Füßen.

»Und Sie?«

»Ich habe eine Ausbildung zur Krankenschwester gemacht und bekam gleich einen Job im Löwenströmska.«

In mir fällt ein Puzzlestück an seinen Platz. Mir läuft ein Schauer über den Rücken. *Löwenströmska.* Ingrid nimmt einen Schluck Tee, verzieht das Gesicht zu einer Grimasse und stellt den Becher auf den Tisch.

»Zu heiß. Viel zu heiß.«

»Und, was ist dann passiert?«

Sie schiebt sich eine graue Haarsträhne hinters Ohr.

»Wissen Sie was, Cilla. Als das alles passierte, 1988, da hatte ich endlich meinen Frieden gefunden. Ich hatte akzeptiert, dass wir zwei vollkommen verschiedene Leben führen. Das war in Ordnung. Aber dann passierte etwas, was alles veränderte. Für mich, aber vor allem für Laila.«

Erneutes Schweigen.

»Ich glaube, ich weiß, was Sie meinen«, flüstere ich.

»Ach ja? Dann erzählen Sie mal.«

»Laila ist schwanger geworden.«

Ich nicke, kaum dass ich das gesagt habe. *Natürlich.* Nichts verschärft eine Geschwisterrivalität mehr. Gibt ihr ein neues, noch hässlicheres Gesicht. Man muss nicht einmal für Boulevardzeitschriften gearbeitet haben, um das zu wissen.

»Sie haben recht, Cilla. Ich war fünfunddreißig, als Laila schwanger wurde. Fünfunddreißig. Noch nicht alt, aber auch nicht mehr jung. Ich fühlte mich immer nutzloser. Ich war seit Jahren in einer Beziehung mit einem Mann, von dem ich so gerne Kinder gehabt hätte.«

»Sie wollten Kinder haben?«

»Das war *das Einzige*, was ich wirklich wollte. Und nicht, weil ich der Ansicht bin, dass sie der einzige Sinn im Leben sind oder dass es meine Probleme lösen würde. Ich glaube, ich wollte …«

Sie seufzt.

»… das wiedergutmachen, was meinen Eltern nicht gelungen war. Ich wollte selbst Mutter werden und mein Kind über alles lieben, damit es diese Leere und Traurigkeit in mir ausradiert.«

»Aber Sie wurden nicht schwanger.«

Sie nimmt einen Schluck von ihrem Tee.

»Hm. Perfekt. Perfekte Temperatur.«

Ich ziehe und drücke an meinen Fesseln, so diskret wie möglich versuche ich eine der Schlingen so weit zu lösen, dass ich eine Hand befreien kann. Wird mir das gelingen? *Täuscht das oder ist der Knoten nicht schon viel lockerer?*

»Nein, Cilla. Ich wurde nicht schwanger. Und dann hat mich der Mann, den ich geliebt habe, verlassen. Und wissen Sie warum?«

Ich schüttle ganz langsam den Kopf. *Doch, der Knoten ist jetzt eindeutig lockerer.*

»Er konnte nicht mehr mit mir zusammen sein, weil er zu sehr verliebt war. Aber nicht in mich. *In Laila.* Er wollte nicht mehr mit mir zusammenbleiben, weil es für ihn zu schmerzhaft war, ständig daran erinnert zu werden, dass er sie nicht haben konnte. Können Sie sich vorstellen, wie weh das tut, Cilla?«

»Nein.«

»Nein, das können Sie nicht.«

»Und dann ist Laila schwanger geworden?«

»Ja. Dabei wollte sie nicht einmal Kinder.«

Sie lacht.

»Hören Sie, wie absurd sich das anhört? Das Leben ist doch grausam. Sie wollte keine Kinder, und trotzdem bekam Laila vom Universum das größte Geschenk. Und dazu noch Zwillinge. Sie hat sie nicht wegmachen lassen. Warum sie das getan hat, werde ich nie erfahren. Vielleicht war es schon zu spät, um abzutreiben. Sie wollte die Kinder bekommen. Selbstsüchtig fand ich sie. Kinder sollen doch mit Eltern aufwachsen, die sie lieben. Und Laila, meine liebe Schwester, war nicht geeignet, eine liebende Mutter zu werden.«

Während Ingrid ihren Tee trinkt, geht mir Lailas Geschichte durch den Kopf. *Zwillinge. Madeleine. Ella.* Aber wie gehörte das alles zusammen?

»Und was haben Sie getan, Ingrid? Haben Sie Ihre Schwester entführt?«

Irritiert hebt sie den Kopf.

»Ich habe Ihnen doch schon gesagt, dass ich meiner Schwester nichts angetan habe. Aber ich habe ihr etwas vorgeschlagen. Eines Tages saß ich in unserem Pausenraum im Krankenhaus.«

Eine Eiseskälte streift meine Haut. Ich werde kein Wort sagen. Sie soll nicht wissen, wie viel ich weiß. Die Gefahr ist zu groß, dass sie mich dann nur schneller als geplant ausschaltet.

»An diesem Tag kam ich mit einem der Ärzte ins Gespräch.«

Roger. Aber auch das denke ich nur und sage es nicht laut.

»Er hieß Roger und war liiert mit einer Krankenschwester im Haus, Karin. Ich erfuhr, dass die beiden schon seit Langem versuchten, schwanger zu werden. Es war ein ruhiger Tag, vielleicht irgendein Feiertag im Herbst, und er offenbarte mir also, wie verzweifelt er war. Wie verzweifelt sie beide waren. Vor allem Karin. Sie litt unter Depressionen, und Roger war davon überzeugt, dass ein Kind sie retten würde. Es würde ihrem Leben wieder einen Sinn geben.«

»Und dann haben Sie ihnen Ihre Hilfe angeboten?«

»Ja. Oder nein, nicht sofort. Aber das Thema kam immer wieder hoch. Und langsam wuchs eine Idee in mir heran. Allerdings müssen Sie wissen, diese beiden da … Roger und Karin. Die waren nicht wie andere.«

»Wie meinen Sie das?«

»Ja, wie soll ich es sagen. Sie waren besonders. Wenn ich ehrlich bin, haben die mir manchmal Angst gemacht. Die waren komisch. Lebten total zurückgezogen, hatten keine Freunde, keine Familie … Manchmal wirkten die wie … zurückgeblieben.«

Ich spüre, wie der Knoten noch mehr nachgibt. Vielleicht werde ich mich befreien können. *Hoffentlich, hoffentlich, hoffentlich.*

»Erst als Roger das zum ungefähr zehnten Mal ansprach, platzte es aus mir heraus. Ich habe ihm erzählt, dass ich ihnen vielleicht helfen könnte. Ich habe ihm von Lailas Schwangerschaft erzählt, dass sie Zwillinge erwartet und nicht wirklich … Mutterqualitäten besitzt.«

»Okay, war er interessiert?«

»Und ob. Er hat direkt mit Karin gesprochen, und sie haben angeboten, für die Kinder zu bezahlen. Wie eine Adoption. Nur inoffiziell.«

»Wie eine Leihmutter quasi.«

»Hm. Ja, obwohl sie ja schon schwanger war. Ich habe also mit Laila gesprochen, habe ihr erklärt, dass die beiden besser als Eltern geeignet sind, als sie es jemals sein wird, und habe ihr die Summe genannt. Hunderttausend Kronen. Das war damals ziemlich viel Geld.«

»Oha. Und was hat Laila dazu gesagt?«

Ingrid nimmt einen Schluck. Etwas Dunkles lodert in ihrem Blick.

»Meine Schwester war, wie ich schon sagte, eine sehr selbstsüchtige Person, Cilla. Wenn sie sich zu etwas hingezogen fühlte, dann war es Geld.«

»Dann hat sie zugestimmt?«

»Zuerst ja. Aber sie wollte hundertfünfzigtausend. Ich habe ihr gesagt, dass Karin und Roger das vermutlich nicht machen werden. Aber als ich Roger das Angebot überbrachte, sagte er nur ›Kein Problem‹. Er hat keine Sekunde lang gezögert. Daran können Sie sehen, wie verzweifelt er war. Beide.«

Ich nicke vorsichtig.

»Aber … was ich nicht verstehe, das klingt eigentlich so, als wäre das gut ausgegangen?«

»Ja. Am Anfang sah das auch so aus. Wir vereinbarten ein gemeinsames Abendessen, wir vier, zu Hause bei Karin und Roger in Täby, damit sich alle kennenlernen können. Das war ein paar Wochen vor dem errechneten Geburtstermin. Wir hatten alles genau geplant. Laila würde eine Hausgeburt bei Karin und Roger machen. Schließlich war Karin Hebamme und Roger Arzt. Laila hatte sich bereit erklärt zu sagen, sie habe eine späte Fehlgeburt gehabt. Wenn jemand fragen sollte. Sie hätte die hundertfünfzigtausend bekommen, und alle wären glücklich gewesen.«

Der Wind heult. Die Wellen werfen sich blind gegen die Felsen.

»Aber?«

»Aber, sie änderte ihre Meinung.«

»Laila?«

»Ja. So war meine Schwester. Egoistisch. Roger und Karin hatten uns zum Essen eingeladen, wir saßen bei ihnen zu Hause in der Küche, alles war prima … bis Laila durchgedreht ist. Sie fand das Haus abstoßend, sie fand die beiden abstoßend, und plötzlich interessierte sie auch das Geld nicht mehr. Sie wollte dort auch ihre Kinder nicht zur Welt bringen, geschweige denn Karin und Roger ihre Zwillinge überlassen. Sie dampfte davon, und ich blieb sitzen. Karin weinte hysterisch, und Roger starrte vor sich hin. Ich konnte mich für ihr Verhalten nur entschuldigen. Dann ging auch ich und dachte eigentlich, dass die Sache damit erledigt war.«

Mir wird schlagartig übel. Ich habe eine Ahnung, was dann passiert ist.

»Ein paar Tage später rief mich Roger an … völlig aufgelöst. Er stand in einer Telefonzelle außerhalb der Stadt. Und sagte … dass er sie entführt hatte. Dass sie es durchziehen würden.«

»Und was haben Sie gesagt?«

»Mir sind tausend Gedanken durch den Kopf geschossen, Cilla. Ich war verwirrt, hatte Angst. Und trotzdem habe ich gesagt: Ihr könnt das hier auf Bullholmen machen. In unserem Erdkeller.«

»Sie haben denen geholfen?«

»Nein. Ich habe ihnen lediglich mein Haus zur Verfügung gestellt.«

Diese Frau hat den Verstand verloren. Am liebsten würde ich ihr ins Gesicht brüllen. *Wie konnte sie das zulassen? Warum haben Sie das getan?* Ganz gleich, wie groß die Verzweiflung oder der Hass auf die eigene Schwester war.

»Dann haben Sie Ihre Schwester verraten?«

»Ich war so wütend, Cilla. Ich war so unfassbar wütend auf sie. Dieses egoistische, selbstsüchtige Ding. Sie hatte es nicht verdient, Kinder zu haben. Außerdem hatte sie ihr Versprechen nicht gehalten. Sie hatte deren Träume und Hoffnung zerstört. Und meine Schwester war nicht dazu geschaffen, Mutter zu sein. In Lailas Welt war nur Platz für Laila. Für nichts anderes. Wir hatten doch schon alles besprochen. Roger und Karin brauchten Kinder. Meine Schwester hatte sie nicht verdient, aber sie hatten das.«

Hört sie eigentlich, was sie da sagt? Mir wird schlecht, ich will mich übergeben.

»Dann hat Laila Ella und Madeleine hier im Haus zur Welt gebracht?«

»Ja. Also, auf dem Grundstück, im Erdkeller um genau zu sein. Das war der einzige Ort, der abgeschirmt genug war. Als wir klein waren, durften wir dort nicht hin. Aber für diesen Zweck war er perfekt. Auf dieser Seite der Insel ist es vor allem im Herbst fast menschenleer. Roger und Karin lebten in einem kleinen Reihenhaus in Täby. Da hätte jeder die Schreie meiner Schwester gehört.«

»Wussten Sie, dass die beiden vorhatten, Ihre Schwester umzubringen?«

Ingrid sieht mich verwundert an.

»Ob ich das wusste? Nein. Ich habe dem Schicksal seinen Lauf gelassen. Außerdem glaube ich nicht, dass sie das vorhatten. Das war nie der Plan. Aber sie hatten eine Vereinbarung getroffen und wollten sie nicht aus der Verantwortung entlassen.«

»Aber Sie müssen doch begriffen haben, dass die beiden Laila nach der Entbindung nicht einfach gehen lassen würden?«

»Roger und Karin sind keine Psychopathen. Sie waren keine Mörder. Das waren sehr verzweifelte Menschen.«

»Und trotzdem ist sie dort unten gestorben?«

Ingrids Blick genügt mir als Antwort.

»Und wie ist sie gestorben?«, stammle ich.

»Sie ist verblutet. Nach der Entbindung. Karin hat ihr bei der Geburt beigestanden, sich danach aber um die Kinder gekümmert und sie allein gelassen. Und die Wände sind so dick, dass niemand ihre Schreie gehört hat. Und Laila …«

Sie verstummt. Und ich platze gleich vor Wut.

»Und Sie haben die beiden all die Jahre geschützt? Warum sind Sie hier geblieben? Wie können Sie hier leben, nach allem, was hier passiert ist?«

»Weil das hier auch meine Geschichte ist, vor der ich nicht davonlaufen kann. Sie holt mich immer wieder zurück, ich bin für immer an diesen Ort gebunden. Das werden Sie erst verstehen, wenn Sie älter sind.«

Ich zucke zusammen, als es mir gelingt, eine Hand aus der Schlinge zu ziehen. Sofort packt mich die Angst, dass sie das bemerkt haben könnte. *Sieht sie mir an, dass ich mich befreien konnte?* Ich muss sie dazu bringen weiterzureden.

»Und warum Agneta Westerlund?«

Ingrid hebt den Kopf. Nimmt noch einen Schluck Tee.

»Sie haben sie ermordet, Ingrid. Das war nicht das Schicksal, das waren Sie.«

Sie bleibt stumm.

»Hatte es mit Madeleines Besuch zu tun?«, frage ich.

Auch darauf reagiert sie erst nicht. Dann nickt sie.

»Ja. Ich erinnere mich genau an den Tag, als Madeleine letzten Herbst plötzlich vor meiner Tür stand. Ich traute meinen Augen kaum … als hätte ich einen Geist gesehen … als würde ich sie noch einmal sehen …«

Sie spricht es nicht aus, aber es hängt in der Luft. *Laila.*

»Sie hatte es herausbekommen, mir ist es ein Rätsel, wie. Ich war davon ausgegangen, dass Karin und Roger so pedantisch sind, dass sie keine Spuren hinterlassen haben. Aber etwas scheinen sie übersehen zu haben. Denn Madeleine *wusste*, dass sie Lailas Kind war. Deshalb hatte sie auch Kontakt zu mir aufgenommen, war mehrere Male zu Besuch. Schließlich war ich ihre Tante. Das hat sie immer wieder betont. Sie hatte natürlich keine Ahnung, dass ich wusste, was mit Laila passiert war.«

»Hat sie Ihnen erzählt, dass sie zur Therapie ging?«

»Jedes Mal. Es war unverkennbar die Leistung ihrer *fantastischen* Psychotherapeutin, dass die Geschichte wieder ans Tageslicht kam und sich Madeleine an Details erinnerte und dieser ganze Quatsch. Agneta. Agneta Westerlund. Dann, vor ein paar Wochen, kam Madeleine vorbei, um mich zu ihrer Hochzeit einzuladen. Die sollte unbedingt hier auf der Insel stattfinden. In der Nähe des Sommerhauses, in dem ihre leibliche Mutter ihre Sommerferien verbracht hatte. Natürlich war diese Therapeutin auch eingeladen worden.

Weil sie Madeleine so sehr *geholfen* hatte. Ich sollte mich als eine Freundin ausgeben und nicht preisgeben, wer ich wirklich bin. Madeleine ermahnte mich sogar, mich nicht mit meinem Namen vorzustellen. Ich habe die Einladung dann dankend abgelehnt. Ich hätte nichts davon gehabt, dabei zu sein.«

»Aber es hat Sie nervös gemacht, dass Agneta eingeladen war?«

»Ich habe sie gegoogelt und gesehen, was für ein Typ sie ist. Ein Alki. Auf eine Alkoholikerin kann man sich nicht verlassen, Cilla. Man kann nie wissen, was sie ausplappert, nachdem sie sich den ersten Drink genehmigt hat.«

»Deshalb haben Sie …«

Sie nickt.

»Es spielte mir in die Karten, dass die *Villa Meeresperle* gerade erst eröffnet hatte und noch nicht alles fertiggestellt war. Es ist ein altes, knarrendes Haus und kein hochmodernes Hotel. Keine Überwachungskameras, so weit das Auge reicht. Sich Zugang zu Agnetas Zimmer zu verschaffen war kein Problem. Und dass sie in der Badewanne lag, hat es mir nur leichter gemacht. Ich weiß nicht, was ich sonst getan hätte. Wahrscheinlich hätte ich es mir nicht zugetraut.«

»Sie haben sie ermordet.«

Die Fenster scheppern, als sich eine Windböe dagegenwirft. Wir zucken beide zusammen. Ingrid räuspert sich und steht auf.

»Los, kommen Sie, wir müssen los.«

Sie greift nach dem Hammer.

»Wohin?«

»Raus zu den Felsen.«

Oh nein. Wenn ich jetzt aufstehe, sieht sie, dass meine Hände frei sind.

Was soll ich jetzt tun?

Ich muss sie überrumpeln, etwas Unerwartetes tun.

»Ingrid.«

Sie steht vor mir. Mir rasen die wildesten Gedanken durch den Kopf. Was soll ich bloß sagen? Ich weiß, dass es nicht die beste Idee ist, aber etwas anderes fällt mir nicht ein. Ich sehe Ingrid fest in die Augen, nicke zu einer Stelle hinter ihr und flüstere:

»Deine Schwester.«

Und tatsächlich. Es funktioniert. Wie ein verängstigtes Tier dreht sie sich um. Ich vergeude keine Zeit. Ich löse meine andere Hand von der Fessel, greife nach dem Teebecher und schlage Ingrid damit auf den Kopf.

Der Hund bellt, ich stürze aus der Küche, in den Flur und werfe mich gegen die Haustür.

Wie eine kalte Wand schlägt mir der Regen entgegen, als ich durch den Garten stolpere. Es ist kalt und dunkel, und mein Kopf pocht vor Schmerzen.

»Stehen bleiben!«

Wie ein grauer Zombie kommt Ingrid hinter mir her. Ich habe nur ein Ziel. Möglichst weit weg von den Felsen, weg vom Meer. Aber kurz vor dem Gartentor bleibe ich abrupt stehen, vollkommen verwirrt. Mir kommen Gestalten entgegen. Als würde mir jemand eine warme Decke über die Schultern legen.

Adam.

Rosie.

Als Adam Ingrid mit dem Hammer in der Hand sieht, zieht er seine Dienstwaffe und zielt auf sie.

»Polizei! Bleiben Sie sofort stehen«, brüllt er.

Seine Stimme hallt durch den Garten. Ingrid sieht ihn wie versteinert an. Aber nicht lange. Sie dreht um, stürmt los, verschwindet hinter der Hütte, rennt auf die Felsen zu.

Rosie nimmt mich in ihre Arme und hält mich fest.

Adam ist Ingrid gefolgt.

»Bleiben Sie stehen! Ich kann Ihnen helfen!«

Aber Ingrid bleibt nicht stehen. Erst als sie den Felsvorsprung erreicht hat. Unter ihr das wütende Meer. Der Wind reißt an ihren Haaren, das hat etwas Gespenstisches.

Ihr Gesichtsausdruck hat sich verändert. Dort steht nicht mehr dieselbe Frau, die mir gerade noch in der Küche gegenübersaß.

Ich kann ihre Angst sehen.

Ich kann ihre Einsamkeit sehen.

Die Hoffnungslosigkeit.

»Bleiben Sie stehen, Ingrid. Ich bin hier, um Ihnen zu helfen.«

Adams Stimme ist überraschend sanft. Aber ich weiß, dass es ihm nicht gelingen wird. Das lang gehütete Geheimnis dieser Frau wurde gelüftet. Sie steht praktisch nackt vor uns.

Sie macht einen großen Schritt, über die Felskante. Obwohl Adam mit einem Satz bei ihr ist, kann er sie nicht packen. Ich vergrabe mein Gesicht in Rosies Armen und sehe nicht, wie Ingrid fällt.

Wie sie in die Dunkelheit stürzt, die ihr vielleicht endlich den ersehnten Frieden schenkt.

40

Ella

Seit dem Tag hat es nicht aufgehört zu regnen. Der Tag, an dem alles endete. Eigentlich war es der Tag des Neuanfangs.

Ella steht auf dem Vordeck der Fähre *S/S Silberpfeil*, die sich auf dem Weg nach Bullholmen durch den starken Wellengang schiebt. Es ist Sonntag, Anfang November, und sie sind fast die einzigen Passagiere auf dem Schiff – die kleine Gruppe, die sich aufgemacht hat.

Neben Ella steht Patrick und hält ihre Hand.

Genau genommen, hält er seit Wochen ihre Hand. Seit alles ans Licht kam.

Auf der Bank neben ihnen sitzt Madeleine mit ihrem Mann. Die Frischvermählten. Die Flitterwochen haben sie verschoben und werden sie nachholen, wenn sich alles wieder beruhigt hat.

An Bord sind auch die blonde Kriminalreporterin Cilla Storm, der Polizist Adam Ångström und eine ältere Dame namens Rosie Ångström, die sie an dem besagten Tag zum Hotel und zu Madeleines Hochzeit gebracht hatte. Die drei waren dabei, als die Wahrheit ans Licht kam.

Mit Regenschirmen bewaffnet, machen sie sich auf die kleine Wanderung über die Insel. Der Wind heult in den Ohren wie ein Tinnitus. Cilla führt die Truppe an, sie kennt sich am besten auf dieser Seite der Insel aus. Dafür ist Ella sehr dankbar, sie will gerne geführt werden, im Hintergrund bleiben.

Als sie die kleine graue Hütte erreichen, fängt Ellas Herz an, wie wild zu schlagen. Aber das wird sie nicht aufhalten. Sie sind gekommen, um sich zu verabschieden. Wie schwer es ihr auch fallen mag.

Das Absperrband ist zwischen den Bäumen gespannt und flattert ängstlich im Wind, als würde es die Ankunft der Gruppe spüren. Das Grab wurde ausgehoben. Der Leichnam von Ellas Mutter ist nicht mehr auf der Insel, das weiß sie. Sie haben die Stelle gefunden. Ihre Leiche ausgegraben. Oder vielmehr das, was noch von ihr übrig war – Knochen. Weiße kahle Knochen. Die Überreste eines Menschen.

Aber die Eiche steht unverrückbar an ihrem Platz. Dort hatte Laila gelegen. Über dreißig Jahre lang. Tief in der Erde.

Sie legen eine Blume an die Stelle. Adam, Rosie, Cilla, Madeleine, David, Patrick – und als Letzte Ella.

Ellas Wut auf ihre Schwester hat sich in letzter Zeit verändert, abgeschwächt. Weil sie verstanden hat, wie es dazu kommen konnte, wie alles zusammenhängt. Die Polizeitaucher hatten im Meer nach Ingrids Leiche gesucht, während die Hochzeit im Hotel *Villa Meeresperle* in vollem Gange war. Die Trauung war beendet, die Gäste waren zum Champagnerempfang gebeten worden. Ella betrat zögernd die Lobby des Hotels, suchte in der Menge der Hochzeitsgäste ihre Schwester. Als sich ihre Blicke trafen, sah sie in das Gesicht einer Fremden. Sie sah den Konflikt, der zwischen ihnen stand. Aber sie sah auch die Erleichterung. Als würde sie Madeleines Gedanken lesen: *Wie schön. Du bist gekommen. Du bist tatsächlich gekommen.*

Madeleine zog sie zur Seite, und Ella erzählte ihr in Ruhe, was passiert war. Dass sie endlich begriffen hatte. Madeleines Gesichtsausdruck war wie versteinert. *Wir können das jetzt nicht hier besprechen. Das ist meine Hochzeit.* Aber Ella sah die kleine Träne, als Madeleine sich abwandte, um sich wieder um ihre Gäste zu kümmern. Ein Hoffnungsschimmer, eine kleine Öffnung in der hochglanzpolierten Fassade.

Eine Woche später verabredeten sie sich in der Stadt, wie beim letzten Mal im Restaurant *Capri Due* in Vasastan.

Es war das erste offene und aufrichtige Gespräch seit Langem. So aufrichtig, wie es ihnen möglich war. Die Atmosphäre zwischen ihnen war weder besonders warm noch vertraut oder herzlich. Aber sie sagten sich die Wahrheit und brachten alles auf den Tisch.

Die Frage, die Ella am meisten unter den Nägeln brannte, war: *Warum?* Warum hatte Madeleine diesen kleinen Stalker in Portrush angeheuert und auf sie angesetzt, um ihr und Patrick Angst zu machen?

Madeleine entschuldigte sich und versuchte, ihr Motiv zu erklären. Nachdem Ella sich geweigert hatte, die ganze Wahrheit über ihre Eltern zu erfahren, hatte sich Madeleines Besessenheit von der eigenen Familiengeschichte ins Gegenteil gewendet. Auf einmal war sie besessen davon, dass ebendiese Wahrheit niemals ans Licht kommen sollte. Denn sie hatte sich geschämt, obwohl sie keine Schuld traf. Aber die Scham, das Kind von Mördern zu sein, war unerträglich. Vor allem, weil sie das Gefühl nicht mit ihrer Zwillingsschwester teilen konnte. Außerdem wollte sie Ella vor dem Schmerz bewahren.

Ich habe es für dich getan, sagte Madeleine ihr im *Capri Due.*

Als sie erfuhr, dass Ella nach Portrush reisen wollte, um das Elternhaus aufzulösen, bekam sie Panik. *Ich wollte nicht, dass du die Wahrheit erfährst, Ella. Ich wollte nicht, dass du so leiden musst, wie ich es getan habe.* Deshalb hatte sie diesen Halbstarken angeheuert, um Ella zu verfolgen. *Ich wollte doch nur, dass du wieder abreist. Er sollte dir Angst einjagen, mehr sollte er nicht tun. Ich … weiß, dass es ein idiotischer Plan war. Bitte verzeih mir.*

Ella weiß nicht, ob sie ihrer Schwester das jemals verzeihen kann. Aber sie weiß auch nicht, ob Madeleine ihr jemals verzeihen kann, dass sie nicht von Anfang an auf sie gehört hat. Sondern sie für verrückt erklärt hat.

Die Zeit wird zeigen, ob sie sich wieder annähern können.

Ihren Eltern wird sie nie verzeihen können. Wie soll man jemandem verzeihen, der etwas so Schreckliches getan hat? Es gibt so viele unbeantwortete Fragen. Zum Beispiel, warum sie die Zeitungsausschnitte und Fotos von Laila Damm aufgehoben haben? Hatten sie die Ermittlungen verfolgt? Oder waren sie von Schuldgefühlen getrieben? Oder … hatten sie vorgehabt, es eines Tages ihren Kindern zu beichten?

Das wird Ella niemals erfahren. Aber eine Sache *hat* sie erfahren. Sie hatte seit Kindesbeinen das Gefühl gehabt, dass mit ihren Eltern etwas nicht stimmte. Dass ihre Kindheit überschattet war. Jetzt weiß sie zumindest, dass ihr Gefühl stimmte.

Und das ist viel wert.

Als Ella an der Reihe ist, ihre Blume aufs ehemalige Grab ihrer Mutter zu legen, fragt Patrick, ob sie ihn an ihrer Seite braucht. Aber Ella will diesen Moment für sich allein haben. Er versteht es. Natürlich.

Patrick hat sie immer verstanden. Darum liebt sie ihn so sehr.

Sie steht mit ihrer Blume in der Hand vor der stolzen Eiche.

Es dauert, bis sie in der Lage ist, die Blume an den Stamm zu legen. Ihre Tränen vermischen sich mit den Regentropfen auf ihrer Haut.

»Wenigstens hattest du immer das Meer in deiner Nähe, Mama«, flüstert sie. »Ich hoffe, dass du hier deinen Frieden gefunden hast.«

Dann lässt sie ihre Blumen zu Boden fallen.

*

In dieser Nacht schlafen Ella und Patrick bei offenem Fenster, obwohl es empfindlich kalt geworden ist. Ihre Wohnung auf Östermalm ist eine kleine Festung. Auf der Innenseite der Wohnungstür befindet sich ein Gitter, das mit zwei verschiedenen Schlüsseln aufgeschlossen werden muss. Ihre Alarmanlage ist von höchster Qualität, und normalerweise sind alle Fenster mit Spezialschlössern verschlossen, obwohl die Wohnung im dritten Stock liegt.

Diese höchste Sicherheitsstufe hat nicht etwa mit Reichtümern zu tun, die Patrick und sie besitzen, mit Gemälden oder versteckten Schätzen. Es liegt daran, dass Ella so ist, wie sie ist. Aber in dieser Nacht hat sie vorgeschlagen, das Schlafzimmerfenster zum Innenhof zu öffnen. Sie will ausgiebig die kühle Luft genießen und die Geräusche der Nacht hören.

Sie liegen im Bett, Patrick hat sich von hinten an sie angeschmiegt und wärmt sie mit seinem großen, weichen Körper. Obwohl das ein sehr aufwühlender Tag war und sie traurig ist und noch viel Zeit benötigt, um das alles zu verarbeiten und zu begreifen, fühlt sie sich geborgen. Sie hat keine Angst mehr.

Und deshalb steht das Fenster offen. Weil sie jetzt endlich die Wahrheit kennt. Die Schatten der Vergangenheit verfolgen sie nicht mehr.

Sie wird gut schlafen in dieser Nacht.

EPILOG

Drei Wochen später

»Zacke! Aretha Franklin hat auf meine Laptoptasche gekotzt!« *Schon wieder.*

Der kleine, zottelige Hund sieht mich gekränkt an, als ich einmal quer durch die Wohnung brülle. Ihr Blick scheint zu sagen: *Ich dachte, das ist eine Sache nur zwischen uns beiden? Hör auf, zu petzen.*

Nach einer Ewigkeit kommt Jonathan aus der Küche und schnappt sich den Hund.

»Oh, meine süße Kleine, hast du schon wieder zu viel Igittigitt gegessen?«

»Ich habe den Eindruck, dass sie *ausschließlich* Igittigitt isst«, sage ich.

»So wie du«, sagt Zacke, der aus dem Badezimmer kommt, das Handtuch lässig um die Hüfte gewickelt.

»Schönen Dank auch. Wann gibt es Essen? Kann ich helfen?«

»Ja, Schätzelchen, halte dich aus der Küche fern. Das ist die beste Hilfe, wenn es ums Kochen geht.«

Ich verdrehe die Augen, und Jonathan lacht. Sie verschwinden in der Küche, und kurz darauf höre ich das fast heilige Geräusch eines Crémants, der entkorkt wird. Crémant und Käse – das wird es heute Abend geben. Sonst nichts. Aber so wie ich Zacke einschätze, wird es noch mehr geben, aber das wird eine Überraschung. Ich liebe Überraschungen, wenn es ums Essen geht.

Während ich das Erbrochene von meiner Laptoptasche wische, bringt Jonathan mir ein Glas Crémant.

»Hier, bitte schön. Das hilft gegen die Nervosität.«

Ich grinse.

»Wie meinen? Ich bin nicht nervös.«

Er lächelt und verschwindet wieder in der Küche.

Okay, zugegeben, vielleicht ist das gelogen. Aber nur ein klitzekleines bisschen.

Ich *bin* nervös.

Der Wasserschaden in meiner Wohnung ist endlich behoben worden. Wenn man bedenkt, wie lange die Renovierungsarbeiten in meiner kleinen Einzimmerwohnung gedauert haben, erwarte ich ehrlich gesagt, morgen ins Taj Mahal zu ziehen. Heute ist mein letzter Abend bei Zacke und Jonathan, zumindest in meiner Funktion als temporäre Untermieterin.

Und weil sie so wundervoll sind, wie sie sind, wollen sie diesen Abschied mit einem Essen feiern. Und weil sie Schelme sind, haben sie auch den Mann an meiner Seite (HINWEIS: Dieser Ausdruck stammt von ihnen, das würde ich *niemals* sagen.) eingeladen.

Es kann jeden Augenblick klingeln.

Ich gehe ins Wohnzimmer, wo die Jungs den großen, eleganten Holztisch mit schönem Geschirr und Kerzen gedeckt haben. Aus den Lautsprechern säuselt Norah Jones. Ich stelle mich mit meinem Glas in der Hand ans Fenster und sehe hinunter auf den Mariatorget. Es ist Anfang November, und bald ist der Herbst definitiv vorbei. Denn der Winter steht vor der Tür.

Ich freue mich auf den Wechsel der Jahreszeiten. Der Herbst ist wunderschön – farbenfroh, magisch, geradezu poetisch. Aber er ist auch stürmisch, ungemütlich. Und dunkel. Und nass. Nach Wochen des Ausgrabens und der Enthüllungen brauche ich Licht. Es wird Zeit, dass die weiße Kälte unser Land erleuchtet. Es ist Zeit für Schneeflocken, die vom Himmel tanzen.

Kaum gedacht, fallen sie tatsächlich vom Himmel. Ich muss zweimal blinzeln, mich versichern, dass ich mich nicht irre. Nein. Es hat angefangen, zu schneien. Morgen wird alles weiß sein.

Auf dem Nachhauseweg von Bullholmen habe ich meine Redakteurinnen bei *Blutspur* angerufen und ihnen von meinem Wochenende erzählt. Sie waren begeistert von der Story und beschlossen, die Laila-Damm-Folge vorzuziehen. Es wurde sogar zu einem kleinen Gruselschocker, weil es mir gelang, ein paar O-Töne von Ella zu bekommen, die erzählte, was sie auf dem Dachboden ihres Elternhauses in Nordirland gefunden hat. Und heute, eine Woche nach Erscheinungstermin, ist es die bis dato erfolgreichste Sendung des Podcasts. Als Nächstes muss ich mich um die Jonas-Wilkins-Story kümmern. Aber das ist in Ordnung. Nach der Geschichte mit Laila fühlt es sich an, als handele es sich um einen harmlosen Fahrraddiebstahl.

Ich nehme einen Schluck (Himmel, wie lecker!), als es an der Tür klingelt. Mein Herz macht einen Satz. *Shit Pommes frites. Es ist so weit.*

»Cilla!«, ruft Zacke aus der Küche. »Das ist für dich!«

»Was, echt? Ich dachte, es sei für Aretha.«

Auf dem Weg zur Tür komme ich im Flur an dem großen Spiegel vorbei und mache kurz halt.

Sehe ich okay aus?

Ich habe geduscht und mich eingecremt, als würde ich meinen Körper für die Einbalsamierung vorbereiten. Ich dufte wie eine Kokosplantage. Und in meine Haare sind so viele Produkte eingearbeitet, dass ich mir Sorgen ums Ozonloch mache. Sogar meine Wimpern haben Mascara abbekommen. Dabei benutze ich nie Wimperntusche.

Ist es *too much*? Sehe ich lächerlich aus?

Es klingelt erneut. *Ach, was soll's. Es ist jetzt sowieso zu spät, noch etwas zu ändern. Und er hat mich schon ganz anders gesehen.*

Ich öffne die Tür. Dort steht er im Treppenhaus. Er strahlt übers ganze Gesicht, als er mich sieht. Er trägt einen dunkelgrauen Mantel, der auf den Schultern mit Schneeflocken verziert ist. Ebenso wie seine Haare.

»Hallo! Herzlich willkommen!«

»Vielen Dank.«

»Es hat gerade angefangen, zu schneien, habe ich gesehen!«

Er lacht und zeigt auf seine Haare.

»Allerdings. Was für ein Glück, sonst wäre das hier schlimmer Schuppenbefall.«

Ich bitte ihn herein.

»Ich freue mich so über den Schnee und auf den Winter.«

»Ich auch. Hier, die ist für dich.«

Er streckt mir eine weiße Lilie entgegen. Ich habe noch

nie in meinem ganzen Leben eine Blume geschenkt bekommen. Von niemandem.

»Ich hoffe, du … magst Lilien? Ich habe noch nie Blumen gekauft.«

Ich sehe auf die Blume in meiner Hand und bin tief berührt.

»Oh, vielen Dank. Das ist so lieb von dir.«

»Und der hier ist für deine Jungs.«

Er hält eine Flasche Rotwein hoch. Es ist unmöglich, den verschnörkelten Text auf dem Etikett zu lesen.

»Ich hoffe, dass der okay ist. Ich habe die Frau im Geschäft gebeten, mir was Elegantes und Italienisches zu geben. Da hat sie mir den hier gegeben. Bandito? Gibt es so etwas? Ich kenne mich nur mit Bier aus.«

Es verstreichen nur Sekunden. Dann nehme ich sein kaltes Gesicht in meine Hände und ziehe es zu mir heran. Sehe ihm tief in die Augen. Ohne Angst. Ohne jeden Zweifel.

»Ich freue mich sehr, dass du da bist, Adam Ångström.«

Er hebt eine Augenbraue, dann lächelt er.

»Nein, jetzt weiß ich es wieder. Das ist ein *Barolo.* So heißt der. Und vielen Dank. Vielen Dank für die Einladung, Cilla Storm.«